# O ACIDENTE

**Da autora:**

*O acidente*
*A farsa*

C. L. TAYLOR

# O ACIDENTE

*Tradução*
Daniel Estill

2ª edição

Rio de Janeiro | 2019

Copyright © C. L. Taylor 2014

Título original: *The Accident*

Texto revisado segundo o novo
Acordo Ortográfico da Língua Portuguesa

2019
Impresso no Brasil
*Printed in Brazil*

---

CIP-BRASIL. CATALOGAÇÃO NA PUBLICAÇÃO
SINDICATO NACIONAL DOS EDITORES DE LIVROS, RJ

T24a
2ª ed.

Taylor, C. L.
  O acidente / C. L. Taylor; tradução de Daniel Estill. – 2ª ed. –
Rio de Janeiro: Bertrand Brasil, 2019.
  23 cm.

  Tradução de: The accident
  ISBN 978-85-286-1700-9

  1. Ficção inglesa. I. Estill, Daniel. II. Título.

16-36497

CDD: 823
CDU: 821.111-3

---

Todos os direitos reservados. Não é permitida a reprodução total ou parcial desta obra, por quaisquer meios, sem a prévia autorização por escrito da Editora.

Direitos exclusivos de publicação em língua portuguesa somente para o Brasil adquiridos pela:
EDITORA BERTRAND BRASIL LTDA.
Rua Argentina, 171 – 3º andar – São Cristóvão
20921-380 – Rio de Janeiro – RJ
Tel.: (21) 2585-2000 – Fax: (21) 2585-2084

Atendimento e venda direta ao leitor:
sac@record.com.br

A Chris Hall

# Capítulo 1

22 de abril de 2012

Coma. Há algo de inócuo, quase tranquilizador, na palavra, conjurando a imagem de um sono sem sonhos. Só que, para mim, Charlotte não parece estar dormindo. Não há peso suave nas suas pálpebras cerradas. Não há punho cerrado apoiado na têmpora. Não há respiração morna escapando dos lábios levemente entreabertos. Não há paz alguma na maneira como seu corpo está deitado, prostrado em uma cama sem edredom, o tubo transparente da traqueostomia serpenteando para fora da garganta e o peito pontilhado de eletrodos multicoloridos.

O monitor cardíaco no canto do quarto faz bipe-bipe-bipe, marcando a passagem do tempo como um metrônomo médico, e eu fecho os olhos. Se me concentrar o bastante, posso transformar o toque artificial no tique-tique-tique reconfortante do relógio do avô na nossa sala de estar. Quinze anos desaparecem num instante e volto a ter 28, embalando Charlotte bebê no meu ombro, o rosto adormecido no aconchego do meu pescoço, o coraçãozinho batendo mais rápido do que o meu, até mesmo durante o sono. Era muito mais fácil mantê-la segura naquela época.

— Sue? — Uma mão no meu ombro, pesada, me arrasta de volta para o quarto imaculado do hospital, e meus braços estão novamente vazios, a não ser pela bolsa que mantenho agarrada junto ao peito. — Quer uma xícara de chá?

Nego com a cabeça, mas mudo de ideia logo em seguida.

— Na verdade, quero sim. — Abro os olhos. — Sabe o que também seria bom?

Brian nega com a cabeça.

— Um daqueles bolinhos deliciosos da Marks & Spencer.

Meu marido parece confuso.

— Acho que eles não vendem isso lá na cantina — diz ele.

— Ah. — Desvio o olhar, fingindo decepção, e imediatamente sinto ódio de mim mesma por isso. Não é do meu feitio ser manipuladora. Acho que não, pelo menos. Já não tenho certeza de muitas coisas.

— Tudo bem. — Cá está a mão de novo. Desta vez, com um aperto tranquilizador acrescido a seu repertório. — Posso dar um pulo na cidade. — Ele sorri para Charlotte. — Tudo bem eu te deixar sozinha com sua mãe só um pouco, né?

Se a nossa filha ouviu a pergunta, não dá qualquer indício. Respondo por ela com um sorriso forçado.

— Ela vai ficar bem — digo.

O olhar de Brian vai e volta de mim para Charlotte. Não há dúvida sobre a expressão do seu rosto, o mesmo olhar devastado que carrego nas minhas últimas seis semanas sempre que saio de perto de Charlotte, o terror de que ela possa morrer no segundo em que sairmos do quarto.

— Ela vai ficar bem — repito, mais suavemente agora. — Não vou sair daqui.

A postura rígida de Brian relaxa, ainda que ligeiramente, e ele concorda.

— Volto logo.

Observo ele atravessar o quarto, gentilmente fechando a porta em um clique ao sair. Só então solto a bolsa do peito e a descanso no meu colo. Mantenho meus olhos fixos na porta pelo que parece uma eternidade. Brian nunca saía de casa sem que voltasse correndo em segundos para buscar suas chaves, seu telefone, seus óculos ou para "uma perguntinha rápida". Quando tenho certeza de que ele já foi, viro-me para Charlotte. Quase chego a esperar por um tremor de suas pálpebras ou de seus dedos, qualquer sinal de que ela perceba o que vou falar, mas nada mudou. Ainda está "dormindo". Os médicos não têm a menor ideia de quando, se é que algum dia, Charlotte vai acordar. Ela foi submetida a uma bateria completa de exames: tomografias computadorizadas, ressonância magnética — tudo o que se possa imaginar, e ainda há mais por vir —, e suas funções cerebrais parecem normais. Não há nenhuma razão médica para que ela não acorde.

— Querida — tiro o diário de Charlotte da bolsa, folheio e abro na página que praticamente já decorei —, por favor, não fique zangada comigo, mas... — olho rapidamente para minha filha para monitorar sua expressão. — ... achei seu diário ontem, quando estava arrumando seu quarto.

Nada. Nenhum som, nenhum tremor dos olhos, sequer um movimento do dedo ou contração muscular. O monitor cardíaco prossegue em seu bipe-bipe-bipe incansável. É mentira, é claro, a confissão de ter encontrado o diário dela. Eu o encontrei há anos enquanto trocava a roupa da cama dela, escondido debaixo do colchão, exatamente onde eu havia ocultado o meu próprio diário quando era adolescente, tantos anos atrás. Na época, no entanto, não o li; não tinha motivos para isso. Ontem, porém, eu o fiz.

— No último dia — digo, fazendo uma pausa para umedecer meus lábios, a boca subitamente seca — você menciona um segredo.

Charlotte não diz nada.

— Você disse que guardar isso estava te matando.

Bipe-bipe-bipe.

— Foi por isso que...

Bipe-bipe-bipe.

— ... você entrou na frente do ônibus?

Nada ainda.

Brian chama o que aconteceu de acidente, inventando diversas hipóteses para apoiar sua crença: ela viu uma amiga do outro lado da rua e não olhou para os dois lados quando correu para atravessar; ela tentou ajudar um animal ferido; ela tropeçou e caiu quando estava enviando uma mensagem ou talvez estivesse apenas em seu próprio mundinho e não viu por onde andava.

Plausíveis, todas elas. A não ser pelo fato de que o motorista do ônibus disse à polícia que ela o encarou e deliberadamente continuou a andar na rua, direto em seu caminho. Brian acha que ele está mentindo para livrar a cara pois vai perder o emprego se for condenado por direção perigosa. Eu, não.

Ontem, quando Brian estava no trabalho e eu fazia as vezes de vigia, perguntei à médica se ela havia feito um teste de gravidez em Charlotte. Ela me olhou desconfiada e perguntou o porquê daquela questão; se eu tinha algum motivo para achar que ela estaria grávida. Respondi que não sabia, mas que achava que isso explicaria algumas coisas. Esperei enquanto ela conferia as anotações. Não, disse a médica. Ela não estava.

— Charlotte — chego minha cadeira para frente, encostando na cama, e entrelaço os dedos com os de minha filha —, nada do que você diga ou faça jamais vai fazer com que eu deixe de te amar. Você pode me contar qualquer coisa. O que quer que seja.

Charlotte não diz nada.

— Não importa se é sobre você, um de seus amigos, eu ou seu pai. — Paro. — O segredo tem alguma coisa a ver com seu pai? Aperte meus dedos se for isso.

Prendo a respiração, rezando para que ela não aperte.

## Sexta-feira, 2 de setembro de 1990

*São 5h41 e estou sentada na sala, um copo de vinho tinto numa mão, um cigarro na outra, perguntando-me se as últimas oito horas da minha vida aconteceram de fato.*

*Finalmente liguei para James, na quarta-feira à noite, depois de uma hora de tentativas abortadas e várias taças de vinho. O telefone chamava e chamava, e comecei a achar que ele talvez tivesse saído, quando o toque parou de repente.*

*— Alô?*

*Quase não consegui responder de volta, de tão nervosa, mas então:*

*— Susan, é você? Nossa! Você ligou mesmo.*

*A voz de James soava diferente — mais fina, ofegante —, como se também estivesse nervoso, e brinquei que ele parecia aliviado por me ouvir.*

*— Claro — foi a resposta. — Achei que você nunca iria me ligar depois do que eu fiz. Desculpe, normalmente eu não sou tão idiota, mas fiquei tão feliz de te encontrar sozinha nas coxias... De qualquer modo, me desculpe. Foi uma coisa muito idiota. Era só eu ter perguntado, como qualquer pessoa normal...*

*Ele foi parando de falar, envergonhado.*

*— Na verdade — falei, com um ataque súbito de afeto por ele — achei engraçado. Ninguém nunca tinha me jogado um cartão de visitas e gritado "Me liga". Me senti quase lisonjeada.*

— Lisonjeada? Eu é que deveria ficar lisonjeado. Você ligou! Meu Deus — ele fez uma pausa —, você está ligando para combinar um drinque? Não é para me dizer que sou um perfeito idiota?

— Cheguei a considerar essa possibilidade — ri —, mas não, por acaso estou com uma sede estranha hoje. Então, se você quiser me levar para tomar um drinque, podemos combinar alguma coisa.

— Nossa, claro. Quando e onde você quiser. Todos os drinques por minha conta, até os mais caros. — Ele também riu. — Quero te provar que eu não sou nenhum... Bem, você vai tirar as próprias conclusões. Quando você está livre?

Fiquei tentada a dizer AGORA, mas banquei a difícil, como a Hels me disse para fazer, e sugeri sexta (amanhã) à noite. James concordou imediatamente e combinamos de nos encontrar no Dublin Castle.

Experimentei dezenas de roupas diferentes antes de sair, descartando logo qualquer coisa que me fizesse parecer ou me sentir gorda e desleixada, mas não precisava ter me preocupado. No instante em que cheguei ao seu alcance, James me puxou e sussurrou no meu ouvido:

— Você está linda.

Eu estava prestes a responder quando ele me soltou de repente, segurou minha mão e disse "Tenho uma coisa incrível para te mostrar" e me levou para fora do pub. Atravessamos a multidão festiva de Camden, descemos por uma rua lateral e entramos numa loja de kebab. Questionei com o olhar, mas ele disse "Confie em mim" e me conduziu por dentro da loja até uma porta nos fundos. Eu estava esperando acabar numa cozinha ou no banheiro. Em vez disso, deparei-me com uma cacofonia de sons e pisquei enquanto meus olhos se adaptavam à escuridão enfumaçada. James apontou para um quarteto de jazz num canto do salão e gritou:

— São os Grey Notes, o segredo mais bem-guardado de Londres.

Logo ele me levou até uma mesa de canto e puxou uma velha e gasta cadeira de madeira para que eu me sentasse.

— Uísque — disse ele. — Não consigo ouvir jazz sem uma dose. Você quer?

Aceitei, mesmo não sendo muito fã, e acendi um cigarro enquanto James ia até o bar. O jeito como ele se movia transmitia tanta autoconfiança que era quase hipnótico. Percebi isso na primeira vez que o vi no palco.

*James não poderia ser mais diferente do meu ex, Nathan. Enquanto Nathan era delicado, com cara de bebê e só uns cinco centímetros mais alto do que eu, James tinha quase um metro e noventa, com uma compleição sólida que fazia eu me sentir pequena e delicada. Tinha uma covinha no queixo no estilo Kirk Douglas, mas o nariz era grande demais para ser descrito como de uma beleza convencional, e o cabelo louro-escuro caía o tempo todo nos olhos, nos quais residia uma jovialidade que me fazia lembrar de Ralph Fiennes — uma hora eram frios e distantes; na outra, franzidos nos cantos, dançando com entusiasmo.*

*Vi que tinha algo errado no momento em que voltou do bar. Não disse nada, mas quando colocou os copos de uísque na mesa, olhou discretamente para o cigarro na minha mão. Compreendi no mesmo instante.*

*— Você não fuma.*

*Ele balançou a cabeça.*

*— Meu pai morreu de câncer de pulmão.*

*Ele tentou argumentar dizendo que não era da conta dele eu fumar ou não, mas o olhar de reprovação evaporou no instante em que apaguei o cigarro, e a atmosfera ficou imediatamente mais leve. A banda tocava tão alto que era difícil ouvirmos um ao outro por cima dos agudos do trompete e do* scat singing *do vocalista. James aproximou a cadeira para que pudéssemos conversar aos sussurros no ouvido um do outro. Sempre que ele se inclinava, sua perna apoiava-se na minha, e eu sentia sua respiração no meu ouvido e no meu pescoço. Era torturante, sentir seu corpo contra o meu, o cheiro morno e picante da loção pós-barba, e não poder tocá-lo. Quando comecei a achar que não suportaria nem mais um segundo, ele colocou a mão sobre a minha.*

*— Vamos embora daqui. Conheço um lugar mágico.*

*Mal tive chance de dizer "tudo bem" e ele já tinha pulado da cadeira e se encaminhado para o bar. Um segundo depois, estava de volta, uma garrafa de champanhe numa mão, duas taças e um tapete velho na outra. Levantei uma sobrancelha, mas ele apenas deu uma risada e disse:*

*— Você vai ver.*

*Caminhamos por uma eternidade, abrindo caminho pelo meio da multidão de Camden até passarmos por Chalk Farm. Perguntei insistentemente aonde íamos, mas James, caminhando a passos largos, respondia apenas com um sorriso. Finalmente paramos na entrada de um parque e ele apoiou a mão no meu ombro. Achei que fosse me beijar. Em vez disso, mandou que eu fechasse os olhos, pois ia me fazer uma surpresa.*

*Não tinha certeza sobre o que poderia ser tão surpreendente num parque escuro, no meio da madrugada, mas fechei os olhos mesmo assim. Senti algo pesado e felpudo envolver meu ombro e fui tomada por um perfume morno e penetrante. James tinha percebido que eu estava tremendo de frio e me emprestara seu casaco. Deixei que me levasse pela entrada e até o alto da colina. Era assustador entregar minha confiança para alguém que eu mal conhecia, mas era também emocionante, curiosamente sensual. Quando finalmente paramos, ele disse para eu ficar ali e esperar. Segundos depois, senti o tapete macio e gasto nos meus dedos quando ele me ajudou a sentar.*

*— Pronta? — Senti seu movimento agachando-se atrás de mim e seus dedos tocaram meu rosto, cobrindo meus olhos delicadamente. Um arrepio percorreu minha espinha e senti um tremor, mesmo com o casaco.*

*— Estou pronta — respondi.*

*James afastou as mãos e eu abri os olhos.*

*— Não é lindo?*

*Só consegui concordar com a cabeça. Ao pé da colina, o parque era um tabuleiro de damas com quadrados escuros de grama não iluminada e de manchas amarelo-esverdeadas criadas pela luz dos postes. Era como uma mágica colcha de retalhos claros e escuros. A cidade espalhava-se além do parque, janelas piscando, edifícios brilhando. O céu era de um azul-escuro e profundo, com nuvens sujas e alaranjadas aqui e ali. Era a vista mais estonteante que eu já tinha visto.*

*— Sua reação quando você abriu os olhos... — James olhava para mim.*
*— Eu nunca vi nada mais lindo.*

*— Para com isso! — Tentei rir, mas o riso ficou preso na garganta.*

*— Você pareceu tão jovem, Suzy, tão encantada, como uma criança no Natal. — Ele balançou a cabeça. — Como alguém como você pode estar solteira? Como isso sequer é possível?*

*Abri a boca para responder, mas ele ainda não tinha acabado.*

— Você é a mulher mais incrível que já conheci. — Ele pegou minha mão. — É engraçada, gentil, inteligente e linda. O que é que você está fazendo aqui comigo?

Quis fazer uma brincadeira, perguntar se estava tão bêbado que não lembrava que tinha me trazido para o alto da colina, mas percebi que não conseguiria.

— Eu quis estar aqui — respondi. — E não gostaria de estar em nenhum outro lugar.

A expressão de James se iluminou num sorriso, como se eu tivesse feito o cumprimento mais maravilhoso do mundo, e ele segurou meu rosto com as mãos. Olhou para mim longamente e então me beijou.

Não sei por quanto tempo ficamos ali nos beijando, deitados sobre um tapete no alto de Primrose Hill, nossos corpos entrelaçados, as mãos por todos os lugares, agarrando, puxando, segurando. Não tiramos as roupas e não fizemos sexo, mas, ainda assim, aquele foi o momento mais erótico da minha vida. Não conseguia soltar James por mais de um segundo sem puxá-lo de volta para mim.

Escureceu e ficou mais frio. Sugeri que fôssemos embora do parque, que fôssemos para a casa dele.

James balançou a cabeça.

— Vou te colocar num táxi para casa, em vez disso.

— Mas...

Ele apertou o casaco um pouco mais nos meus ombros.

— Temos tempo para isso, Suzy. Muito tempo.

# Capítulo 2

Espero Brian sair para o trabalho antes de mexer nas coisas dele. O banheiro está gelado, o piso de ladrilhos frio sob meus pés, as paredes com janelas úmidas pela condensação, mas não paro para pegar um par de meias de cima do aquecedor no corredor. Em vez disso, enfio as mãos nos bolsos do casaco favorito de Brian. O cabide balança violentamente enquanto vasculho bolso a bolso, esvaziando o conteúdo e derrubando tudo no chão na pressa de encontrar provas.

Termino com o casaco e acabo de enfiar as duas mãos nos bolsos de um pulôver com capuz quando ouço um forte barulho de alguma coisa quebrando na cozinha.

Fico paralisada.

Minha mente fica em branco, desliga, como se houvesse um interruptor no meu cérebro, e fico tão rígida quanto o cabideiro ao meu lado, respirando rapidamente, ouvindo, esperando. Sei que deveria me mexer. Deveria tirar as mãos do pulôver de Brian. Deveria chutar as coisas que estavam no seu casaco para um canto e esconder qualquer sinal de que sou uma esposa terrível e desconfiada, mas não consigo.

Meu coração bate com tanta violência que o som parece encher a sala — num instante, sou catapultada para vinte anos no passado. Tenho 23 anos, moro ao norte de Londres e estou encolhida dentro do armário, uma mochila entulhada de roupas na mão esquerda, um molho de chaves que roubei do casaco de outra pessoa na direita. Se eu não respirar, ele não vai me ouvir. Se eu não respirar, ele não vai saber que estou prestes a...

— Brian? — A sensação de déjà-vu desaparece quando um barulho baixo de arranhões chega aos meus ouvidos. — Brian, é você?

Franzo a testa, esforçando-me para conseguir ouvir alguma outra coisa além do tum-tum-tum ritmado do meu coração, mas a casa voltou a ficar silenciosa.

— Brian?

Sou empurrada de volta à vida, como se o interruptor no meu cérebro tivesse sido ligado, e tiro as mãos de dentro do casaco.

Sinto o tapete do corredor quente e felpudo sob os pés enquanto vou cuidadosamente até a cozinha, parando a cada dois segundo para ouvir. O cheiro de água sanitária enche meu nariz e me dou conta de que tenho uma das mãos tampando a boca, o cheiro de desinfetante ainda fresco nos dedos após limpar o banheiro mais cedo. Paro novamente e tento controlar a respiração. Está curta, entrecortada, indicando um ataque de pânico, mas meu medo não é mais de que meu marido tenha voltado para buscar uma carteira esquecida ou as chaves da casa. Em vez disso, tenho medo de...

— Milly!

Sou quase derrubada no chão quando uma enorme Golden Retriever vem aos saltos pelo corredor e se joga em cima de mim, as patas da frente no meu peito, a língua úmida no meu queixo. Normalmente eu daria uma bronca nela por pular assim, mas estou tão aliviada que passo os braços em torno dela e esfrego sua enorme cabeça macia. Quando suas lambidas alegres se tornam excessivas, empurro-a para baixo.

— Como foi que você entrou, sua danada?

Milly "sorri" para mim, fios de baba pingando da língua. Tenho uma boa noção de como ela conseguiu se infiltrar.

Conforme imaginei, quando entro na cozinha com a cadela andando silenciosamente ao meu lado, a porta da varanda está aberta.

— Você deveria ficar na cama até a mamãe deixar você sair! — digo, apontando para os tapetes e cobertores embolados onde ela dorme à noite. Milly levanta a orelha à menção da palavra "cama" e coloca o rabo entre as pernas. — O papai bobão deixou a porta aberta quando saiu para o trabalho?

Nunca achei que eu fosse ser o tipo de mulher que se refere a si mesma e ao marido como "mamãe e papai" ao falar com um cachorro, mas Milly faz parte da família tanto quanto Charlotte. É a irmã que nunca pude dar a ela.

Fecho Milly de novo na varanda, meu coração se partindo diante da expressão suplicante de seus enormes olhos castanhos. São oito horas. Deveríamos estar passeando pelo parque atrás da nossa casa, mas preciso continuar o que comecei. Preciso voltar ao banheiro.

O conteúdo dos bolsos de Brian está onde o deixei, espalhado aos pés do cabideiro. Ajoelho-me, pensando que deveria ter pegado uma almofada da sala para por sob os joelhos, que estalam em protesto, e examino meu espólio. Um lenço branco com um jogador de golfe bordado num canto, não usado, cuidadosamente dobrado num quadrado (presente de Natal de uma das crianças para ele); três lenços de papel, usados; um pedaço de barbante, do tipo que ele usa para amarrar os tomates na horta; um recibo de gasolina no valor de quarenta libras, do posto local, uma pastilha de menta, coberta de penugem, um punhado de moedas soltas e um ingresso amassado de cinema. Meu coração dispara quando pego, leio o título do filme e a data, então volta a bater normalmente. É de uma comédia que fomos juntos. Eu odiei; achei grosseira, de mau gosto e vulgar, mas Brian riu às gargalhadas.

E é isso. Nada estranho. Nada fora do comum. Nada incriminador.

Apenas... as coisas de Brian.

Junto seus pertences com o lado da mão numa pilha, depois junto tudo com a mão em concha e distribuo de volta para os bolsos, assegurando-me de devolver tudo para o lugar onde foi encontrado. Brian não é um homem meticuloso. Ele não perceberia ou se importaria com em que bolso estavam as moedas e em qual o tíquete de cinema, mas não quero arriscar.

Talvez não haja prova alguma.

Charlotte não apertou minha mão quando eu perguntei se o segredo tinha algo a ver com seu pai. Sequer uma contração. Não sei o que eu estava pensando ao imaginar que ela pudesse responder — mesmo ao fazer a pergunta em primeiro lugar. Na verdade, sei. Estava indo atrás de um palpite; um palpite de que meu marido estivesse me traindo de novo.

Há seis anos, Brian cometeu um erro — algo que quase destruiu não apenas o nosso casamento, mas também a sua carreira: teve um caso com uma estagiária de 23 anos do Parlamento. Fiquei possessa, gritei, berrei. Passei duas noites com minha amiga Jane. Teria ficado mais, mas não queria que Charlotte sofresse. Levou um bocado de tempo, mas, finalmente, perdoei Brian. Por quê? Porque o caso aconteceu pouco depois de um dos meus "episódios", porque minha família é mais importante para mim do que qualquer outra coisa no mundo e porque, apesar de Brian ter inúmeros defeitos, é um homem de bom coração.

Um homem de "bom coração" — soa como um motivo terrivelmente piegas para se perdoar uma infidelidade, não é mesmo? Talvez seja. Mas é infinitamente preferível a passar a vida com um homem mau e, quando nos conhecemos, eu já sabia muito bem o que era isso.

Foi no verão de 1993 e morávamos em Atenas. Eu era uma professora de inglês como língua estrangeira e ele, um executivo viúvo em busca de um grande ideal. Na primeira vez que ele me deu um oi, num barzinho vagabundo às margens do rio Kifissos, ignorei. Na segunda, mudei de lugar. Na terceira, Brian se recusou a deixar que eu continuasse a fingir que ele não existia. Comprou uma bebida e a deixou na minha mesa com um bilhete escrito "Oi, de um inglês para uma inglesa" e saiu direto pela porta do bar, sem olhar para trás. Não pude deixar de sorrir. Depois disso, ele insistiu delicadamente, um "oi" aqui, um "o que você está lendo" ali, e fomos ficando amigos aos poucos. Levei um bom tempo para baixar minhas defesas, mas, finalmente, quase um ano depois daquele dia em que nos conhecemos, eu me permiti amá-lo.

Em uma noite quente e agradável, durante uma caminhada pela beira do rio em que observávamos as luzes da cidade piscando e refletidas na água, Brian começou a me falar de Tessa, sua falecida esposa, e de como ele ficou devastado quando ela perdeu a batalha para o câncer. Contou de seu choque — a doença avançou muito rapidamente — e da raiva que veio depois, de como ele esperou até o dia em que o filho deles estivesse na casa da avó e destruiu o carro com um bastão de críquete, porque não sabia como lidar com aquela raiva. Seus olhos encheram-se de lágrimas quando me contou que estava desesperado de saudade do filho Oliver (o menino ficara com os avós, na Inglaterra, para que Brian pudesse cumprir um contrato na Grécia), mas ele não fez nenhuma tentativa de secar os olhos. Toquei seu rosto, passando os dedos por sua pele, afastando as lágrimas e peguei sua mão. Não soltei mais por três horas.

Empurro a porta do escritório de Brian e vou até sua mesa, imediatamente sentindo que estou passando dos limites. Lavo e passo as roupas do meu marido, inclusive compro algumas, mas o escritório representa sua carreira — um pedaço de seu mundo que ele mantém à parte da vida familiar. Brian é membro do Parlamento. Dizer isso em voz alta faz com que eu me sinta orgulhosa, mas nem sempre foi assim. Há dezessete anos, fiquei confusa quando ele resolveu criticar a "escória Tory", a "exclusão social" e "o fracasso do Sistema Nacional de Saúde", mas Brian não se satisfazia em ficar reclamando, sentado à margem da sociedade. Quando voltamos da Grécia para a Inglaterra, ainda tomados pela felicidade de nosso casamento de pés descalços numa praia de Rhodes, ele estava decidido. Íamos morar em Brighton e ele começaria um novo negócio — tinha o palpite de que a reciclagem se tornaria algo grande — e, uma vez estabelecido e lucrando, concorreria ao Parlamento. Ele não tinha mais do que uma formação básica em Economia, mas eu sabia que ia conseguir. E conseguiu.

Jamais deixei de acreditar nele — ainda acredito, de diversos modos —, mas não sinto mais a admiração de antes. Amo Brian, mas posso ver muito bem como sua escolha de carreira o deixou pretensioso e inseguro. A bajulação pode bater bem fundo quando a pessoa já está na metade dos 40, tem quase cem quilos e está ficando careca — especialmente quando quem bajula é jovem, ambiciosa e trabalha para você. Brian mudou desde o acidente de Charlotte. Nós dois mudamos, mas de maneiras diferentes. Ao invés de a situação de nossa filha nos aproximar, nós nos distanciamos — e essa distância está aumentando. Se Brian estiver tendo outro caso, não vou perdoá-lo novamente.

Dou mais um passo em direção à mesa e passo os dedos pela moldura de prata de uma foto em preto e branco. Charlotte e eu numa praia em Mallorca, no primeiro dia das nossas férias. Ainda estamos com as roupas de viagem, a perna das calças enroladas para molharmos os pés na água. Estou com uma mão na testa, protegendo os olhos do sol, e a outra segura a mãozinha de nossa filha. Ela olha para mim, o rosto inclinado, os olhos bem abertos. A foto deve ter pelo menos uns dez anos, mas ainda sinto ondas mornas de amor quando vejo a expressão em seu rosto. É de pura e imaculada felicidade.

Uma tábua do piso do corredor range e eu afasto os dedos da foto rapidamente e solto um suspiro. Quando comecei a ficar neurótica a ponto de cada ranger e gemido de uma casa de 200 anos me deixar catatônica de medo?

Volto a olhar para a mesa. Uma peça de mogno pesada com três gavetas à esquerda, três à direita e uma mais longa e estreita entre elas. Seguro o puxador de cobre e abro-a lentamente. Outra tábua range, mas eu ignoro o barulho, mesmo tendo soado mais perto do que a da primeira vez. Tem alguma coisa na gaveta, um cartão, talvez uma carta, escrita à mão. Tento deslizar o papel para fora da gaveta cuidadosamente para não alterar os amontoados de clipes e elásticos de cada lado...

— Sue — chama uma voz de homem logo atrás de mim —, o que você está fazendo?

## *Domingo, 4 de setembro de 1990*

*James e eu fizemos sexo.*

*Aconteceu no sábado à noite.*

*Ele me ligou de tarde e a primeira coisa que disse foi "Quase não dormi pensando em você".*

*Eu sabia exatamente como ele se sentiu. Também não tinha parado de pensar nele. Acordei sábado de manhã com uma sensação de absoluto pânico frente ao pensamento de que eu nunca mais o veria. Estava convencida de que dissera alguma coisa imperdoável na noite de sexta e que, sob a luz fria do dia, ele se dera conta de que eu não era a mulher certa, afinal.*

*Estava tão convencida disso que, quando ele ligou e disse que não conseguia parar de pensar em mim, eu já estava me sentindo completamente arrasada.*

*— É claro — respondi quando ele me disse que precisava me encontrar imediatamente. — Se eu entrar no chuveiro agora e correr para o metrô, chego em Camden em...*

*— Na verdade, eu estava pensando que a gente poderia ir jantar hoje à noite.*

*O que será que ele pensa de mim — levando suas palavras tão ao pé da letra como se eu fosse incapaz de me autocontrolar? Ele não riu, ainda bem; em vez disso, perguntou se eu já tinha ido a um certo restaurante bacana em St. Pancras. Eu nunca tinha ouvido falar, e foi o que respondi. James explicou, então, que era uma ótima recomendação de um amigo.*

*É claro que eu enfrentei outro dilema sobre a roupa (finalmente escolhendo o meu testado e aprovado tubinho preto) e estava vinte minutos atrasada quando entrei no restaurante, às 20h20, tentando não ficar babando diante da decoração deslumbrante, as toalhas de mesa, a louça, os talheres e o maître impecável que me conduziu até a mesa. James se levantou quando nos aproximamos. Vestia um terno completo, gravata lilás e elegantes abotoaduras de prata nos pulsos. Eu me senti um trapo com meu vestido de três anos e sapatos descascados, mas, quando ele me examinou de cima a baixo e seus olhos se arregalaram de admiração, era como se estivesse vendo a mulher mais atraente de todo o restaurante.*

— *Não consigo parar de te olhar* — *disse ele, depois que o maître me fez sentar, entregou os cardápios e se afastou.* — *Você está sempre linda, mas esta noite você está* — *James balançou a cabeça, como se estivesse atordoado* — *absurdamente sexy.*

*Senti meu rosto corar quando seus olhos passaram rapidamente pelo meu decote.*

— *Obrigada.*

— *Sinceramente, Susan, acho que você não faz ideia do efeito que está causando em mim e em todos os outros homens deste salão.*

*Achei que fosse exagero, mas, quando olhei rapidamente para dois homens num jantar de negócios na mesa ao lado, eles me cumprimentaram com a cabeça, admirados.*

— *Então* — *James buscou minha mão sobre a mesa enquanto eu esvaziava minha primeira taça de vinho* —, *do que você gosta?*

*Examinei o cardápio.*

— *O escalope parece bom.*

*Ele balançou a cabeça e deslizou os dedos entre os meus, movendo-os para frente e para trás.*

— *Não era disso que eu estava falando.*

*Tentei desviar o assunto para um território mais neutro, mas James encheu minha taça de vinho e olhou fixamente para mim com aquela expressão intensa.*

— *Não consegui tirar você da minha cabeça o dia inteiro* — *disse.*

— *Nem eu.*

— Não acho que você esteja entendendo. — Ele apertou minha mão e baixou a voz. — Só passei uma noite com você, mas não consegui fazer nada, porque minha cabeça e meu corpo estavam sedentos por você.

Concordei com a cabeça, com muita vergonha de admitir que me entreguei à fantasia luxuriosa de imaginá-lo nu debaixo de mim inúmeras vezes.

— Está me matando — prosseguiu — ficar sentado na sua frente, do outro lado da mesa, sem poder te tocar, sem poder te beijar — sua voz ficou mais rouca —, te comer.

Não desviei os olhos. Em vez disso, passei minha mão sobre a dele, contornando suavemente suas articulações com meus dedos e sussurrei:

— Lá em cima tem quartos.

— Tem mesmo. — Ele abriu um sorriso. — Mas agora que eu sei o quanto você me deseja, vou te fazer esperar.

Soltei um grito de protesto, mas ele balançou a cabeça, ainda sorrindo, e me serviu mais uma taça de vinho.

— Podemos pedir? — perguntou. — O escalope parece ótimo.

O clima assexual não durou muito e, quando os aperitivos chegaram, a atmosfera estava carregada. Não era o tipo de coisa sobre a qual eu normalmente conversaria num restaurante chique, mas James continuava a deslizar os dedos para frente e para trás entre os meus, eu roçava a meia no seu tornozelo, e já estávamos na segunda garrafa de vinho quando ele me perguntou se alguma vez eu já fizera sexo ao ar livre, e, como eu me sentia corajosa, disse que já transara numa barraca, num jardim dos fundos depois de uma festa e uma tentativa de sexo oral cheia de areia numa praia. James ouvia minhas histórias com os olhos brilhantes de excitação e insistiu ainda mais, perguntando se alguma vez eu já me entregara a SM ou a fantasias reais, exigindo que eu lhe dissesse qual era minha posição favorita. Sorri e contei que eu e Nathan já tínhamos brincado com lenços de seda e algemas.

— E quanto a você? — perguntei depois que o garçom nos serviu os pratos principais. — O que você já experimentou?

— Muito pouco... — James levantou uma sobrancelha — ... comparado com você.

Ele estava sorrindo quando disse isso, mas havia um tom de julgamento em sua voz que me magoou.

*James percebeu minha mudança de humor imediatamente.*

*— Ah, Suzy. — Ele apertou minha mão. — Suzy-Sue. Você se chateou? Querida, eu só estava brincando. Olhe para mim, por favor.*

*Levantei os olhos e dei uma risada diante da expressão zangada de James — obviamente me imitando.*

*— Eu já fui bem sem-vergonha — disse ele, passando o polegar pelas costas da minha mão — e já fiz coisas terríveis, mas — seus olhos brilharam, promissores — nada tão terrível quanto as coisas que vou fazer com você.*

*— Isso é uma ameaça ou uma promessa?*

*Ele soltou minha mão, cortou a carne e sorriu.*

*— Ambas.*

*Não faço a menor ideia de como conseguimos fazer check-in, subir no elevador e abrir o mecanismo da porta ainda vestidos, pois, no segundo em que a porta bateu atrás de nós, arrancamos as roupas um do outro, rasgando camisas, vestidos, meias e roupa de baixo. O sexo foi rápido, furioso, animalesco e curto demais, tão desesperado era o nosso desejo. Ficamos deitados, abraçados, suados e ofegantes por dez minutos inteiros antes de James me virar de lado, sua ereção encostada no final das minhas costas, e me comer de novo. Em algum momento da noite, transamos no banheiro. A ideia era tomarmos um banho juntos e nos limpar, mas a atração da água, do sabonete e dos dois corpos escorregadios foi demais. Quando despencamos na cama de novo, o sol já espiava entre as cortinas.*

*— Parece que estou num sonho — disse James, passando o dedo na minha testa, pelo meu nariz e parando no topo do meu lábio superior, no arco do cupido. — Acho que nunca me senti tão feliz.*

*— Eu sei. — Acariciei seus braços, envolvendo os bíceps com minha mão, aninhando o músculo na palma. — Não consigo acreditar que isto esteja acontecendo de verdade.*

*— Está sim. — Ele se aproximou de mim e me beijou ternamente, abriu meus lábios com a língua e me beijou novamente, com mais força, a mão no meu peito. Segundos depois, estava em cima de mim de novo. Já devia ter passado das seis quando finalmente adormecemos.*

# Capítulo 3

— O quê? — Tiro as mãos apressadamente da gaveta e viro para encarar meu acusador. — Eu não estava fazendo nada, só estava procurando...

— Te peguei! — O homem alto, de cabelos castanhos, em pé na porta, aponta e ri às gargalhadas. — Genial! Você deveria competir nas Olimpíadas, Sue. Nunca vi ninguém pular tão alto!

— Oli! Você quase me mata de susto.

Meu enteado ri de novo, o rosto sardento com uma expressão divertida.

— Desculpe, não pude resistir.

Forço um sorriso, mas minhas mãos tremem atrás das costas.

— Você não deveria estar na universidade?

— Eu estava. Estou. Mais ou menos. — Ele acomoda melhor a mochila no ombro e sorri. — Pesquisa de campo em Southampton. Resolvi passar por aqui para dar um alô para o papai no caminho. — Ele olha em torno do escritório. — Ele já foi, não é?

— Há uns vinte minutos. Está em Londres hoje.

— Droga. — Ele dá outra olhada em torno, como se esperando que Brian se materialize magicamente, então se volta para mim e fica sério. — Você está bem, Sue? Parece até que viu um fantasma.

— Estou bem. — Fecho a gaveta e atravesso o escritório. — Verdade.

Os olhos de Oli examinam meu rosto, tentando ler minha expressão enquanto me aproximo dele.

— Como está Charlotte?

Solto um suspiro, murchando quando o ar deixa meu corpo. Eu estava tão acelerada com a adrenalina enquanto vasculhava as coisas de Brian que, ao parar, sinto-me esvaziada.

— Ela... — Eu gostaria de dizer a verdade, que Charlotte estava na mesma que ontem, que anteontem, ou que no dia anterior, mas ele parece tão preocupado que prefiro mentir. Logo estará fazendo os exames e tem se dedicado tanto... — Ela parece um pouco melhor. Um pouco mais corada ontem.

— É mesmo? — Ele volta a sorrir. — Isso é bom, não é?

— É um... progresso.

— E ela, tipo, deu algum sinal de que poderia acordar?

— Não, ainda não. — O segredo é o motivo por que ela ainda não acordou; sei que é. Talvez quando eu descobri-lo, vou compreender a causa e poder ajudá-la.

— Alguma coisa... alguma... música... — Ouço meu enteado falar.

— Desculpa, o que foi, querido?

Oli sorri para mim com aquele sorriso indulgente que já vi centenas de vezes desde o acidente; o sorriso que diz que está tudo bem, que tenho permissão de me perder em devaneios no mundo das fadas, considerando tudo o que aconteceu.

— Música. Você já tentou colocar as músicas favoritas da Charlotte para ela ouvir? Funciona nos filmes.

— Música. — Ela adorava o Steps e o S Club Seven, com suas músicas chiclete e os passos de dança ridículos de quando era pequena, mas isso já faz anos. — Não compro um CD para ela há muito tempo. Hoje em dia é tudo MP3 para baixar, não é? Suponho que você não conheça o gosto dela, né?

— Não faço ideia. — Ele dá de ombros. — Quem sabe Lady Gaga? Jessie J? Não é ela que todo mundo com menos de 16 adora?

— Não sei.

— Ou então você pode olhar no iPod dela e ver quais são as favoritas, as que ouve mais.

— Isso é possível? — Faço uma anotação mental para olhar o iPod dela.

— Ou, quem sabe, perguntar para um dos amigos dela?

— Sim, sim, eu poderia — respondo, mas a ideia me deixa intrigada. A página do Facebook da Charlotte transbordou de mensagens adolescentes de preocupação. Um monte de "amo vc" e "fika boa logo ☺ ♥" — mas não ouvi um pio das duas pessoas mais importantes da vida dela: o namorado, Liam Hutchinson, e sua melhor amiga, Ella Porter. Como é que isso tinha me passado despercebido?

Oli consulta o relógio.

— Droga. Não vi a hora passar. Tenho que correr. Dá próxima vez, apareço para ver a Charlotte. — Uma sombra atravessa seu rosto. — Eu sinto muito por não estar mais presente perto dela. A vida realmente tem sido…

— Eu sei. — Toco no seu braço. — Você já tem bastante o que fazer. A melhor coisa agora é você estudar duro e nos deixar orgulhosos.

Descemos a escada na companhia de nosso silêncio, atravessamos o corredor e chegamos à cozinha, onde Milly, nossa Houdini peluda, espera por nós, o rabo batendo no piso frio. Aproximo-me de Oli para me despedir com um abraço e, pela enésima vez, fico impressionada com o passar do tempo. Parece que foi ontem que nos abraçamos pela primeira vez, quando ele abraçou meus joelhos em vez dos ombros.

— Pode deixar que falo para o seu pai que você passou por aqui — digo, minha cabeça em seu ombro.

— Ótimo. — Ele me beija no alto da cabeça, abaixa-se e coça atrás das orelhas de Milly. — E você trate de se comportar, viu, madame?

— Dirija com cuidado — grito enquanto ele dá dois passos largos até a varanda. Ele levanta a mão, sinalizando que me ouviu, e vai embora.

Permaneço por muito tempo diante da janela da cozinha, olhando para o jardim da frente depois de o carro vermelho de Oli manobrar para fora da entrada da garagem e desaparecer estrada abaixo. Nossa conversinha no escritório clareou minha mente; de repente me sinto ridícula por ter vasculhado os bolsos de Brian. Exceto por um certo distanciamento social dele e um palpite meu, não tenho qualquer motivo para desconfiar de que ele esteja me traindo. Claro que o acidente de Charlotte alteraria a dinâmica da nossa relação — como as coisas poderiam continuar iguais depois de algo tão terrível? Dizem que cavalo velho não aprende truque novo, mas

Brian ficou arrasado quando descobri o caso. Chorou e disse que "não era melhor do que aquele monstro com quem eu vivia antes de conhecê-lo"; jurou que jamais me machucaria novamente. Acreditei nele.

O som estridente do telefone tocando interrompe meus pensamentos e, antes de me dar conta do que estou fazendo, tranco Milly na varanda e subo os degraus o mais rápido que consigo. É raro alguém ligar para o número particular de Brian, e isso só acontece quando é algo muito importante.

— Alô! — atendo, ofegante de ter irrompido no escritório e agarrado o fone.

— Senhora Jackson?

Reconheço a voz imediatamente. É Mark Harris, o assessor pessoal de Brian.

— Sou eu.

— Desculpe incomodar, senhora Jackson, mas gostaria de falar com seu marido. Eu não teria incomodado se o celular dele não estivesse desligado.

— Brian? — Franzo as sobrancelhas. — Ele está a caminho do trabalho.

— Tem certeza? — Ouço um barulho metálico e o som de folhas de papel sendo viradas, depois o mesmo barulho. — Aqui na agenda está escrito que ele não viria até a tarde.

— A agenda deve estar errada... — Engulo com força, a garganta repentinamente seca. Era claro que haveria uma explicação racional para o fato de meu marido ter me dito uma coisa, e seu assessor, outra. — Ele com certeza me disse que estava indo trabalhar quando saiu hoje de manhã.

— Ah. — Mark para um instante. — Eles abriram mais cedo para ele entrar?

— Como?

— O hospital. Ele mencionou ontem que ia visitar Charlotte hoje de manhã. Achei que pudesse ter sido por isso que ele não conseguiu chegar até agora de tarde.

Afundo na cadeira de couro preto de Brian, o telefone frouxo na mão.

Quando visitamos Charlotte ontem à noite, o assistente do médico nos disse que fariam mais exames com ela e que só poderíamos visitá-la na tarde de hoje. Disse que lamentava muito, mas não haveria visitas pela manhã.

— Senhora Jackson? — A voz de Mark está tão fraca que ele parece estar a milhões de quilômetros de distância. — Senhora Jackson, está tudo bem?

## *Quarta-feira, 6 de setembro de 1990*

*Não tenho notícias de James há três dias e estou começando a me preocupar. Ele saiu do quarto do hotel antes de mim no domingo de manhã porque precisava ir para casa e se trocar para o ensaio. Desde então, não ouvi mais uma palavra dele.*

*Não paro de repassar o tempo que ficamos juntos, várias e várias vezes na minha cabeça, mas não consigo encontrar nada de errado. Falei um pouco demais no jantar sobre minha animação por Maggie ter me dado a oportunidade de fazer os figurinos para a companhia dos Abberley Players e sobre como o trabalho no bar finalmente me livraria de ter que dar aulas e costurar durante o dia, mas também fiz muitas perguntas para James. Também não fumei nenhuma vez. Nem mesmo com o café.*

*No domingo de manhã, antes de me deixar, ele se inclinou sobre a cama e me beijou nos lábios. Disse que tinha sido a noite mais incrível de sua vida, que era insuportável ter que ir e que ligaria naquela noite.*

*Só que não ligou.*

*E também não ligou na segunda à noite.*

*Na noite de terça eu já estava tão estressada que liguei para Hels. Ela me ajudou a botar os pés no chão, disse que havia inúmeras explicações razoáveis para James não ter ligado e que ele ligaria assim que pudesse. Disse que era para eu relaxar e cuidar da minha vida. É fácil falar. Ela não fica solteira há anos. Nem se lembra como é torturante ficar sentada esperando, tentando ver um filme, mas olhando para o telefone o tempo todo, perguntando-se se estava funcionando — depois indo até lá para constatar que estava.*

*Ah, meu Deus. O telefone está tocando exatamente agora. Tem que ser ele, por favor, tem que ser.*

# Capítulo 4

Estou aconchegada no sofá quando Brian chega em casa. Tenho um livro na mão, uma taça de vinho na mesinha de café e os pés encolhidos sob minha bunda; um cenário familiar e que, normalmente, sinalizaria uma Sue alegre e relaxada. Já estou na terceira taça de vinho, porém, e reli o mesmo parágrafo pelo menos umas sete vezes.

— Oi, querida. — A cabeça do meu marido aparece na porta da sala e ele acena com a mesma simplicidade que o filho, doze horas atrás.

Sorrio para cumprimentá-lo, mas meu corpo está tenso. Não é o pensamento de que ele esteja tendo outro caso que me consome, mas o fato de usar o acidente de nossa filha para encobrir seus rastros. Fiquei me torturando durante todo o dia, examinando minha agenda e a que estava no escritório dele (não havia nada na gaveta, apenas algumas folhas de papel timbrado), procurando qualquer coisa que justificasse, ou então desfizesse, minhas suspeitas. Mas não achei nada. Se não fosse pelo telefonema de Mark hoje de manhã, eu não sentiria nem cheiro de algum sinal.

— Você está bem? — Ele levanta a mão ao entrar na sala, com Milly ao seu lado. Quando chega ao sofá, beija gentilmente os meus lábios e se senta. — Como foi o dia?

— Foi tranquilo.

Ele pega a almofada que está às suas costas e a joga para uma poltrona, recosta se com um suspiro e então olha para mim.

— Só isso? Tranquilo? Pensei que ia à cidade hoje para se presentear com um vestido novo.

— Eu... — Por um segundo, tudo parece normal. Eu e meu marido, de papo sobre como tinha sido o dia de cada um, mas então lembro. Tudo está muito longe de normal. — Não fui, estava muito ocupada.

— É? — pergunta, levantando uma sobrancelha e aguardando os detalhes, mas eu mudo de assunto.

— Oli apareceu aqui hoje de manhã.

— Nos desencontramos de novo? — Ele parece ficar realmente sentido. — O que ele queria?

— Nada em especial. Estava a caminho de Southampton, numa viagem de campo. Acho que vai aparecer de novo na volta.

— Ah, que bom. — Brian se anima de novo. O relacionamento com o filho é diferente do de Charlotte, mais complexo. São unha e carne desde que Oli era criança, brigaram furiosamente quando o menino entrou na adolescência e desenvolveram um respeito mútuo desde então. Agora se tratava de uma amizade confortável, temperada por um senso de humor parecido e desafiada por visões políticas diferentes. Riam facilmente, mas, quando se enfrentavam, era um embate titânico. Charlotte e eu corríamos em busca de abrigo.

Viro-me para colocar o livro e a taça de vinho na mesinha, ocultando o rosto temporariamente de meu marido. Eu tinha certeza de que ele notaria minha expressão tensa. Tentando parecer "normal" quando o que eu queria era despejar toda a minha raiva sobre ele, mas não posso gritar. A última coisa que Charlotte precisa é que eu sofra outro dos meus episódios. Preciso me manter calma. Lógica. Uma mentira não significa que alguém foi infiel. Preciso de mais provas.

— Você está bem? — A voz dele soou preocupada.

— Ótima — devolvo. — Como foi no trabalho?

— Argh. — Ele resmunga e passa uma mão pelo cabelo. Um dia fora brilhante, com um tom castanho como o de Oli, mas agora o que sobrara dele estava quase completamente grisalho. — Um horror.

— Como foi a viagem de trem?

Ele me olha curioso. Normalmente não me interesso tanto pelos detalhes de sua ida e volta diárias do trabalho.

— O mesmo de sempre — diz, esticando a mão para fazer um carinho no meu joelho. — Você está bem, querida? Está parecendo um pouco... tensa.

Meus dedos estão entrelaçados. Será que eu estava contorcendo-os enquanto Brian falava? É incrível, as pequenas mensagens que um corpo pode deixar passar. Meu olhar vai dos meus dedos para o meu marido. O corpo dele não diz nada fora do comum.

— Por que você mentiu para mim, Brian? — Um esforço enorme para me manter calma e lógica.

Ele abre a boca e pisca.

— Como?

— Você fingiu que estava indo para o trabalho.

— Quando?

— Hoje de manhã. Você não foi, não é?

— Sim, eu fui.

— Que estranho, Mark me disse que você não estava lá.

— Mark? — Brian retira a mão bruscamente do meu joelho. — Por que você ligou para o meu gabinete?

— Não fui eu — respondo. — Ele ligou para mim.

— Por quê?

— Disse que tinha uma coisa importante para resolver com você. Ele não comentou sobre isso quando você foi para o escritório de tarde, *se é que foi*?

— Claro que fui. E sim. — Ele muda de posição para ficar de frente para mim. — Agora que me dei conta, ele *tinha* uma coisa para falar comigo com certa urgência.

— Ótimo. Então — mantenho meus olhos nos dele —, onde você estava hoje de manhã, Brian?

Meu marido fica sem dizer nada por alguns segundos. Em vez disso, passa a mão no rosto e respira fundo algumas vezes. Será que ele está se preparando, escondendo os olhos para que eu não possa ver as mentiras que está inventando agora que eu o confrontei?

— Eu... — Ele olha para mim, a testa franzida. — Eu estava indo ver a Charlotte.

— Você não foi! Nós dois estávamos lá quando o assistente disse...

— Sue. — Ele levanta uma mão e eu seguro minha língua. — Eu *planejava* ir ver a Charlotte hoje de manhã. Planejava há dias. Sei que você não suporta quando ela fica sozinha, então ia te surpreender, sugerir que você fosse para a cidade, fazer as unhas, cortar o cabelo ou comprar um vestido novo, qualquer coisa enquanto eu ficava lá com ela. Então, ontem à noite, o assistente nos falou dos exames, e meus planos foram por água abaixo...

— E aí? — pergunto tão alto que Milly levanta a cabeça do tapete e olha para mim.

— Então fui para a cidade. Visitei a biblioteca, fui nadar, fiz algumas compras e apenas tive um pouco de... — Ele contrai o rosto. — Acho que você chama de "tempo só para mim".

— Tempo só para mim?

— Sim. — Ele me olha direto nos olhos.

— Então você tirou a manhã para me dar um pouco de... *tempo só para mim*... E quando o assistente nos disse que não poderíamos visitar a Charlotte você resolveu ter um pouco de... *tempo só para você* em vez disso?

Ele dá de ombros, pouco à vontade.

— Sim.

— E por que você não me falou?

— Quando?

— Agora mesmo, quando você chegou. Por que não mencionou isso?

— Ah, pelo amor de Deus, Sue! — Brian se curva para frente, a cabeça entre as mãos. — Não preciso disso. Não preciso mesmo.

— Mas... — Não consigo terminar a frase. De uma hora para outra, toda a situação parece um tanto ridícula e não estou certa do porquê de eu ainda estar discutindo. Brian planejou um agrado para mim e acabou que ele tirou algumas horas para si mesmo. Perfeitamente razoável. Por isso não entrou pela porta, contando tudo o que aconteceu, e daí? Não sou sua guardiã; ele não é obrigado a me fazer relatórios de cada um de seus movimentos. Nunca faço isso com ele, não depois do que James me fez passar.

Olho para a figura encurvada e cansada na outra ponta do sofá. Parecia tão renovado e otimista quando entrou, dez minutos atrás. Agora parece ter envelhecido dez anos.

— Me desculpe. — Apoio uma mão no seu ombro.

Brian não diz nada.

— Me desculpe — repito.

O tique-taque do relógio do avô no canto da sala vai levando embora os minutos.

— Brian — digo em voz baixa —, por favor, olhe para mim.

Séculos depois, ele descola os dedos do rosto e ergue os olhos para mim.

— Não quero discutir, Sue. Não depois de tudo que aconteceu.

— Nem eu.

Aperto seu ombro e ele coloca a mão em cima da minha. O calor da palma daquela mão na minha pele tem um efeito calmante imediato, e eu suspiro profundamente.

— Certo? — pergunta Brian, os olhos procurando os meus.

Estou prestes a concordar, a puxá-lo para perto, a me entregar ao seu perfume acolhedor e almiscarado quando um pensamento me atinge.

— A piscina estava cheia? — pergunto. — Quando você foi nadar?

Brian parece confuso, mas sorri uma fração de segundo depois.

— Lotada. Um monte de crianças por todo lado. Recesso do trimestre, não é? O que é que eu estava esperando?

*Não sei o que você esperava*, penso enquanto ele me envolve nos braços e me puxa para mais perto, mas eu esperava que estivesse bem vazia, considerando que foi fechada para obras há duas semanas.

Sentamo-nos em silêncio à cabeceira de Charlotte; Brian segura uma de suas mãos e eu seguro a outra. O monitor cardíaco apita continuamente no canto do quarto. Não nos falamos durante o caminho, mas é comum ficarmos em silêncio na companhia um do outro dentro do carro, especialmente com o rádio ligado, e Brian não tem qualquer motivo para achar qualquer coisa de anormal no fato de eu ficar o caminho inteiro olhando pela janela. Estava pensando no que fazer — confrontá-lo com a mentira sobre a piscina ou segurar a língua e fingir que estava tudo bem. Escolhi a última opção, por enquanto.

— Eles ainda não consertaram o botão de emergência — digo. Minha voz soa horrivelmente alta no quarto pequeno.

Brian olha para a fita amarela grudenta que cobre o botão em cima da cama.

— Típico. Não acho que tenham consertado a tevê também.

Pego o controle remoto e aperto um botão. A televisão dá sinais de vida e assistimos *Bargain Hunt* por trinta segundos inteiros até a tela ser tomada por um chiado. Desligo o aparelho de novo.

— Só pode ser brincadeira. — Brian balança a cabeça. — Fiz uma campanha, com sucesso, por um aumento de três vezes para o orçamento deste hospital, e mesmo assim ele está caindo aos pedaços. E isso sem mencionar a possibilidade de bactéria SARM. Você viu o limo no parapeito da janela? O que o pessoal da limpeza anda fazendo? Passam um pano com água sanitária e depois vão fumar um cigarro?

— Isso é um pouco exagerado. — Tiro um lenço de papel antisséptico do pacote ao lado da cama de Charlotte e o passo pelo parapeito da janela, pela armação da cama e em seguida na maçaneta da porta. — Acho que eles estão apenas sobrecarregados.

— Ainda assim, deviam consertar aquela porcaria de botão. O que é que vamos fazer numa emergência? Abanar com uma bandeira branca pela janela?

Brian suspira e sacode o jornal. Às vezes ele lê os artigos mais interessantes ou polêmicos em voz alta. Isso não causa nenhuma reação em Charlotte, mas ajuda a passar o tempo da visita.

Após a limpeza, volto a prestar atenção em minha filha. Ajeito o lençol, soltando e prendendo ele de novo, escovo seus cabelos, limpo seu rosto com um pano úmido e passo hidratante em suas mãos, depois me afasto para o lado da cama, as mãos inutilmente penduradas na minha frente. O cabelo de Charlotte não estava embaraçado, seu rosto não estava sujo, suas mãos não estavam secas, mas o que mais eu podia fazer? Poderia segurar sua mão. Poderia lhe dizer o tanto que eu a amava. Poderia implorar para que por favor, por favor, abrisse os olhos e voltasse para nós. Poderia chorar. Poderia esperar até ficar completamente sozinha no quarto, me inclinar sobre a cama, tomá-la nos braços e perguntar-lhe por quê. Por que eu não percebi que ela estava sofrendo tanto a ponto de preferir morrer a viver mais um dia? Minha própria filha. Meu bebê. Como pude não saber? Como pude não perceber isso?

Eu poderia implorar a Deus por uma troca. Implorar para que nos trocasse de lugar para que ela pudesse sorrir de novo, ir às compras, conversar com os amigos, assistir a filmes e passar tempo demais na internet. Assim, ela poderia viver em vez de mim.

Mas eu fiz tudo isso. Tantas vezes nessas últimas seis semanas que perdi a conta, e nada, absolutamente nada, a trouxe de volta para mim.

— Sinto muito, só podemos permitir o máximo de três visitantes de cada vez. Receio que vocês terão que...

Viro-me para ver quem está falando. Uma enfermeira está diante da porta com um casal jovem. Reconheço o homem louro e alto com quem ela está falando. É Danny Argent, um dos amigos de Oliver. Não sei quem é a moça com ele.

— Mas... — Seus olhos encontram os meus. — Oi, Sue.

— Danny. — Olho para Brian. Seu semblante está sério. — O que você está fazendo aqui?

Ele dá um passo para dentro do quarto. A enfermeira protesta, mas ele a ignora.

— Nós... — Ele olha de volta para a bela moça mestiça no corredor. — Keisha e eu, a gente queria ver a Charlotte. Tudo bem?

Brian pigarreia. Ele nutre antipatia por Danny desde que fomos chamados ao pronto-socorro para ver Oli passar por uma lavagem gástrica após uma bebedeira adolescente. Brian ficou branco ao ver o filho semiconsciente na maca do hospital e depois vermelho ao ver Danny encostado ao lado, um tênis velho apoiado na parede pintada e o outro batendo na roda da maca. Ele jamais perdoou o rapaz por deixar o filho se embebedar a ponto de ser hospitalizado, mas Oli não admitia qualquer crítica ao melhor amigo. No que lhe dizia respeito, nada que Danny, o rei da noite, fizesse era errado.

— Sue? — Danny pergunta de novo. Ele indica Keisha com a cabeça, que sorri, esperançosa, para mim.

Olho para Brian. Para alguém de fora, ele parece perfeitamente normal, mas eu sei o que ele está pensando. Está se perguntando se Danny teve alguma coisa a ver com o acidente de Charlotte. Seus instintos protetores já começam a aflorar pelo simples fato de o rapaz estar no mesmo quarto que sua filha. Não tenho nada contra Danny. Ele é fútil, egocêntrico e materialista — e não é alguém que *eu* escolheria para melhor amigo de Oli —, mas não é má pessoa, não é perigoso. Sempre tratou Charlotte como uma irmã mais nova, para o desagrado dela, mas não posso ficar contra Brian nesta questão, mesmo suspeitando da honestidade dele. Trata-se de o que é melhor para Charlotte, não para nós dois.

— Não sei se... — começo a falar, olhando de Danny para Brian e de volta para Danny. — Não tenho certeza se...

A cadeira de Brian arranha o piso alvo quando ele se levanta.

— Preciso de um café — diz subitamente, olhando para mim de maneira significativa. — Eu trago um para você, Sue. Você fica aqui.

Danny parece tão surpreso quanto eu quando Brian o cumprimenta com a cabeça e sai do quarto. Muitos segundos silenciosos se passam enquanto todos esperam que alguém decida o que fazer a seguir.

— Entrem, entrem — digo, acenando para Keisha. Ela hesita e fica em pé ao lado de Danny, o mais perto que consegue sem derrubá-lo. Já vi Milly fazer a mesma coisa com Brian. Ela se encosta com tanta força nos joelhos dele que ele precisa se equilibrar para não cair. Com Milly, é um sinal de devoção absoluta, e, pela expressão de Keisha, tenho quase certeza de que o que vejo é a mesma coisa.

Danny mal repara na presença da namorada. Não fosse ele ter acabado de passar o braço pelos ombros dela e depois segurado sua nuca, eu diria que sequer a percebia no mesmo quarto que ele. Não tirou os olhos de Charlotte por cinco minutos.

— Como ela está? — pergunta.

Dou de ombros. Uma resposta praticada com frequência, meio esperançosa, meio realista.

— Os médicos dizem que os ferimentos piores estão cicatrizando bem.

— Então por quê... — Ele franze a testa. — Por que ela não acordou?

— Eles não sabem.

Aperto a mão de Charlotte. Está tão imóvel e silenciosa que seria de imaginar que estivesse fria, mas não. Está tão quente quanto a minha.

— Sério? Era de se pensar que eles iriam...

Ouvimos uma fungada alta e nos viramos para Keisha.

— Ai, meu Deus! — Danny fica indignado ao ver as lágrimas escorrendo. — Para com isso, por favor! Você está me deixando constrangido.

Fico tensa com seu tom de voz. James fazia o mesmo, inabalável diante das lágrimas.

Keisha cobre o rosto com as mãos, mas não consegue esconder as lágrimas. Elas pingam do queixo e deixam manchas no top cor-de-rosa.

Estico a mão, mas estou sentada muito longe para tocá-la.

— Você está bem?

Ela balança a cabeça e enxuga o rosto com a mão direita; a esquerda aperta a barra da jaqueta de couro de Danny. Deve ter uns 18, 20 anos no máximo, mas os gestos são de uma criança de 5.

— É só que — ela engole um soluço — isso é muito triste.

Seu sotaque me surpreende. Não esperava que fosse irlandesa.

— Sim, é mesmo. Muito triste. Mas ainda estamos otimistas. Não há motivo para que ela não consiga se recuperar.

Keisha geme como se o seu coração estivesse se partindo e se afasta bruscamente de Danny.

— Keish — diz ele, ríspido, um músculo pulsando no rosto. — Keisha, para com isso.

— Não — responde ela, abraçando a própria cintura esguia e andando para trás. — Não.

— Keisha? — Eu me levanto e vou devagar em sua direção. Levanto a mão, a palma virada para cima como se me aproximasse de um potro assustado. — Keisha, o que foi?

Ela olha para a minha mão e balança a cabeça.

— Sinto muito. — Ela dá outro passo em direção à porta, então mais um. Está tremendo da cabeça aos pés. — Sinto muito mesmo.

— Todos nós sentimos. — Tento me manter calma, apesar de meu coração bater violentamente dentro do peito. — Mas não há motivo para ficar tão abalada. Ela vai mesmo se…

— Não é disso que estou falando. Sinto muito que…

— Keish! — A voz de Danny é tão alta que nós duas nos sobressaltamos. — Quer se acalmar, porra!

— Não! — Ela se força a desviar os olhos do rosto de Charlotte para encarar o namorado. — Ela precisa saber.

— Saber o quê? — Do que é que ela está falando? — O que eu preciso saber, Keisha? Me diga.

Ela e Danny se entreolham, os olhos se fixam. Os dele se estreitam. É uma advertência, silenciosa, para que cale a boca.

— Keisha! — Preciso que ela olhe para mim. Preciso quebrar qualquer feitiço que Danny possa ter lançado sobre ela. — Keisha!

— Sue? Por que você está gritando? — Brian aparece na porta, atrás de Keisha, um copo fumegante de café em cada mão.

Olho para ele, atônita. Há quanto tempo está ali?

— Eu sabia! — Brian olha furioso para Danny. — Eu tinha certeza que você ia arrumar um problema se eu te deixasse...

Keisha o interrompe, gemendo baixinho, e sai em disparada do quarto, esbarrando em Brian. O café quente se espalha pelo chão de vinil frio.

— Keish! — Danny sai como um raio atrás dela.

Um terrível momento se sucede, quando ele e Brian se encaram na porta e eu acho que vão se socar, mas Brian se afasta e deixa Danny passar. Ouço Keisha gritar alguma coisa, ao mesmo tempo em que os tênis de Danny atingem o corredor. O quarto volta a ficar em silêncio.

O monitor cardíaco continua bipando no canto.

Brian olha para mim, com uma expressão confusa e chocada.

— O que foi isso? — Uma acusação velada transparece na pergunta, e ele olha, preocupado, para Charlotte. — Escutei aquela garota gritando de lá da máquina de café no corredor. Estou surpreso de a enfermeira não ter voltado. Ou a segurança. — Ele coloca os copos de café na mesa de cabeceira e pega a outra mão de Charlotte. — O que ela quis dizer?

— Quem?

— A garota com Danny. Ela gritou alguma coisa enquanto corria pelo corredor. Eu não ouvi nada.

Brian fixa o olhar em mim:

— Ela gritou "Aquela garota idiota. Ela confiou em mim, achou que eu era sua melhor amiga, e olha só o que aconteceu com ela".

## *Sábado, 9 de setembro de 1990*

*Era James no telefone na quarta-feira. Pediu mil desculpas, disse que algumas coisas terríveis tinham acontecido em sua vida pessoal e me perguntou se eu poderia perdoá-lo algum dia por ter me deixado esperando. Eu queria ficar zangada, dizer a ele que eu merecia um tratamento melhor e que ele não podia achar simplesmente que eu o perdoaria por sequer ter se dignado a pegar o telefone. Em vez disso, falei:*

*— Me pague uma cerveja e eu posso pensar a respeito.*

*Ele me chamou de "anjo" e disse que era típico de uma pessoa incrível como eu ser tão compreensiva.*

*Quando nos encontramos para a cerveja, tentei saber mais sobre essas "coisas pessoais" que o impediram de ligar para mim, mas ele evitou o assunto, dizendo que revelaria tudo quando estivéssemos juntos por mais algum tempo. (Então estamos "juntos", é? Interessante!)*

*Quase inevitavelmente acabamos na cama. De novo.*

*Fomos ao pub Heart and Hand, em Clapham Common, e, quando anunciaram a última rodada, sugeri irmos de metrô para o meu apartamento, pois eu tinha umas garrafas de vinho que precisavam ser bebidas. James adorou a ideia. Disse que mal podia esperar para conhecer minha casa e ver o que minhas coisas diziam a meu respeito. No final, tudo o que ele viu enquanto nos jogávamos pela porta da frente do apartamento em cima do futon foram as paredes pintadas com magnólias e o teto branco.*

*Depois, deitados nos braços um do outro, ouvindo os Pixies tocando "Monkey Gone to Heaven" sem parar (os dois com preguiça demais para levantar da cama e trocar o CD), perguntei para James quando eu iria conhecer a casa dele. Uma nuvem passou por seu rosto e ele disse "Nunca, se Deus quiser". Quando perguntei o que ele queria dizer, deu de ombros e disse que precisava ir ao banheiro. Depois que voltou, disse alguma coisa que me fez rir e fim da história, o assunto mudou sem que eu sequer percebesse.*

*Não vou desistir tão facilmente na próxima vez que o assunto surgir...*

## Capítulo 5

— Keisha Malley? — Oli pega um biscoito do outro lado da mesa e dá uma mordida. Está de volta há dez minutos e já praticamente destruiu um pacote inteiro de chocolate. — Uma bela moça negra? Sei, conheço ela, está saindo com Danny.

É o dia seguinte ao incidente com Keisha e Danny no hospital, mas ainda estou me recuperando. O que ela quis dizer com *Ela confiou em mim, achou que eu era sua melhor amiga e olha só o que aconteceu com ela?*

Brian e eu viemos conversando durante todo o caminho para casa e por horas durante a noite e, mesmo assim, não conseguíamos parar de pensar naquilo. Precisei de todo o meu autocontrole e da mão firme de Brian no telefone para não ligar para Oli à meia-noite e pedir o número de Danny para que eu conseguisse algumas respostas de uma vez por todas.

— Charlotte algum dia falou qualquer coisa sobre Keisha ser sua melhor amiga?

— Keisha? Sua melhor amiga? Você está de gozação, né? E a Ella? Aquelas duas são unha e carne. — Ele levanta uma sobrancelha. — Ou andaram brigando?

Balanço a cabeça.

— Não sei. Charlotte nunca mencionou qualquer problema com Ella, só que... — Eu recuo. Estou começando a ficar com a impressão de que tem muita coisa que não sei sobre a vida da minha filha.

Oli faz uma cara de desconfiança.

— É um pouco improvável, não é? Uma garota de 15 anos e outra de 19 melhores amigas? Ou isso funciona de outro jeito com as meninas?

— Não sei. — Dou de ombros. — Mas por que a Keisha diria isso, se não fosse verdade?

— Ela é mulher. É louca! — Ele dá uma risada e sorri para mim, arrependido. — Desculpe, Sue, você é a exceção.

— Oliver James Jackson, — diz Brian da varanda, indignado. — Você está insultando sua mãe de novo?

Ele olha fixo para Oli com uma expressão séria, mas não consegue impedir que os lábios denunciem sua vontade de rir.

O filho não dá o braço a torcer.

— Achei que eu tinha te mandado tirar folga hoje, velho.

— O quê?! — Brian atravessa a cozinha e passa o braço pelo pescoço dele, de leve. — Deixe o velho de fora, fazendo o favor.

Sorrio ao vê-los retomar seus papéis de pai e filho sem qualquer esforço. Informações e insultos são trocados e piadas são contadas, e o sorriso jamais desaparece de seus rostos. Adoro ver os dois juntos, mas uma pequena e odiável parte de mim sente ciúmes. Não posso mais do que sonhar em ter com Charlotte qualquer coisa parecida com a intimidade dos dois. Quando ela nasceu, quando a segurei nos braços pela primeira vez, minha cabeça estava tomada de ideias fantasiosas sobre o futuro — nós duas indo comprar sapatos juntas, fofocando na manicure, elogiando os bonitões de Hollywood ou simplesmente sentadas na cozinha, comentando como tinham sido nossos respectivos dias. Mas nada daquilo chegou a acontecer.

Fui a pessoa favorita de Charlotte em todo o mundo até ela fazer 11 anos, mas a partir de então alguma coisa mudou. Em vez de chegar da escola animada para me contar como foi o dia, ela se tornou amuada e introvertida. Em vez de ficarmos rindo juntas de um episódio de *Scooby Doo* na televisão, ela se fechava no quarto na companhia do notebook e do celular. Fazia uma careta se eu aparecesse na porta para oferecer um chá. Brian tentou me tranquilizar dizendo que era normal, tudo parte de se tornar adolescente. Lembrava-me do jeito como sua relação com Oli tinha sofrido naquela mesma idade e, apesar de eu mal me lembrar dos dois brigando, era sempre por coisas como a hora de ir para cama e dinheiro trocado. Não parecia nada tão pessoal como o que havia entre Charlotte e eu.

Aquela recusa em conversar comigo foi o motivo para eu lhe dar o primeiro diário. Imaginei que seria uma válvula de escape para todos aqueles novos sentimentos confusos — inclusive os de ressentimento contra mim.

— Não é isso, Sue? — Oli abana a mão na frente do meu rosto e ri. — Alguém em casa?

— O quê? — Olho de um para o outro. — O que foi?

— Papai fez uma piada. Bom... — ele levanta uma sobrancelha — ... ele acha que foi uma piada, e eu queria que você participasse, porque... — Ele para e ri, provavelmente pela minha falta de reação.

— A Sue te perguntou sobre a Keisha? — pergunta Brian, mudando de assunto.

Oli concorda, mas acaba de enfiar o último biscoito na boca e não consegue responder.

— Sim — respondo. — Ele conhece ela, é a namorada de Danny, só que Charlotte nunca falou dela.

— Hmmm. — Brian coloca o prato vazio na pia e volta para a mesa. — E ela não mencionou nada sobre ter brigado com a Ella? Alguma discussão ou desentendimento?

Oli balança a cabeça.

— Charlotte nunca me mandou muitas notícias ou novidades sobre a vida dela. Só entrava em contato quando precisava de algum conselho ou... — Ele hesita.

— Ou o quê? — Brian e eu perguntamos ao mesmo tempo.

Oli se ajeita na cadeira.

— Ou se quisesse que eu comprasse alguma coisa pela internet.

Brian e eu trocamos um olhar.

— Que tipo de coisa? — pergunta ele.

— Nada demais! Ingresso para um show, assinatura de uma revista, coisas do eBay. O tipo de coisa que você precisa de um cartão de crédito ou de uma assinatura do PayPal para poder comprar.

— Ela te pediu alguma coisa estranha ou incomum? Antes do acidente?

— Nada. — Ele balança a cabeça. — Como eu disse, só ingressos para um show, fotos autografadas de alguma celebridade, esse tipo de coisa. — Ele estica a mão sobre a mesa, mas interrompe o movimento ao ver que o prato sumiu. Um vinco aparece entre as sobrancelhas.

— O que foi? — pergunta Brian.

Oli olha para nós dois. Abre os lábios como se fosse dizer alguma coisa, mas fecha em seguida.

— O que foi? — Agora também fico preocupada. — Você pode nos contar qualquer coisa. Você sabe disso, não sabe? Não vamos te julgar e não vamos brigar. Prometo.

Bem, *eu* não vou brigar. Brian está sentado na ponta da cadeira, os cotovelos na mesa, os olhos fixos no rosto do filho.

— Eu... — Ele não consegue encarar o pai.

— Por favor — digo em voz baixa. — Pode ajudar.

— Certo. — Ele se recosta na cadeira e batuca na mesa com os polegares, olhando para baixo. — Certo. — Outra pausa para pigarrear; sinto que posso explodir se tiver que esperar mais um segundo. — Ela me pediu para pagar um quarto de hotel para ela e Liam.

— Ela O QUÊ?!

— Ela disse que não queria perder a virgindade num carro ou nas quadras atrás da escola como todo mundo, e aí...

— Um quarto de hotel?! — Brian fica de cabelo em pé. — Ela só tem 15 anos, porra! O que é que ela estava achando? Se você...

— Eu não fiz nada, pai! — Oli levanta as mãos. — Juro. Jamais faria isso. Posso ver por sua expressão horrorizada que ele está falando a verdade.

— Por que você não nos contou isso antes? — pergunto.

— Por que eu contaria?

— Por que sua IRMÃ DE 15 ANOS estava pretendendo fazer sexo com seu namorado de 17 num quarto de hotel! — Brian está quase saindo da cadeira, as mãos espalmadas sobre a mesa com as pontas dos dedos brancas.

— Brian. — Ele sequer olha para mim, então repito seu nome enquanto ele se exaspera. E repito mais uma vez. — Brian, pare com isso! Pare de gritar. Oli não tem culpa.

Os dois homens olham para mim, surpresos. Acho que nenhum deles já havia me ouvido levantar a voz antes.

— Me desculpem — diz meu marido, com a voz grave, enquanto afunda de volta na cadeira e esfrega a nuca, os olhos fechados. Ele então os abre e pega minha mão. — Desculpe, Sue. — Ele olha para Oli, de queixo franzido e lábios apertados em remorso. — Desculpe, filho. — Oli dá de ombros, mas não diz nada. Posso ver que está magoado. — Só achei tudo isso muito... Ponho minha mão sobre a dele.

— Eu sei.

Os olhos de Brian buscam os meus.

— Você não parece surpresa com tudo isso.

— Não estou. — Aperto sua mão. — Eu li o diário dela. Sei como ela se sentia em relação a Liam.

Ele franze as sobrancelhas.

— Ela tem um diário? Quando foi que você descobriu isso?

— Hoje de manhã — minto.

Brian se ajeita na cadeira. Se ele *de alguma maneira* é responsável pelo acidente de Charlotte, não parece preocupado com o fato de eu ter acesso aos pensamentos mais íntimos de nossa filha.

— Será que... — Ele se inclina para frente. — Será que tem alguma coisa lá que possa revelar o motivo para ela querer...

Ele não consegue pronunciar as palavras "tentar se matar". Brian se recusa a aceitar a ideia de que nossa filha possa ter se sentido infeliz a ponto de querer dar cabo da própria vida sem compartilhar sua infelicidade com a gente. Entendo porque ele se sente assim; entendo perfeitamente.

— Não — digo, e ele relaxa, visivelmente aliviado.

É outra mentira, é claro, mas não posso compartilhar a verdade sobre o diário até ter certeza de que ele não teve qualquer participação no "segredo" que se tornou tão pesado para ela. Neste momento, não sei no quê, ou em quem, acreditar.

— Eu posso ler? — pergunta ele.

Quando levanto as sobrancelhas, ele balança a cabeça.

— Não, você está certa, é claro. Ela ainda merece sua privacidade. Mas... — Seus olhos se voltam agitados para Oliver, que nos observa com uma expressão curiosa. É a primeira vez que nos abrimos sobre o acidente de Charlotte na frente dele. A fachada de "está tudo bem" finalmente está desfeita.

Brian balança a cabeça e afunda de novo na cadeira. Ficamos em silêncio; eu olho para o monte de farelos na frente de Oli. Não me surpreendi ao ler sobre o desejo de Charlotte de perder a virgindade com Liam e sobre como ela estava animada e assustada com isso. Não pensei muito no assunto. Certamente não imaginei que isso pudesse estar ligado ao "segredo" que ela mencionou no último dia. Supus logo que fosse algo relacionado a Brian, mas, agora que Oliver mencionou essa história de hotel...

Descolo os olhos dos farelos de biscoitos e olho para Milly, semiadormecida aos meus pés. Precisamos de uma caminhada... até a casa de Liam.

## *Sábado, 30 de setembro de 1990*

*Na noite passada, James falou que me ama, quatro semanas depois do nosso primeiro encontro.*

*Ele me levou a um restaurante mexicano incrível em Camden, tudo à meia-luz, mesas íntimas, velas tremeluzentes e nenhum cacto sequer à vista. Eu estava tentando comer minha* fajita *sem espalhar tudo pela mesa, mas estava difícil. Quanto mais eu me esforçava para acertar o ângulo da mordida, mais comida caía pela beirada e mais eu ria. Quando olhei para James do outro lado da mesa, ele estava assustadoramente sério. Olhei para trás de mim para ver se ele estava reagindo a algum acidente horrível na rua, mas os carros e as pessoas continuavam a passar normalmente.*

*Coloquei a* fajita *no prato. Minha fome desapareceu de uma hora para outra.*

*— O que foi, James?*

*Ele se ajeitou na cadeira.*

*— Você.*

*— O que tem eu?*

*— Você é a mulher mais incrível que já conheci na vida.*

*Seu olhar era fixo, sem piscar, a boca apertada numa linha reta, as mãos cruzadas elegantemente no colo. Era como se olhasse para além do meu vestido vermelho florido, das pérolas negras e dos cabelos cacheados, atravessando-as direto até o interior da minha cabeça.*

— Eu amo você, Suzy — disse. — Nunca amei ninguém como amo você e isso me deixa apavorado, amar alguém tanto assim. Não consigo dormir, comer ou pensar por causa de você. Mal consigo atuar. Perdi o controle de quem eu sou e isso está fazendo com que eu fique fora de mim, mas não consigo evitar, porque te amo demais. Jamais poderei ficar sem você.

Ele busca meus olhos, procurando uma reação. Nunca o tinha visto tão preocupado. Sorrio, desesperada para aliviar seu desconforto, e estico a mão por cima da mesa para pegar as dele. Ele descruza as mãos do peito e segura meus dedos.

— Eu também te amo, James, mas nunca na minha vida me senti tão assustada ou vulnerável. Não tenho mais nenhuma defesa, nada que te impeça de me ferir se você quiser.

— Eu jamais te machucaria, Suzy-Sue. — Ele solta uma das minhas mãos e apoia uma das suas no meu rosto. — Jamais. Eu preferiria ferir a mim mesmo do que te ver sofrer.

As lágrimas acumulavam-se nos olhos de James, mas ele as esfregou bruscamente.

— Vamos embora agora. — Ele tirou um maço de notas da carteira e jogou sobre a mesa. — Vamos voltar para sua casa, botar um disco, nos enfiar na cama e bloquear o mundo do lado de fora.

Não havia qualquer outra coisa que eu quisesse fazer.

# Capítulo 6

Não fui à casa de Liam ontem à noite. Quando estava prestes a anunciar minha intenção de levar a cadela para passear, Brian pulou da cadeira e desapareceu pelo corredor. Quando voltou minutos depois, estava de casaco e trazia a guia de Milly pendurada. Despediu-se muito rapidamente de Oliver e se foi, saindo pela porta como um raio.

Oli levantou uma sobrancelha.

— Não é comum o papai levar a Milly para passear.

Não falei nada. Em vez disso, ofereci outra xícara de chá e mais biscoitos, mas Oli balançou a cabeça, disse que estava ficando tarde e que precisava voltar para Leicester.

Olho para o relógio da cozinha. Parece que Brian saiu para o trabalho há horas, mas são apenas 8h50. Se Liam for um adolescente minimamente parecido com o que Oli foi, não há a menor chance de ele estar acordado a essa hora em pleno feriado. Eu deveria ir ver Charlotte primeiro e depois ir à casa dele. Deixo minha xícara de café na mesa e me levanto. Mas e se ele sair por um motivo qualquer e eu não encontrá-lo? Melhor tentar falar com ele primeiro e depois ir ver Charlotte. Talvez se eu for pelo caminho mais longo até a casa de Liam, dê tempo para que ele esteja acordado quando eu chegar. Se eu for pelo parque, chego no mínimo às 9h30.

Não, mudo de ideia novamente ao chegar ao armário da entrada e pegar meu casaco. É melhor eu ligar antes. Ou talvez mandar uma mensagem. Assim, não incomodo a família. Mas não tenho o celular dele; só o telefone residencial.

A Charlotte, por outro lado, tem.

Subo correndo pela escada até o quarto dela e paro na porta. Onde está o celular dela? Não o vejo desde antes do acidente.

Não toquei no quarto de Charlotte por duas semanas depois da hospitalização. Não tirei nada do lugar, nem mesmo os removedores de maquiagem sujos espalhados pela penteadeira, o sutiã usado e os tênis jogados debaixo da cama, tampouco as revistas espalhadas pelo chão. Nada. Achei que, se arrumasse o quarto dela, iria me arrepender por limpar todos os traços de sua personalidade caso ela jamais voltasse a acordar. Parece ridículo, mas eu estava em choque. Que outra desculpa poderia dar para não ter percebido que seu celular não estava na sacola plástica que a enfermeira me deu? Todas as coisas normais que ela levaria com ela estavam lá — carteira, chaves, maquiagem, escova de cabelo —, menos o telefone. Por quê? Como todos os adolescentes, ela tinha uma ligação umbilical com o celular.

Três semanas depois do acidente, meu choque finalmente se dissipou e com isso minha insistência em manter o quarto intocado. Em vez de enxergar a bagunça como sinal de normalidade, aquilo se transformou num altar mórbido. Minha filha não estava morta, apenas doente, de forma que arrumei tudo para que ele estivesse pronto para seu retorno. E foi então que encontrei o diário.

Escancaro as portas dos armários e vasculho os bolsos de algumas das roupas. Há diversos itens que eu nunca vi antes, um casaco que parece ser de Vivienne Westwood e um vestido curto caro, com uma etiqueta VB. Fico olhando para ele por alguns segundos. O que a Charlotte estava fazendo com um vestido Victoria Beckham? Eu o empurro pelo suporte de cabides e volto minha atenção para uma calça jeans Diesel. Vou ter que conversar com o Oli na próxima vez que encontrá-lo.

Fecho a porta do armário. O motorista do ônibus não falou nada de um celular e nem qualquer outra das testemunhas. A polícia cercou a área imediatamente. Ou seja: se o aparelho tivesse quebrado ao cair ali perto, teria sido encontrado. Logo, deve estar dentro de casa, em algum lugar.

Charlotte deve tê-lo escondido deliberadamente. E, se fez isso, é porque talvez tenha algo a esconder.

Puxo a gaveta de meias toda para fora e vasculho até o fundo. Nada. Tiro a caixa de pastas e trabalhos da escola de debaixo da mesa e procuro entre os papéis. Nada de telefone. Não está escondido em nenhum de seus sapatos ou botas nem enfiado atrás dos romances da prateleira. Volto para a gaveta de meias, aperto cada par enrolado, mas não encontro nada. Procuro pelo quarto por mais quinze, vinte minutos, em cada gaveta, bolsa ou caixa de sapato. Mas não há sinal do celular.

Onde está?

Pego o diário de debaixo do travesseiro e folheio as páginas. Devo tê-lo lido umas dez ou vinte vezes, mas, seja qual for o segredo que ela está guardando, não o revelou ali. Falou de outras coisas, ansiedade com o peso, nervosismo sobre dormir com Liam pela primeira vez, preocupação com o resultado das provas e indecisão sobre a carreira que deseja, mas nada importante, nada tão terrível a ponto de ela considerar tirar a própria vida.

Fecho o livro e o enfio de volta debaixo do travesseiro. Não tem nenhuma resposta ali, mas talvez Liam tenha alguma.

A rua White está completamente deserta, a não ser por um gato amarelo mal-humorado que se eriça quando passamos. Já fui dezenas de vezes à casa de Liam, mas raramente entrei. Normalmente, fico no carro, com o motor ligado, enquanto Charlotte corre e o chama para que eu os leve ao boliche ou ao cinema. Ela nunca passou a noite com ele e ele nunca dormiu em nossa casa, mas falei para ela que, se quando ela fizesse 16 anos os dois ainda namorassem, eu iria com ela ao médico para que ela começasse a tomar pílula. E então, quando fosse seguro, eu e o pai dela sairíamos à noite para deixar a casa para os dois. Achei que estava sendo razoável (ou "ridiculamente liberal", segundo Brian), mas Charlotte me disse que era "a coisa mais nojenta que ela já tinha ouvido" e que, se ela quisesse que seus pais soubessem quando estivesse transando, ela colocaria um anúncio no jornal.

Abro o portão da casa azul, no número 55. O jardim da frente é adorável: os canteiros estão cobertos de cores, sem uma única erva daninha à vista. Claire, a mãe de Liam, deve ter se ocupado bastante. O que eu não daria por aquele talento para jardinagem.

Bato de leve quando chego à porta da frente. As cortinas da sala estão fechadas, mas posso ver a sombra de uma pessoa se mexendo. Bato de novo, um pouco mais alto desta vez, e fico de olho nas cortinas. Logo depois, elas se abrem, e um par de olhos azuis brilhantes olha para mim e em seguida as cortinas se fecham rapidamente. Liam Hutchinson, o namorado de 17 anos de Charlotte, está de pé na minha frente, vestindo apenas uma camiseta azul-marinho e uma cueca samba-canção listrada. Parece confuso, então eu rio amigavelmente.

— Oi, Liam.

Ele acena com a cabeça.

— Senhora Jackson.

— Será que eu posso entrar? Eu pensei que a gente poderia conversar um pouco.

Sinto-me estranha sentada na sala dos Hutchinson. Nunca estive ali antes e não consigo evitar olhar em torno, analisar as litografias incomuns nas paredes, as almofadas coloridas harmoniosamente espalhadas e o grande tapete com aspecto caro estendido diante da lareira vitoriana original. Liam está acomodado no sofá do outro lado da sala, os joelhos abertos. Se ele acha a situação estranha, não está transparecendo. Ficamos sentados ali, trocando olhares disfarçados por uns dois minutos, sem dizer uma palavra. Ensaiei minha primeira fala inúmeras vezes ao longo do caminho, mas, agora que chegou a hora de falar, minha boca ficou seca.

— Então... — consigo articular, afinal — ... provavelmente você deve estar se perguntando por que estou aqui.

Ele encolhe os ombros.

— Alguma coisa a ver com Charlotte?

— Sim. Você foi vê-la? Estou surpresa por não ter te encontrado por lá.

— Não. — Ele pega a manta cor de marfim e ouro que cobre o sofá, arrancando as contas metálicas e soltando-as no chão. A mãe dele vai ter um ataque quando voltar para casa. — Eu não fui vê-la. Achei que não me deixariam entrar.

— É mesmo? — Chego para frente. — Por que você não é um parente? Não tem problema. Amigos *e* família são autorizados a entrar. — Sorrio de forma reconfortante. — E você é mais do que um amigo.

Ele se mexe na cadeira.

— Não, não sou, não.

— Desculpe. Quero dizer, você é o namorado dela.

— Não sou, não.

Franzo as sobrancelhas; com certeza devo ter ouvido mal.

— Desculpe, mas acho que você acabou de dizer que...

— Não estamos mais saindo juntos. — Ele desvia o olhar, como se estivesse constrangido. — A Charlotte terminou comigo.

— Não!

Não posso acreditar. A Charlotte terminou? A *Charlotte*? Eu tinha certeza de que, se alguém tivesse pedido um tempo na relação, teria sido Liam. Ela o idolatrava. Alto, moreno, dois anos mais velho, bonito de uma forma despojada, membro de uma banda. Ela quase teve um colapso emocional quando, no ano passado, um de seus amigos falou para uma das amigas dela que Liam achava que ela "levava jeito".

Ela não deu qualquer sinal de que havia algo errado entre os dois apesar de... Meu olhar vai de Liam para o relógio sobre a lareira, distraída pelo tique-taque que toma conta da sala... E o tempo se desloca.

São três semanas antes do acidente de Charlotte, uma tarde de sábado. Ela acabou de voltar da cidade, onde foi fazer compras. Estou lendo na sala quando ouço a porta da frente. Chamo por ela, perguntando se comprou alguma coisa legal, mas sou ignorada. Não pergunto de novo, mas fico de olho na porta aberta da sala. Segundos depois, Charlotte sobe batendo os pés na escada, pálida como um fantasma. Chamo, perguntando se ela está bem, mas a única resposta que recebo é a batida da porta do quarto. Levanto-me parcialmente do sofá, insegura sobre o que fazer. Charlotte não é do tipo mimado, principalmente quando está aborrecida. Não deixa eu abraçá-la e se encolhe até mesmo se eu faço um carinho em seu braço. Está estressada como todos os outros jovens. Basta ficar na frente do portão da escola um pouco para perceber a tendência. As provas estão se aproximando rápido e o material de estudo se acumula. Charlotte até mesmo teve que ir à escola durante as férias para a professora ajudá-la a completar os trabalhos. Eu me afundo de novo no sofá. Não tenho dormido muito bem ultimamente. Meus pesadelos voltaram, e a última coisa de que preciso é trocar gritos com uma adolescente de 15 anos. *Ela sabe onde estou*, penso ao pegar meu livro de volta.

— Vocês terminaram num sábado? — pergunto a Liam. — Há uns dois meses e pouco?

Ele passa a mão pelo rosto.

— Não, foi... — Ele para e eu sinto que está lutando para controlar as emoções. — ... um dia antes do acidente.

— Por quê? — Eu me inclino para frente, as mãos agarradas aos joelhos. Por que não o procurei antes? É como se eu estivesse agindo como uma sonâmbula desde o acidente de Charlotte, até mesmo antes, e só agora começasse a acordar. Terminar com o namorado *tinha* que ser o motivo para ela ter se jogado na frente do ônibus. A gente nunca sofre tanto com uma separação do que quando se é jovem. Parece que aquilo vai nos destruir e que nunca mais vamos amar, que nunca mais seremos amados. Só que ela não escreveu sobre isso no diário.

Liam se levanta, atravessa a sala e tira o violão do suporte junto à estante. Volta a se sentar e dedilha alguns acordes.

— Liam? — É como se tivesse esquecido que estou na sala. — Por que a Charlotte terminou o namoro de vocês? Como ela estava?

Ele me olha, inexpressivo.

— Quando ela terminou, como ela estava?

Ele balança a cabeça.

— Não sei. Ela não estava lá.

— Como?

Ele olha de volta para o violão, solta mais alguns acordes e depois silencia as cordas com a palma da mão e então olha para mim.

— Ela terminou comigo por mensagem.

Posso sentir que ele não quer falar sobre isso. Quer que eu vá embora. Mas não posso.

— O que ela disse? Na mensagem? Se você não se importa se eu perguntar.

— Pouca coisa. — Ele pega alguma coisa ao lado, e Milly se levanta quando um pequeno objeto preto de plástico atravessa o ar e aterrissa ao meu lado. O celular de Liam. Olho para ele, confirmo se está tudo bem se eu abri-lo. Ele concorda e olha para o violão.

*Charlotte* é a identificação da primeira mensagem. Leio e olho, surpresa, para Liam.

— É isso?

Ele concorda.

Olho a mensagem de texto novamente:

*Está tudo acabado entre nós, Liam. Se você me ama, nunca mais me procure.*

— Você perguntou por quê?

Liam não responde. Está olhando para o tapete, batendo o pé repetidamente.

— Liam?

— O quê? — Ele não levanta os olhos.

— Você tentou falar com ela?

— É claro que tentei. — Ele se mexe como se fosse colocar o violão no chão, mas muda de ideia. Abraça o instrumento contra o peito, uma bochecha apertada contra as cordas. — Ninguém recebe uma mensagem te dispensando do nada e não liga para saber que porra é essa, não é? Não se você ainda amar a pessoa.

Milly fareja os meus pés.

— E o que foi que Charlotte disse?

— Nada. — Liam olha desanimado para mim, como se a batalha tivesse chegado ao fim para ele. — Ela não atendeu ao telefone. Mandei um monte de mensagens para ela, mas não tive resposta nenhuma. Nenhuma sequer. — Ele balança a cabeça. — Eu sei que ela é sua filha, mas não mereço isso, senhora Jackson. Não mereço ser dispensado com uma mensagem sem qualquer explicação e depois ser ignorado como se eu nem existisse, merda!

Estou dividida. Uma parte de mim quer atravessar a barreira entre nós, abraçar Liam e aliviá-lo da dor. A outra quer perguntar se eles brigaram, se ele fez qualquer coisa que justificasse Charlotte terminar o namoro de maneira tão radical. Decido não fazer uma coisa nem outra. Liam parece estar à beira das lágrimas, e não quero deixá-lo ainda mais chateado. Não se eu quiser que ele fale comigo novamente. Eu me levanto e puxo Milly para se levantar também.

— Sinto muito, Liam — digo. — Eu não fazia a menor ideia de nada disso. Charlotte não me contou absolutamente nada.

Ele suspira pesadamente, depois cruza os braços e desvia os olhos. A conversa está encerrada.

Só quando estou na metade do caminho para casa é que me dou conta de que não mencionei o assunto que me ocupara durante todo o trajeto até a rua White. Sexo. Não há a menor possibilidade de eu dar meia-volta e ir bater naquela porta de novo, não do jeito como deixei Liam. Não sei o que levou Charlotte a fazer o que ela fez, mas não consigo deixar de pensar que foi cruel, mesmo para uma adolescente. Mas talvez Liam tenha feito algo que merecesse isso. Às vezes é preciso sair de uma relação da maneira mais disfarçada e silenciosa possível.

— Aqui estamos, Milly — digo, girando a chave e abrindo a maçaneta da porta dos fundos. — De volta em casa. De volta em...

Minha voz fica presa na garganta. Tem um cartão-postal, com a imagem para cima, no tapete. Começo a tremer ao me abaixar para pegá-lo.

— Pare com isso, Sue — digo a mim mesma. — Pare com essas reações exageradas, é só um postal. — Mas enquanto o viro em minhas mãos para olhar do outro lado, meus ouvidos começam a apitar. Minha visão escurece e eu me seguro no batente da porta, piscando com força para fazer com que os pontos brancos que apareceram na minha visão desapareçam, mas sei que é tarde demais. Vou desmaiar.

## Sexta-feira, 13 de outubro de 1990

*Já se passaram quase duas semanas desde que James disse que me amava e ainda não conheci a casa dele. Tudo o que sei é que ele mora numa casa geminada de três quartos perto de Wood Green. Hels está preocupada. Segundo ela, ninguém fica saindo com um homem por seis semanas sem conhecer a casa dele, a não ser que ele tenha algo a esconder. Digo para ela que não estava ligando — que ir a hotéis era excitante e ficar na minha casa era conveniente, mas ela sabe que eu estava só enrolando. Não é possível mentir para uma pessoa que é sua amiga desde os 10 anos e achar que ela vai acreditar.*

*— Já te ocorreu que ele pode ser casado? — perguntou ela no almoço outro dia.*

*Respondi que sim, mas não havia nenhuma marca no dedo anular da mão esquerda dele e ele não cometeu nenhum deslize, nem uma única vez, de mencionar uma esposa ou filhos. Ele sequer mencionou qualquer ex-namorada. Eu contei para ele tudo sobre Nathan. E até mesmo sobre Rupert; que nós tomamos um porre e transamos na faculdade muito antes de eu apresentá-lo para Hels e eles se darem bem. James nunca chegou a mencionar o nome de outra mulher, porém. Helen achou aquilo estranho, achou que seu silêncio obviamente indicava que estava escondendo alguma coisa. Eu argumentei que algumas pessoas são retraídas e preferem manter o passado enterrado.*

— O que será, então? — perguntou ela. — Ex-condenado? Um prisioneiro fugitivo? — Nós duas demos risadas. — Talvez ele ainda more com a mãe e o pai?

Parei de rir. Essa não era uma sugestão tão ridícula. James continuava a sair apressado da minha casa nas horas mais absurdas, alegando ter "coisas para fazer" e precisar "resolver uns assuntos" e, por mais que eu o interrogasse, recusava-se a revelar de que "assuntos" se tratava, dizendo que o que tinha a fazer era "idiota" e que eu "realmente não me interessaria".

— Casado, com certeza — disse Hels, quando contei isso para ela. — Que outro motivo ele teria para sair correndo e não dizer aonde vai?

Antes de voltar para o trabalho, ela me fez jurar que eu ia parar de "ficar dando" para ele e exigiria que me levasse até sua casa ou eu terminaria nosso relacionamento. Eu não tinha certeza se daria um ultimato desses, mas prometi que trataria do assunto quando o encontrasse para jantar no dia seguinte.

Tenho certeza de que existe uma razão absolutamente inofensiva para ele não ter me convidado para conhecer sua casa. Então por que eu me sentia tão incomodada?

# Capítulo 7

Volto a mim no chão da varanda. Uma das bochechas contra o chão frio, a outra estranhamente úmida. Olho para cima e vejo Milly em cima de mim, os grandes olhos castanhos fixos na tigela de comida no canto da varanda, a língua pingando baba. Ela percebe que estou olhando para ela e sorri antes de começar a lamber meu rosto com entusiasmo.

— Oi, Milly-Moo. — Sento devagar, verificando cuidadosamente se tenho algum machucado. Nada parece ter se quebrado, embora, pelo jeito como minha têmpora esquerda dói, acho que devo estar com uma bela mancha ali. Por uma fração de segundo, invento que tropecei e caí, mas então vejo o cartão-postal no chão ao meu lado e tudo volta de uma vez. A imagem da foto mostra James Stewart sentado num degrau com um sorriso tolo, enquanto atrás dele aparece a sombra de um coelho enorme projetada na parede. É uma imagem do filme *Meu amigo Harvey*. O postal poderia perfeitamente ser inofensivo, um alô de algum amigo, só que não tem nenhuma bobagem escrita no verso, nem mesmo um remetente. Apenas um selo, com o carimbo de Brighton e um endereço, o *meu* endereço.

Não se trata de alguém que se esqueceu de preencher um cartão-postal e o enfiou na caixa de correio no meio de outras correspondências por engano. Essa seria a explicação de Brian, caso eu comentasse alguma coisa com ele. Ele me olharia *daquele* jeito que parece dizer "você vai ter outro episódio, não é?" e jogaria o cartão na lixeira dizendo que estava tudo bem e que eu estava segura. Só que não estou segura, não é? *Meu amigo Harvey* era o filme favorito de James. Perdi a conta do número de vezes que assistimos a esse filme juntos.

Milly leva um susto quando chuto o cartão, que vai girando para debaixo da sapateira. Se eu não vê-lo, talvez não pense sobre ele. Talvez possa ignorar o fato de que, vinte anos depois de eu tê-lo deixado, James finalmente me encontrou.

Faço um esforço colossal para esquecer o cartão, mas é como tentar esquecer como se respira. Sempre que minha mente faz uma pausa, sempre que está livre de pensamentos sobre Charlotte, Brian e o que preparar para o jantar, ela volta lá para a varanda, espia embaixo da sapateira e tira o cartão de lá. Não importa onde eu esteja na casa, ele me assombra lá do seu canto escuro e empoeirado. Quero ir visitar Charlotte, mas estou apavorada demais para sair de casa. E se James estiver esperando por mim? Se ele estiver observando a casa, vai saber que estou sozinha, mas todas as janelas e portas estão trancadas — conferi três vezes —, e ele não tem como entrar. Peguei meu celular, pronta para ligar para a emergência ao menor ruído.

Não vou ter tempo para pedir ajuda se eu sair de casa e James me atacar. Se ele estiver escondido nas moitas diante da porta da frente, pode me pegar assim que eu entrar no carro, ou se estiver estacionado mais acima, pode me seguir até o hospital e atacar Charlotte. Menos de 24 horas se passaram desde que a vi e estou quase consumida pelo medo e pela culpa, pois não fui visitá-la hoje. E se, lá no fundo do meu subconsciente, ela souber que não fui vê-la e isso fizer com que entre mais profundamente no coma? E se ela acordar e eu não estiver lá? E se ela morrer?

Pelas próximas duas horas, não sei o que fazer. Dou um pulo quando o telefone toca e me assusto com o vento sacudindo a caixa de correio. Quando ouço uma batida na porta, corro para o escritório de Brian e espio pela cortina, só para ver o eletricista colocando um cartão na nossa caixa de correio. O que estou fazendo? Estou deixando a memória de James me aterrorizar, me impedir de ir visitar minha própria filha. Não sou mais a "Suzy Sue"; já não sou há muito tempo.

Desço para o térreo e tiro o cartão-postal de onde está escondido com a pinça da lareira e o queimo na lareira da sala. Sento-me no sofá, observando as chamas lamberem as bordas, dançarem pelo sorriso bobo de James Stewart, envolvendo-o. Quando ele e seu estranho amigo coelho viram cinzas, varro-as.

Enquanto derramo as cinzas do cartão-postal na pia da cozinha, um novo pensamento me ocorre. E se o cartão fosse para Oli, de um de seus amigos da faculdade? E se estivessem tão chapados a ponto de se esquecerem de botar o nome dele ou uma mensagem qualquer e eu acabei de queimá-lo? E se ele perguntar onde está? Como explicar o que acabei de fazer sem dar um atestado de maluca? Minhas mãos tremem enquanto pego a chave do carro e me seguro na mesa da cozinha. Baixo a cabeça até o peito e inspiro devagar — um, dois, três —, depois expiro. Repito — um, dois, três — e expiro de novo. Preciso me acalmar. Preciso pensar com clareza ou acabarei sofrendo mais um episódio. É assim que começa, é assim que passo da Sue normal, saudável e racional para a versão neurótica e paranoica, do tipo "é melhor trancar Charlotte no quarto dela no fim de semana porque Brian saiu para uma convenção do partido e a BBC reportou o sequestro de uma criança numa cidade próxima". Um, dois, três. Um, dois, três. Lentamente, minha respiração volta ao normal.

Sinto-me mais calma e alegre quando volto do hospital. Os nós de tensão nos ombros desapareceram no minuto em que entrei no quarto de Charlotte e vi que ela continuava a salvo, aquecida e cuidada. Não havia qualquer alteração no seu quadro, e as enfermeiras me garantiram que não houve nenhuma outra visita desde que Brian e eu saímos ontem. Não há motivo para achar que James me achou. O cartão-postal em branco era apenas isso; um cartão-postal em branco, enviado por engano para nós, entregue erroneamente pelo carteiro. Quase não durmo desde o acidente de Charlotte. Não consigo dormir à noite, pois fico tentando descobrir por que ela fez o que fez. Não é de admirar que minha mente entre em parafuso de vez em quando.

Pela segunda vez hoje, coloco a guia em Milly e a levo para fora de casa. Ela sorri para mim, encantada em sair para o ar livre de novo. Costumamos levá-la para passear só de manhã cedo ou tarde da noite, de forma que um passeio à tarde sob o sol de primavera lhe é um presente inesperado.

Judy, a mãe de Ella, abre a porta com uma expressão carregada.

— Sue?

Forço um sorriso.

— Oi, Judy, como vai você?

— Bem.

Espero ela me perguntar o que eu quero. Em vez disso, sou submetida a um longo exame visual, que começa no alto da minha cabeça, com as raízes grisalhas, segue pelas rugas e olheiras que contornam meus olhos sem maquiagem, passa pelo meu melhor casaco da Marks & Spencer e se detém, sem se impressionar, em meus confortáveis chinelos marrons da Clarks. Judy e eu éramos boas amigas até o dia em que ela levou as duas para que Ella ganhasse um piercing de aniversário de 13 anos, sem falar comigo antes. Em retrospecto, reagi de forma exagerada, mas ambas dissemos coisas bem desagradáveis uma para a outra, e o momento para acertar tudo já tinha passado havia muito.

— Que bom — digo tão alegremente quanto posso, sendo que, na verdade, minha vontade era de socar seu nariz acostumado a Chanel. — Não sei se a Ella está em casa, está?

— Ella? — Judy parece surpresa.

— Sim, eu queria conversar com ela sobre Charlotte. Se você achar que não tem problema.

Judy aperta os olhos e então, por uma fração de segundo, uma expressão de quase compaixão passa por seu rosto. Pergunto-me se ela soube do acidente.

— Sem problema — diz ela após uma pausa. — Mas seja breve, pois ela deveria estar estudando para as provas.

Eu concordo e ela se volta para o vestíbulo, puxando a porta para si de forma a deixar uma abertura de apenas alguns centímetros. Grita, chamando a filha. Um grito abafado chega até nós em resposta, e a porta é fechada na minha cara. Um minuto ou mais depois, é Ella quem abre a porta de novo e olha para mim.

— Oi — diz, me olhando com expressão desconfiada, exatamente como a mãe.

— Oi, Ella. — Meu rosto dói pelo grande sorriso forçado. — Eu queria saber se a gente pode conversar um pouco. Sobre Charlotte.

Sua expressão muda com a velocidade de um raio, de suspeita para raiva, e ela passa de uma perna para a outra, cobertas por uma calça jeans modelo skinny.

— E por que eu iria querer isso?

Primeiro Liam, agora Ella. Basta mencionar o nome da minha filha para uma nuvem negra se abater. Não faz sentido. Quando a turma dela fez o livro do ano para a conclusão do ensino médio, com previsões de onde cada um estaria nos próximos cinco anos, Charlotte foi eleita como "a garota com quem todo mundo iria manter contato" e "a garota com maiores chances de sucesso".

— Porque vocês são amigas — respondo. — A não ser que... — observo seu rosto — ... não sejam mais amigas.

Ella levanta uma sobrancelha fina e delineada.

— Correto.

— Entendo. — Faço uma pausa, tentando decidir a melhor maneira de continuar. Pela expressão contraída, dá para ver que Ella está tão disposta a conversar comigo quando Liam. Ainda assim...

— Charlotte continua em coma — digo.

— Eu sei. — Ela levanta a sobrancelha de novo, mas um brilho rápido a entrega. Está interessada. Quer saber mais sobre a ex-melhor amiga.

— Os pulmões estão se fortalecendo, o que é um ótimo sinal.

Ella não diz nada.

— Tentamos de tudo para que ela acordasse — prossigo. — Conversei com ela sobre a família e o que todos andam fazendo. Brian lê artigos de jornal...

— Péssimo. Ela odeia isso.

— Concordo — digo segurando um sorriso diante de sua expressão de repulsa. — Sugeri que lesse uma revista de fofocas em vez disso, mas ele não concordou. Acho que meu marido não é um fã das fofocas das celebridades como Charlotte.

Ella faz uma careta, como se a imagem de Brian lendo uma revista de fofocas a repugnasse.

— De qualquer modo — prossegui —, Oli sugeriu que a gente tocasse as músicas favoritas de Charlotte. Disse que já viu gente fazendo isso nos filmes e que ajuda a despertar pessoas do coma.

A expressão dela se anima diante do nome de meu enteado. Até pouco tempo, ela e Charlotte eram como sombras de Oli e Danny. Tenho o palpite de que os dois foram os primeiros amores platônicos delas.

— É mesmo?

— Sim — digo. — Então pensei que você poderia ajudar. Com a música. Não tenho a menor ideia do que Charlotte estava gostando.

— "Someone Like You", da Adele.

— Ótimo. — Já ouvi essa música. Toca na Radio 2 o tempo todo. — Alguém mais?

Ela encolhe os ombros.

— Essa é a favorita, mas ela também gosta de "I Love the Way You Lie", da Rihanna e do Eminem. "Money", da Jessie J. Ah, e "Born This Way", da Lady Gaga. A gente costumava dançar com essa no meu quarto antes de ir ao Breeze, nas noites para menores de 18 — acrescenta ela rápido.

Sua postura inteira se modificou. Não é mais uma mocinha de pernas cruzadas encostada na porta de braços cruzados e expressão de desafio. Em vez disso, parece mais com a pequena menina loura de 5 anos que encontrei de mãos dadas com Charlotte no parquinho, no final do primeiro dia delas na escola.

— Você poderia ir vê-la — digo em voz baixa — se quiser. Eu posso te dar uma carona até o hospital. Tenho certeza de que Charlotte ficaria feliz.

— Não, ela não ficaria.

Seu rosto foi tomado por uma expressão de desprezo, sem qualquer traço de vulnerabilidade ou doçura.

— O que te leva a dizer isso?

— Só que ela não ia gostar.

— É por causa da Keisha? — arrisco. Ela se surpreende diante da menção do nome da outra moça. — É por isso que você está com raiva?

— Pouco me importa com quem a Charlotte ande. Ela pode fazer o que quiser.

— Mas você é a melhor amiga dela, com certeza você...

— Não, não sou.

— Não é? — Finjo surpresa. — O que aconteceu?

— Nada.

— Bom, alguma coisa deve...

— Não aconteceu nada, tá certo? Só me deixe em paz e pare de me perguntar...

— Tudo bem por aí? — Judy aparece na porta, alertada pelo tom de voz elevado da filha. — Ella? Tudo bem?

— Não. — A filha finge uma expressão de dor. — Sue está brigando comigo e eu não fiz nada de errado, mãe. Só estava...

— Você estava brigando com a minha filha? — Judy tenta franzir a testa, mas o excesso de injeções de botox a impede.

— Não! — Não consigo evitar um riso. — Claro que não. Só estava perguntando para ela por que ela e Charlotte não são mais melhores amigas.

— E?

— Segundo Ella, nada aconteceu.

Judy olha para a filha, que dá de ombros, como se dissesse "foi isso que eu disse".

— Se Ella disse que não aconteceu nada — diz a mãe, olhando de volta para mim —, então nada aconteceu.

— Mas tem que ter acontecido. Essas duas eram amigas desde...

— Não aconteceu nada, Sue! — grita Ella. — Tá entendendo? A gente só parou de ser amigas. — Ela olha para a mãe. — Não quero mais falar disso.

— Tudo bem, querida. — Judy apoia uma mão de unhas exageradas no ombro da filha. — Volte para o seu quarto e...

— Por favor — imploro. — Judy, por favor. Preciso sabe o que aconteceu. Pode ser que ajude a Charlotte. Você sabia que ela terminou com Liam ou que...

— Manhêêê. — Ella olha para a mãe com olhos suplicantes. — Mãe, eu preciso mesmo voltar para a minha revisão.

— Tudo bem querida, vai lá...

— Por favor. — Seguro o pulso de Ella. — Por favor. Você tem que me ajudar.

— Tire suas mãos da minha filha! — Sinto uma dor aguda no braço e quatro linhas aparecem na minha pele onde Judy me arranhou com as unhas falsas. — Agora.

Fico tão surpresa que solto a mão imediatamente.

— Obrigada, mãe. — Um sorriso aparece no canto da boca de Ella no momento em que ela se afasta da porta e vai para a escada, subindo dois degraus de cada vez. Judy olha de volta para mim.

— Eu gostaria que você fosse embora agora. Por favor, Sue — diz ela com a voz contida.

— Judy, olha. Desculpa se eu passei dos limites, mas...

— Saia. — Ela dá um passo para trás na varanda e começa a fechar a porta.

Empurro a porta com minha mão tentando impedi-la de fechá-la na minha cara.

— Não, Judy, espera. Ouça!

— Não! Ouça você! — A porta se abre de novo. — Lamento pelo que aconteceu com Charlotte, de verdade, mas não é minha culpa e, com certeza, não é de Ella. Talvez você devesse olhar um pouco mais pra dentro de casa.

Fico em pé diante da porta, boquiaberta. E não é só porque Judy bateu a porta na minha cara.

## *Domingo, 15 de outubro de 1990*

*James e eu tivemos nossa primeira briga hoje à noite. Ele e o resto do grupo de teatro foram para o bar, como fazem todo domingo depois do ensaio, e James se sentou na sua banqueta de costume, na ponta. Eu disse oi, levei uma cerveja para ele, dei um beijo e continuei com meu trabalho, como sempre faço — brincando um pouco com Maggie e Jake, atualizando-me com as fofocas com Kate e tirando sarro do Steve —, mas deu para sentir que tinha algo errado. Sempre que eu olhava para James, em vez de estar lendo seu roteiro ou seu livro, estava me encarando com um olhar irritado. Sorri para ele e fiz uma careta. Quando nada disso desfez a carranca, fui até lá num momento mais calmo e perguntei o que havia de errado.*

*— Você sabe — disse ele.*

*— Sei o quê?*

*— Eu não deveria te dizer, porque você já sabe.*

*— Se eu soubesse, não estaria perguntando!*

*Ele deu de ombros, como se eu fosse uma idiota, e, furiosa da vida, fui atender outra pessoa.*

*Quando me virei para olhar para ele de novo, havia ido embora. Perguntei para os outros se ele estava de mau humor nos ensaios. Muito pelo contrário, disseram. Estava ótimo, praticamente pulando pelo palco.*

*— Acho que alguém está apaixonada. — Maggie piscou para mim.*

*Achei que ele também estivesse; estava tão afetuoso naquela manhã e insistiu para a gente transar — não só uma vez, mas duas — antes de me deixar sair da cama para tomar um banho. Até mesmo respondeu "em breve" para a minha pergunta sobre quando iríamos passar a noite na casa dele em vez da minha.*

*Então, o que tinha mudado?*

*Mal podia esperar a hora da saída para pôr os copos na máquina de lavar louça, limpar as mesas e ir para casa, ligar para James. Ele só atendeu depois de oito toques e então:*

— Alô. — *A voz sem emoção.*

— James, é a Suzy.

— Olá, Susan.

*Aquilo doeu. Ele nunca tinha me chamado pelo meu nome inteiro.*

— Por que você estava tão distante de mim hoje à noite?

— Você sabe.

— Na verdade, não. — *Fiz um esforço para manter a dor afastada da minha voz.* — Não sei. É por isso que estou te ligando, porque quero que você me diga.

— Se você não sabe, não faz sentido falar disso.

— Ah, pelo amor de Deus. Será que você não consegue ser um pouco mais irritante? James, por favor, me diga por que você estava tão irritado ou então vou ter que desligar.

— Vá em frente.

— Muito bem.

*Bati o telefone e fiquei olhando para ele, esperando que me ligasse de volta. Cinco minutos se passaram, depois dez, quinze. Quando vinte minutos se completaram eu estava furiosa e peguei o aparelho de volta.*

— Alô. — *A mesma voz impessoal do outro lado.*

— O que foi? Alguma coisa que eu disse? Alguma coisa que eu fiz? Alguém com quem eu falei? — *James suspirou e percebi que tinha acertado em cheio.* — Quem? E se você me responder "você sabe", não falo com você nunca mais.

— Steve.

— Steve, o Steve? O Steve MacKensie?

— Sim.

— Você ficou daquele jeito porque eu falei com o Steve MacKensie? Isso é ridículo. Por que você ficaria com ciúmes dele?

— Ninguém disse que estou com ciúmes, Susan.

— Então por quê...?

— Você estava flertando com ele. Eu vi, se inclinado sobre o balcão para que ele pudesse olhar seu decote.

— O quê?

— Nem tente negar. Todo mundo viu, e não vou permitir que a mulher que eu adoro fazer rir zombe de mim na frente dos meus colegas.

— Permitir? O que é isso? Estamos nos anos 1930? E eu não estava flertando com ele, só estávamos brincando, como sempre fazemos.

— Então por que ele estava com o nariz enfiado no seu decote?

— Isso... — Suspirei profundamente. — Isso é ridículo, James. Absolutamente ridículo. A gente estava na cama hoje de manhã, abraçados na cama depois de uma das melhores transas que eu já tive e eu estava te dizendo como te amo, e agora você está me acusando de... — Balancei a cabeça. — Esqueça. Se você acha que eu estragaria o que tivemos, o que temos, paquerando um ator de segunda, então você não passa de um idiota, você é um... — Meus olhos se encheram de lágrimas. — Esqueça, James.

Bati o telefone.

Tocou menos de um segundo depois. Deixei tocar nove vezes e atendi. Quando eu não disse nada, James suspirou.

— Me desculpe, Suzi-Sue. Me desculpe. Não sei o que deu em mim. É só porque estou com muita coisa na cabeça atualmente. Estou com... umas questões pessoais... Estou trabalhando nisso no momento, coisas sobre as quais não comentei com você.

— Bom, isso não é motivo para me tratar daquele jeito.

— Eu sei. Peço que me desculpe. Você não merecia aquilo. Você estava tão linda no pub hoje. Não conseguia tirar os olhos de você, com aquele top vermelho, aquele decote incrível, mas isso me deixou zangado, ficar vendo outras pessoas te admirando, porque eles não têm o direito de te olharem como se você fosse um pedaço de carne barata e...

72

— Então você não quer mais que eu vista tops decotados? É isso que você está dizendo?

— Sim. Não. Não, não é isso que estou dizendo. O que estou querendo dizer, desastradamente, é que era óbvio para mim que Steve estava dando em cima de você porque você estava maravilhosa, e isso me deixou com raiva; que sua aparência física era tudo o que ele estava vendo. Não estou apaixonado por você só por causa de sua aparência. Eu amo a mulher em seu interior.

Não respondi nada. Ainda estava tentando dar sentido ao que ele tentava me dizer. Acho que estava apontando uma falha de Steve, não minha, mas então por que eu me sentia mal, como se tivesse feito algo para encorajá-lo, vestindo a roupa errada ou sendo amigável demais?

— Suzy?

Não respondi nada.

— Suzy? — repetiu James. — Por favor, não fique chateada. Por favor, não me odeie.

— Nao te odeio. Só que às vezes eu não te entendo.

— Me aeixe consertar isso.

— Como?

— Deixe eu te trazer aqui. Deixe eu te mostrar onde moro.

# Capítulo 8

— São adolescentes, Sue. O que você esperava?

— Eu sei. — Mergulho uma toalhinha numa tigela com água morna do lado da cama, torço e passo gentilmente pela testa de Charlotte. Três dias se passaram desde que fui falar com Liam e Ella, e a advertência final de Judy ainda me deixa angustiada.

— Me mostre um adolescente que se abra para um adulto e eu te apresento o Papai Noel — acrescenta Brian. — Sinceramente, Sue, *você* abriria seu coração para uma mulher de meia-idade quando era adolescente? Sei que eu não me abriria.

— Não. — Encontro o olhar do meu marido e balanço a cabeça. — Eu não. Só achei que eles poderiam falar por causa da Charlotte… — E me calo. Nenhum deles mostrou o menor interesse em ajudar minha filha.

Brian dá de ombros.

— Não sei por que você se surpreendeu, Sue. A molecada se apaixona e desapaixona o tempo todo, trocam de amigos como se estivessem trocando de roupa. Adolescentes são inconstantes, querida. Claro que você sabe disso, não é?

— Sei, mas… — Devolvo a toalhinha para a tigela d'água e pego a escova de cabelo de Charlotte. — É que ela era amiga de Ella desde o jardim de infância. Tiveram suas diferenças, mas sempre fizeram as pazes depois. E no caso do Liam… — Passo a escova pelos longos cabelos escuros de

Charlotte — Bem, ela faria qualquer coisa por ele. O adorava. Você acha que posso acreditar que ela terminou com ele por causa de um capricho adolescente? Não faz sentido.

Brian vira mais uma página e depois fecha o jornal, dobra-o ao meio e coloca no colo.

— Sue...

Continuo a escovar o cabelo de Charlotte, alisando-o com as mãos para que cubra os ombros dela.

— Sue, olhe para mim.

— Que foi? — falei, sem levantar os olhos.

— Você não acha que está ficando um pouco... — ele faz uma pausa — ... obcecada?

— Obcecada?

— Com o acidente de Charlotte. Agindo como se houvesse uma grande conspiração quando, na verdade... — ele para de novo — ... foi apenas um acidente. Um terrível e imprevisível acidente. Entendo que você esteja se sentindo impotente e inútil; eu me sinto exatamente da mesma maneira. Mas sujeitar os amigos dela a um interrogatório não vai fazer com que nossa filha acorde num passe de mágica.

— Você não entende — começo, mas fico em silêncio. Ainda não falei com ele o que ela escreveu no diário. Quase falei há uns dois dias, mas ele pulou da cama às seis da manhã. A princípio, achei que tinha ido ao banheiro, mas como não voltou depois de meia hora, levantei-me e fui procurá-lo. Não estava em lugar nenhum da casa, nem Milly. Foi a segunda vez em muitos anos que ele a levava para passear.

Alguma coisa estava acontecendo, e só tinha uma pessoa com quem eu poderia conversar a respeito.

Mamãe estava sentada no seu lugar favorito, junto à janela, na poltrona de encosto duro que eu tinha coberto com uma linda gravura de Laura Ashley alguns anos atrás. Ela não levantou os olhos quando entrei.

— Oi, mãe. — Coloco uma pilha de toalhas e roupas lavadas no chão e me ajeito na beira de sua cama de solteira. Não tem nenhum outro lugar para sentar.

Mamãe não me reconhece, então tento outra aproximação.

— Olá, Elsie. Como você está hoje?

Dessa vez ela se vira. A testa fica franzida, confusa.

— Quem é você?

Meu coração aperta. Ela não me reconhece. Mamãe tem dias bons e dias ruins. Parece que hoje não é um dos bons.

— Sou a Sue — respondo. — Sua filha. Te trouxe um presente.

Entrego uma caixa de manjar turco, seu doce favorito. Ela pega a lata sem uma palavra, mas os olhos se iluminam ao ver a imagem da princesa oriental na tampa.

— Como você está? — pergunto. Tenho vontade de apoiar a mão em seu joelho, fazer qualquer tipo de contato, mas não quero me arriscar a assustá-la.

— Um pouco aborrecida — responde ela, passando o dedo sobre o rosto da princesa. Olha para mim, um olhar risonho nos olhos azul-claros — Mas pelo menos não estou morta.

Fico feliz pela doença não ter levado totalmente seu senso de humor. Ainda não, pelo menos. Houve uma época em que achei que tinha desaparecido de vez — quando ainda estava morando em Nova York e eu morava bem longe, em Londres, enquanto ela passava pela fase de transição. Agarrava-se ao presente cada vez com menos força, mas ainda tinha consciência suficiente para saber o que estava acontecendo com ela. Ainda me lembro do terror em sua voz quando conversamos pelo telefone. O presente era assustador e imprevisível, o passado era um refúgio seguro, mas ela não queria se entregar totalmente, perder-se no abismo da doença. Então seria um caminho sem volta.

Ficou mais fácil para mamãe, de certa maneira. Ela tem ambos os pés firmes no passado, e as viagens ao presente são tão rápidas que ela mal se dá conta. Raramente me reconhece, mas, quando isso acontece, meu dia está ganho.

— Quem foi que você disse que era mesmo? — Mamãe volta a me olhar por cima dos óculos, a caixa de doces apertada contra o peito.

— Sou a Sue. — Sorrio, desesperada para acalmá-la, para afastar o medo em seus olhos. — Sou sua filha.

— Não é, não. — Uma expressão de raiva atravessa seu rosto. — Por que você diria uma coisa dessas? Por que ser tão cruel?

— Me desculpe. — Preciso falar rapidamente para que se acalme, antes que entre em pânico. — Eu me confundi com outra pessoa. Minha mãe é muito parecida com a senhora.

— Inteligente, não é? — diz mamãe. — Essa sua mãe? Bonita também, não tenho a menor dúvida.

Lá está de novo — aquele brilho brincalhão nos olhos.

— A mais inteligente — digo. — Pouca gente consegue enganá-la. E quanto à beleza? Hm, ela ganhou o concurso de beleza de Bognor Butlins em 1952, portanto, sim, ela era incrível. Incrivelmente linda.

Em vez de ficar envaidecida, mamãe me olha atravessada.

— Eu é que fui a Miss Bognor Butlins em 1952.

— Claro que foi — corrijo-me rapidamente. Esqueci que, embora mamãe não saiba o dia de hoje, pode se lembrar de eventos do passado com perfeição. — Minha mãe deve ter ganhado o de 1951, então.

Mamãe não diz nada. Em vez disso, mexe no papel celofane que embrulha a lata de manjar turco.

— Posso ajudar? — Espero por um aceno de cabeça, tiro o celofane e abro a caixa. Mamãe coloca um doce coberto de açúcar na boca e fecha os olhos, deliciada.

— Eu te trouxe um presente — digo, enfiando a mão na bolsa e tirando um CD. — Um pouco de música. Achei que faria você se recordar dos chás dançantes, de quando você era mais jovem.

Mamãe não reage com qualquer sinal de prazer ou desagrado; ainda está de olhos fechados. Vou até o CD player portátil do outro lado do quarto, que dei a ela no último Natal. Aperto o play e espero pelo som do contrabaixo, coberto por um banjo e a voz metálica do cantor enchendo o ar, e volto a me sentar. Um leve sorriso aparece nos lábios dela, conforme seu chinelo começa a marcar o ritmo no carpete bege da casa de repouso.

— *I found a million dollar baby* — canta baixinho, a voz fina como um gorjeio — *in a five and ten cent store...*

Fico sentada em silêncio ao lado dela, segurando o fôlego enquanto seus olhos brilham, voltados para um canto do quarto, a cabeça balançando de leve, de um lado para outro. É um momento mágico, vê-la tão silenciosamente feliz, envolta em lembranças preciosas. Imagino se está nos braços de papai, a mão apoiada em seu ombro enquanto ele a faz girar pelo salão. Mau pai já morreu há mais de trinta anos, e sei quanta saudade ela sente. Para mamãe, o casamento e a família eram tudo. Ela dedicou a vida ao papai e a mim. Uma vez, contou-me que sonhava com uma família desde que era garotinha.

Comigo foi a mesma coisa, e fiquei radiante quando engravidei de Charlotte. Brian e eu mal tínhamos começado a tentar quando comecei a sentir um formigamento estranho bem em cima do meu osso púbico, e um teste de gravidez confirmou aquilo que eu já suspeitava. Brian ficou nas nuvens. Ele sempre quis que Oli tivesse um irmãozinho ou irmãzinha. Minha gravidez só fez aumentar o lado protetor de Brian, que não me deixou mexer um dedo por nove meses. Nunca me senti tão especial ou amada na vida. Eu tinha 28 anos quando Charlotte nasceu, e Brian e eu gostamos tanto de ser pais que tentamos novamente seis meses depois do parto. Mas a sorte que tivemos da primeira vez nos abandonou, e, à medida que os meses e os anos se passavam, os médicos nos diziam que não havia motivo algum, a não ser nossa idade avançada, para que não concebêssemos novamente. Depois de incontáveis conversas noite adentro e várias reflexões solitárias, decidimos aceitar o destino. Se era para sermos uma família de quatro pessoas, assim seríamos. Eu ansiava por engravidar novamente, por voltar a sentir uma criança se mexendo no meu ventre, mas não era para ser. Três abortos naturais em dois anos foram o bastante.

Nenhum de nós dois suportaria a dor de mais uma gravidez perdida. Assim, no dia em que Charlotte fez 5 anos, nós a levamos até a casa de um criador de Golden Retrievers e, no meio de uma confusão de pelos dourados, escolhemos Milly. A família estava realmente completa.

— Oi, Susan.

Mamãe fala meu nome tão baixinho que penso ter sido um sonho, mas não. Ali está ela, sentada ao meu lado, os claros olhos azuis nos meus, a lata de manjar turco na mesa ao seu lado, as mãos relaxadamente cruzadas sobre o colo.

Minha vontade é dar um pulo da cama e abraçá-la com força. Quero falar sem parar, contar para ela tudo o que estava acontecendo na minha vida, implorar por conselhos, ouvi-la atentamente e me sentir pequena, segura e protegida de novo. Em vez disso, continuo onde estou e pego sua mão. Não é justo submetê-la aos meus medos e preocupações. É minha mãe que precisa se sentir segura e protegida agora, não eu.

— Oi, mãe. — Aperto sua mão de leve. A pele dela é fina como papel e pontilhada de manchas de idade. — Como você está hoje?

— Velha — diz ela, ajeitando a cadeira e mudando de posição, como se conferisse se ia sentir alguma dor, estalos ou rigidez. — Como está Charlotte e aquele seu marido charmoso?

Mamãe sempre teve uma queda por Brian. O fato de ela gostar tanto dele foi parte dos motivos que me fizeram aceitá-lo de volta depois do caso.

— Brian está bem — digo, animada, pegando um doce, mesmo nunca tendo gostado muito. — Ocupado, como sempre. E Charlotte...

Não posso contar a verdade para ela. Não quero aborrecê-la e fazer com que deixe de me ver novamente. E se ela nunca mais voltar do passado? E se o seu último momento comigo for horrível? Eu jamais me perdoaria.

— ... Charlotte está estudando bastante para os exames finais.

— Boa menina. — Mamãe parece tão orgulhosa. — Ela vai longe. O que é que ela queria mesmo? Ser psicóloga, não é?

— Fisioterapeuta. Ela quer trabalhar com jogadores de futebol da primeira linha. Ela diz que admira o físico e a dedicação ao esporte deles, mas acho que ela só quer mesmo é apertar as coxas dos atletas. — Eu rio.

— Não me surpreenderia se ela quisesse ser aeromoça amanhã, bióloga marinha depois. Charlotte muda tanto de ideia sobre o que quer fazer que mal consigo acompanhar.

Mamãe dá uma risadinha.

— Você era igualzinha, Susan. Sempre achei que você fosse acabar professora, mas seu pai tinha certeza que você tinha mais jeito para ser costureira.

— Vocês dois estavam certos — digo —, de certa maneira.

Cheguei a me preparar para ser professora de inglês depois da universidade; era a maneira mais fácil de financiar minhas viagens. Mas meu coração nunca bateu muito forte por isso. Formei-me com uma boa nota em moda e queria muito trabalhar com teatro, como figurinista, mas não havia emprego nenhum disponível. Era questão de conhecer as pessoas certas, só que eu não conhecia ninguém. Foi assim acabei indo trabalhar com a companhia dos Abberley Theatre Players.

— Você era muito boa nas duas coisas — diz mamãe, trazendo-me de volta para seu quartinho com papel de parede de magnólias na casa de repouso Hays-Price Community. — Você devia fazer isso profissionalmente, estofamento. As pessoas pagam bem por coisas bonitas.

Sorrio. Abandonei meus sonhos de figurinista há vinte anos. Nunca mais peguei numa agulha de novo até o dia em que Charlotte, cheia de lágrimas, chegou da escola e perguntou por que ela era a única da peça natalina que não tinha uma fantasia.

— Talvez eu devesse. — Tem um milhão de coisas que quero contar para ela enquanto ela ainda está ali, no presente, mas não sei por onde começar. Não quero contar para ela que desconfio que Brian está me traindo, ou que acho que a melhor amiga e o namorado de Charlotte têm alguma coisa a ver com o acidente dela. O que quero é dizer para mamãe como ela é importante para mim e como eu gostaria de poder mandar embora aquela doença horrível que, dia após dia, vai levando mais uma parte dela para longe.

— Amo você, mamãe. — As palavras brotam na minha língua tão rápido que se atropelam. — Eu não digo isso o bastante, mas é verdade. Todos nós te amamos. E sou grata por todas as coisas lindas que você fez para mim na minha vida. Me desculpe por ter sido uma filha tão horrível...

— Susan! — O sorriso se abre em seu rosto e ela aperta os lábios. — Não ouse dizer uma coisa tão horrível, tão falsa. Eu não poderia ter pedido uma filha melhor do que você.

— Mas eu fui embora. — As lágrimas se acumulam nos meus olhos, e engulo freneticamente para que elas se desfaçam. — Fui embora para a Grécia quando você precisou de mim e...

— Susan! — Ela aperta minha mão entre suas mãos pequeninas. Sua força me surpreende. — Não ouse. Não ouse se desculpar por aquilo quando aquele... aquele *monstro*... fez aquelas coisas com você. Eu só queria que seu pai estivesse lá para impedi-lo de...

Olho para ela, horrorizada. Ela não deveria saber de James. Não deveria se lembrar. Eu liguei para ela do aeroporto de Gatwick quando estava esperando meu voo para a Grécia e contei tudo para ela. Eu precisava falar com alguém, expurgar aqueles três anos de inferno, mas não pensei por um segundo que ela fosse guardar alguma coisa daquilo. Nem mesmo pensei que ela saberia quem eu era. Como pude ser tão egoísta?

— Charlotte me mandou dizer que te ama — digo, desesperada para mudar de assunto. — Ela vem te visitar assim que puder.

— Ah, isso seria adorável.

O rosto de mamãe se ilumina e eu faço uma prece, implorando para quem quer que esteja encarregado do universo que faça minha filha ficar bem, para que elas duas possam passar algum tempo juntas e o que eu disse não tenha sido uma mentira.

— Eu gostaria muito — diz mamãe. Ela mexe no conteúdo de uma gavetinha na mesa ao seu lado e coloca um broche na minha mão. É de vidro e massa, um buquê de flores com uma fita ao redor dos caules. Totalmente fora de moda, mas muito bonito e brilhante. — Dê isso para a Charlotte, com o meu amor. Diga a ela que isso vai lhe dar sorte nos exames. — Ela me olha de maneira significativa. — Eu estava usando isso no dia em que conheci seu pai, você sabe.

Abro minha boca para agradecer, para dizer como Charlotte vai ficar feliz, mas não consigo falar.

— Tenho uma coisa para você também — diz mamãe, voltando-se novamente para a gaveta.

Tento protestar, dizer que não precisa, no momento em que a "Sinfonia nº 40 em Sol Menor" de Mozart enche o quarto. Procuro o celular na minha bolsa.

— Brian? — digo, levantando-me e atravessando o quarto, de costas para mamãe, com a voz abafada.

Uma pausa e então:

— É a Charlotte — diz ele. — Você precisa vir para o hospital. Agora.

## *Terça-feira, 18 de outubro de 1990*

*Hoje à tarde conheci a casa de James, finalmente. E agora sei por que ele me deixou esperando por tanto tempo.*

*Deveríamos chegar em sua casa à uma da tarde, no horário que a senhora Evans disse para estarmos lá para o almoço (sim, ele mora com a mãe!), mas passamos no pub mais cedo e James, que estava ridiculamente nervoso, sem jamais admitir, insistiu que tomássemos mais uma dose, para dar sorte. Sua mãe não se incomodaria se nos atrasássemos, disse ele. Ela provavelmente estaria ocupada demais assistindo* Assassinato por escrito *para se dar conta do horário.*

*Duas horas depois, finalmente fomos para sua casa em Wood Green. James mal conseguia enfiar a chave na fechadura, e eu não conseguia parar de rir.*

*— Sapatos — disse James, cutucando-me nas costas quando adentramos o saguão.*

*— Meias! — Cutuquei ele de volta, explodindo com outra gargalhada.*

*— Não. — Ele olhou para meus lindos saltos vermelhos de marca. — Tira o sapato. Minha mãe não deixa pisar de sapato nos tapetes.*

*Abaixei-me e arranquei um pé de sapato. Tive que me segurar na parede para não despencar no chão.*

*— Achei que você estava brincando de associar palavras. Sabe... Sapato, meias, dedos, pé...*

— Por que eu faria isso? — E me olhou sério. — Não sou uma criança, Susan.

Encolhi os ombros e me abaixei para pegar o outro sapato, sem saber o que dizer.

— Estou brincando! — Ele me cutucou e eu perdi o equilíbrio instantaneamente e caí. — Pés! Queijo! Feijões!

Eu ria enquanto ele me ajudava a ficar de pé, mas parecia forçado. A piada tinha perdido a graça.

— Chinelos — disse James.

Achei que ele ainda estava fazendo a brincadeira das palavras e o ignorei para olhar o saguão ao redor. Era amplo, mas o papel de parede vermelho texturizado e o móvel de mogno junto a uma parede deixava o lugar menor e escuro. Uma única lâmpada, coberta por um quebra-luz, pendia do teto, e fotografias decoravam uma parede, algumas em preto e branco, outras coloridas, mas desbotadas pelo tempo. Havia várias de um menino louro com um grande sorriso e olhos azuis e brilhantes, e me aproximei para ver se eram do meu namorado.

— Chinelos. — James agarrou meu pulso e me puxou de volta para perto dele.

Puxei minha mão para longe e esfreguei a pele.

— James, isso dói.

Ele chutou alguma coisa sobre o tapete para mim.

— Para de enrolação e calce isso.

Olhei para os chinelos bege aos meus pés e balancei a cabeça. Pareciam uma peça de vestuário da minha avó.

— Você tem que calçar isso, Susan. — Ele abriu o armário ao lado e tirou outro par idêntico, apenas maior, e os calçou. Olhei para o seu rosto, esperando que ele começasse a rir, mas não foi o que aconteceu.

Olhei de volta para os chinelos. Não gostei do jeito que ele estava me mandando fazer aquilo, mas a última coisa que eu queria era começar um briga antes de me encontrar com sua mãe pela primeira vez.

Calcei os chinelos, procurando não pensar em quem os tinha usado antes.

James olhou para os meus pés e riu. Disse que combinavam comigo. Ele passou o braço pela minha cintura, puxou-me para perto, e sua boca encontrou a minha. Relaxei nos seus braços enquanto ele me beijava.

— Vamos lá — disse ele, pegando minha mão. — Vamos achar a minha mãe. Eu tenho certeza de que ela vai te adorar.

Ele me levou pelo corredor e por uma porta branca.

— Mãe — disse, apertando minha mão —, essa é a Suzy. Suzy, essa é minha mãe.

Sorri e estendi minha outra mão para uma mulher pequena, de cabelos escuros, que se levantava do sofá e vinha em minha direção. A mão continuou estendida enquanto ela desviava de mim e desaparecia pela porta da sala de estar.

— James — chamou ela, do saguão —, uma palavrinha, se não se importa.

Fiquei surpresa com seu forte sotaque galês. Eu achava que ela seria elegante como o filho.

James foi atrás dela sem uma palavra, sem sequer olhar de volta para mim, fechando a porta da sala ao passar. Fiquei imóvel, olhando para a porta fechada. Quando finalmente me mexi, foi para sentar na beirada do sofá de couro marrom impecável que dividia uma parede com uma enorme cristaleira de mogno. Na parede do outro lado, pendurado atrás de um aparador com uma televisão pequena e cinza e um toca-discos com jeito de antiguidade em cima, estava o batik mais assustador que eu já vira. Preto, com uma enorme máscara tribal no meio, pontilhado de azul, branco e vermelho-vivo. A boca estava aberta, escancarada, um negrume sob olhos brancos e vazios cujo olhar cruzava a sala direto na minha direção. Desviei os olhos para a prateleira de livros, coberta de lombadas verdes de volumes de capa dura dos quais eu nunca tinha ouvido falar, então para a mesa coberta com uma toalha de renda, a comida servida. Minha barriga roncou diante da visão dos pratos cheios de sanduíches de pepino, ovo e salmão, um lindo bolo de pão de ló numa boleira de prata e tigelas de azeitonas, nozes e batatas fritas, mas não toquei em nada.

Em vez disso, fui até a estante, tirei um livro verde da prateleira e abri a capa. Dez minutos depois, o som de vozes alteradas chegou até a sala. Coloquei o livro de volta na prateleira e abri uma fresta na porta.

— James? — Caminhei silenciosamente em direção a uma porta do outro lado da casa. Estava escancarada, a luz intensa desenhando um triângulo cor de rosa no tapete marrom. O murmúrio das vozes encheu meus ouvidos à medida que me aproximava. — James?

— Como você pode? — A voz da mãe dele estava tensa, beirando a histeria. — Depois de tudo o que eu fiz por você. Como pode ser tão desrespeitoso?

— Mãe... por favor... se acalme. — Minha mão esticada soltou-se da maçaneta. James falava com um forte sotaque galês também. — Nós nos atrasamos umas duas horas, só isso.

— Para um almoço em família! Você não tem modos? Ou perdeu todos de uma vez no dia em que seu pai se matou?

Se matou? Apoiei uma mão na parede. James havia me dito que seu pai morrera de câncer no pulmão.

— Estou aqui agora, não estou?

— Atrasado. Com ela. Alguma vagabunda que você conheceu há dez minutos.

— Ela não é uma vagabunda, mãe. Ela é especial.

— E o que isso faz de mim? Uma porcaria que o gato trouxe para dentro de casa.

— Claro que não. Você é...

— Eu me levantei às seis da manhã para limpar a casa, James. Seis da manhã! Estou lavando, cozinhando e limpando o dia inteiro. Para você, Jamie, para você e aquela mulher. O mínimo que você poderia ter feito era demonstrar algum respeito e chegar na hora. Achei que eu tivesse te educado melhor do que isso.

— Ah, puta que o...

Ouvi um som como um chicote estalando e ele engasgou. Afastei-me um passo para trás da porta. As paredes marrons pareciam mais escuras, e os móveis, maiores. Mesmo as fotografias pareciam me olhar de soslaio. Tentei respirar fundo, mas o ar estava denso e pesado e ficava preso na minha garganta. Olhei para a porta da frente.

— James! James, me desculpe. — A voz da senhora Evans estava aguda e desesperada. — James, por favor, não vá. Eu não queria...

Fui jogada para longe quando a porta da cozinha foi escancarada e James veio voado para cima de mim. Ele agarrou meu pulso e me puxou atrás dele, avançando para a porta da frente.

— *Estamos indo.* — *Ele me puxou, de chinelo mesmo, saindo para o jardim da frente. Estiquei os dedos para pegar meus lindos sapatos de saltos vermelhos exclusivos, mas já estávamos saindo pelo portão e indo para a rua.* — *Que se foda o almoço da família. Que se foda ela. Que se foda tudo! Está vendo agora?* — *disse ele, me sacudindo ao me virar de frente para ele.* — *Está vendo agora por que eu não queria que você viesse na minha casa?*

*Ele ficou sem dizer uma única palavra por mais uma hora e meia.*

## Capítulo 9

— Não sei por que você está tão estressada. — Brian liga a seta para a esquerda e deixa a rotatória. — São boas notícias.

Olho para ele.

— São mesmo?

— É claro. Você ouviu o que o médico falou, o doutor Arnold. Tiraram o tubo de Charlotte e ela está respirando sem auxílio. O dano ao córtex cerebral foi curado.

— Como assim sem auxílio se eles insistem com a máscara de oxigênio? E as palavras exatas que ele usou foram "as tomografias mostram que os danos tiveram uma redução significativa".

— Sim. Está curado.

— Reduzido, não curado.

Brian suspira deliberadamente devagar.

— Sue, nós dois o ouvimos dizer que não existem razões médicas para que ela não acorde.

— Mas ela não acordou, não é? Fico muito feliz por ela poder respirar sozinha, mas isso não significa nada se ela ainda não abriu os olhos de verdade e…

— Ah! Pelo amor de Deus!

— Brian! Será que eu posso ao menos terminar a minha frase? Por gentileza?

Ele me olha de lado e levanta as sobrancelhas.

— Estou preocupada por causa de outra coisa que o doutor Arnold disse, a parte sobre quanto mais tempo ela ficar em coma, maiores as chances de ela desenvolver complicações secundárias. Ela ainda pode morrer, Brian.

— Sendo que *pode* é a palavra-chave, Sue. Você precisa se manter positiva.

Descanso a cabeça no apoio e olho para cima, para o interior cinzento do carro. Estou agredindo Brian e isso não é justo, mas não consigo afastar o sentimento de que é tudo culpa minha. Falhei como mãe. Se eu tivesse me mantido mais próxima de Charlotte, se a tivesse estimulado a conversar comigo, se tivesse subido a escada atrás dela em vez de voltar para o meu livro, talvez ela nunca tivesse entrado na frente de um ônibus, talvez jamais estivesse correndo o risco de contrair pneumonia ou uma embolia pulmonar agora.

— Eu deveria ter protegido ela, Brian — digo em voz baixa.

— Não, Sue. Não é sua culpa.

Olho para ele.

— Eu não a protegi, mas posso protegê-la agora.

— O que você quer dizer?

— Se eu descobrir por que ela fez o que fez e disser para ela que eu compreendo, que estou aqui ao lado dela, talvez ela acorde.

— Isso de novo não. — Brian suspira pesadamente. — Pela milésima vez, Sue, foi um acidente.

— Não foi. Charlotte tentou se matar, Brian. Ela falou sobre isso no diário dela.

Os pneus cantam com uma freada brusca no asfalto, e o cinto de segurança fere meu pescoço quando o carro derrapa rapidamente para a contramão. Quero gritar para Brian parar, mas não consigo falar. Não consigo gritar. Tudo o que posso fazer é agarrar o cinto com as duas mãos enquanto somos arremessados na direção de um 4×4. Uma cacofonia de buzinas enche meus ouvidos, e então Brian vira a direção com força e damos uma guinada para a esquerda, acelerando em direção ao canteiro central. Depois de outra guinada para a direita, retornamos para o centro da pista.

O buço do meu marido está coberto de suor. Seu rosto está pálido, os olhos fixos à frente e vítreos.

— Você quase nos matou — digo, ofegante.

Brian não diz nada.

Ele não diz nada por todo o caminho para casa. Ao chegar, desliga o motor, abre a porta e atravessa o caminho da entrada sem olhar para trás. Eu fico no carro, abalada demais para me mexer, enquanto ele entra em casa, atravessa a cozinha e desaparece no corredor. Não sei o que me apavora mais: o fato de que quase entramos de frente num outro carro ou o olhar de Brian naquele momento.

Minhas mãos tremem quando pego a maçaneta e abro a porta, fazendo uma pausa para me recompor. Estou sendo ridícula. Brian jamais arriscaria a vida de nós dois daquele jeito quando Charlotte ainda precisa de nós. Ele estava com raiva, penso enquanto piso no cascalho da entrada do carro e me aproximo de casa. Perguntou outro dia se havia alguma coisa no diário de Charlotte que ele precisava saber, e eu disse que não. Menti na cara dele, e ele sabe disso.

— Brian? — Abro a porta da frente cuidadosamente, esperando que Milly venha pulando, mas ela não está na varanda. Deve ter seguido Brian para a sala. Estou quase entrando na cozinha quando uma coisa vermelha e mastigada na cama de Milly chama minha atenção. É um bilhete de "Não foi possível entregar" do correio. Como aquilo foi parar na cama dela? Eu me viro e vejo a "gaiola" que montamos em torno da caixa de correio no chão. É a terceira que Milly conseguiu arrancar da porta. Quanto mais velha, mais esperta ela fica. Eu me agacho e pego os restos do cartão, sorrindo ao ver que o carteiro escreveu — "na lixeira de reciclagem". Brian acha que o carteiro pode estar possivelmente violando as regras do correio ao colocar os pacotes não entregues na lixeira de reciclagem, mas acho essa uma ideia fantástica. Isso o poupa de ter que carregar tudo de volta para o depósito e me economiza uma ida à cidade. Me abaixo do lado de fora e abro a tampa da lixeira de reciclagem.

Tiro um pacote de plástico verde, com Marks & Spencer escrito do lado. É rígido, como uma caixa de sapato, sem a flacidez das embalagens de roupas. Não podem ser sapatos. São a única coisa que insisto em comprar nas lojas físicas. Quando se tem pés grandes como os meus, encomendar sapatos pela internet é um grande risco.

— Brian? — Levo o pacote para casa e procuro meu marido. — Ah, oi, Milly.

Ela me olha, deitada com as patas para frente diante da lareira fria, e depois abaixa a cabeça, suspirando ao ver que não sou Brian. Ele deve ter ido para o escritório. Milly sabe que não pode subir para o andar de cima.

— O que temos aqui então? — Rasgo a embalagem plástica e descubro uma caixa de sapatos. — Muita ousadia do papai escolher sapatos para a mamãe...

A caixa aberta despenca das minhas mãos, e um par de chinelos bege de camurça sintética cai no tapete.

Os chinelos são para mim. Mas não foram encomendados pelo meu marido.

— Brian. — Empurro a porta do escritório. — Brian, precisamos conversar.

Ele está sentado em sua cadeira, a cabeça entre as mãos, os cotovelos na mesa. Nem me olha ao ouvir minha voz.

— Brian — digo, esforçando-me para não deixar minha voz tremer. — Brian, por favor, preciso da sua ajuda.

Ele levanta a cabeça das mãos e a vira lentamente para olhar para mim. Sua expressão é vazia, os olhos fixos e escuros como no momento em que derrapamos pela contramão.

— O que você quer, Susan?

— Eu... — Estou com os chinelos na mão, mas não consigo. Não consigo contar para ele que foi James quem os mandou para mim. Não há nenhum bilhete, nenhum detalhe do comprador, nenhum cartão. Nada que prove quem foi o remetente. E, além disso, Brian parece alguém que acabou de perder a alma.

Eu me sento na beirada da cadeira junto à porta.

— Me desculpe, Brian.

Meu marido não diz nada, mas posso ver que está ouvindo, que quer que eu continue.

— Me desculpe por ter dito que não havia nada com que se preocupar no diário de Charlotte. Tem, sim.

— O quê? — Brian não está mais afundado na cadeira. Ajeitou-se, a ponta dos dedos abertas sobre a mesa, os olhos fixos nos meus. — Me diga.

— Ela... — Não consigo. Não consigo ignorar a sensação de que não devo falar. Não com a segurança de Charlotte ameaçada. — Por que você mentiu sobre a piscina, Brian?

— O quê?

— Na semana passada, quando você tirou a manhã de folga e me disse que tinha ido fazer compras e nadar.

— E? — Uma única palavra, mas dá para perceber a irritação.

— O Príncipe Regente está fechado para reformas há duas semanas.

Brian nem mesmo pisca.

— Não fui ao Príncipe Regente.

— Aonde, então?

— Aquarena.

— Você foi até Worthing para nadar?

— Algum problema nisso?

— Brian, você não vai nadar há meses.

— E foi por isso que resolvi ir dar um mergulho.

— Pare de mentir. — Eu me levanto. — Por favor, pare de mentir.

Meu marido se recosta na cadeira.

— Mentir? Acho que sabemos quem é a mentirosa aqui, Sue. Ou você quer retirar seu pedido de desculpas de cinco minutos atrás? — Como não respondo, um pequeno sorriso transparece em seus lábios. — O que Charlotte escreveu no diário dela?

— Aonde você tem ido de manhã cedo todos os dias?

Brian não diz nada.

Eu não digo nada.

Ficamos olhando um para o outro, os olhos fixos, nenhum dos dois disposto a recuar.

Ding-dong.

O som da campainha me faz dar um pulo. Uma fração de segundo depois, já saí do escritório, aliviada com a desculpa para escapar de lá. Ouço Brian chamar meu nome quando estou descendo a escada às pressas, mas não me viro.

— Já vou! — grito pelo corredor, passando pela cozinha e saindo para a varanda. Milly me segue, empurrando o prato vazio com o focinho quando abro a porta da frente.

Não vejo ninguém pelo painel de vidro, então abro a porta para olhar do lado de fora, esperando ver alguém descendo pela entrada do carro, mas está tudo vazio. Quem quer que tenha tocado a campainha deve ter saído em disparada no mesmo segundo em que tirou o dedo do botão.

— O que foi isso, Milly Moo? — Me viro e vejo a cadela mastigando alguma coisa na sua cama. Aproximo-me e me abaixo. Um envelope de papel pardo marrom.

— Onde você pegou isso? — Eu a distraio com uma bola de tênis semicomida, tiro o pacote dela e me sento na mesa da cozinha. Meu nome está escrito na frente, com uma esferográfica azul, mas não tem endereço nem selo. Viro do outro lado. Nada escrito também, apenas uma fita adesiva fechando a aba. A pessoa que tocou a campainha deve ter empurrado o envelope pela caixa de correio.

Puxo a fita adesiva e enfio um dedo sob a aba para abrir. Mal consigo respirar enquanto viro o envelope para despejar o conteúdo sobre a mesa.

Uma coisa rosa e brilhante cai em cima da toalha de mesa de algodão com uma batida.

É o telefone de Charlotte.

## *Sábado, 21 de outubro de 1990*

*Fiquei sem notícias de James por três dias depois do incidente com sua mãe.*

*Finalmente ele me ligou ontem. Eu esperava que se mostrasse arrependido, mas agiu como se nada tivesse acontecido e perguntou qual eram meus planos para o fim de semana. Respondi que tinha sido convidada para jantar com uns amigos e que ele seria bem-vindo para nos acompanhar, se quisesse. Disse-lhe que gostaria muito que conhecesse meus amigos. Afinal, já tinham se passado dois meses desde que a gente estava junto, e ele ainda não conhecia nenhum dos meus amigos mais próximos.*

— *Helen e Rupert?* — *repetiu ele pelo telefone, depois que eu lhe disse de quem era a casa aonde estávamos indo.* — *O mesmo Rupert que te comeu na faculdade?*

*Odiei aquilo, o jeito como disse "te comeu" como se fosse algo sujo, algo de que eu devesse me envergonhar.*

— *Não. Rupert, meu grande amigo, com quem por acaso eu fiz sexo há muito, muito tempo. Não que isso tenha alguma importância.*

— *Tem para mim.*

— *Bem, não deveria. Não significou nada na época e certamente não significa absolutamente nada agora. Se Helen não se importa, por que você deveria se importar?*

— *Helen não está apaixonada por você.*

— *Ah, pelo amor de Deus. Então não vá.*

— E deixar você sozinha com um cara que te comeu uma vez e que, provavelmente, adoraria comer de novo? Sem chance.
— James!
— O quê?
— Vou desligar o telefone agora.
— Não, Suzy, me desculpe. Isso saiu errado. Ainda estou me recompondo depois do que aconteceu na terça-feira. Me desculpe, querida, por favor. Vou me comportar muito bem no jantar.
— Promete?
— É claro.

James já estava bêbado quando o encontrei na estação de metrô de Willesden. Tão bêbado que mal conseguia ficar de pé, que dirá falar. Olhei sério para ele e disse que ele tinha que ir para casa. James se recusou.

— Eu vou divertir todo mundo — disse. — Sei contar ótimas piadas. O que é marrom e pegajoso?

Não consegui evitar uma risada, e ele estava sendo muito gentil e afetuoso. Talvez fosse divertido, disse a mim mesma. Pelo menos não estaria tenso ao se encontrar com Rupert.

Soube que a noite se transformaria num pesadelo quando, trinta segundos depois de entrarmos no apartamento da Hel e do Ru, James apontou para um pôster de Fórmula 1 e disse:

— Fórmula 1 é coisa de otário. Só um imbecil fica vendo um carro dando um monte de voltas infinitas numa pista.

— Acho que você vai descobrir — disse Rupert, virando-se — que o número de voltas depende da pista e que o esporte exige um número finito de voltas, caso contrário, não haveria um vencedor.

— Ah, blá, blá, blá, blá. — James acenou a mão na direção dele, no momento em que Rupert deixava a sala de estar. — Um otário pedante.

Desviei com ele para o banheiro e fechei a porta. Ele caiu para trás e despencou na privada (com a tampa fechada, graças a Deus).

— Se você continuar com isso, nós vamos embora.

Ele sorriu.

— Então a gente não tem que jantar com o Babaca Débi e a Babaca Loide e com os outros dois Babacas Pirados? Excelente! — Ele tentou se levantar. — Vamos embora!

— Eu, não. — Eu o empurrei para o chão de novo. — Você.

— Não, Suzy. — Ele fez uma careta — Deixa eu passar a noite com o Bundão e com a Bundona.

— Já chega. — Puxei sua mão e o pus de pé. — Você vai para casa. Vou chamar um táxi para te levar.

— Nããããão! — Ele me envolveu com os braços e, usando o peso como vantagem, me imobilizou contra os ladrilhos da parede. Apertou os lábios no meu pescoço. — Não me deixe. Não me mande embora. Prometo ser um bom menino. Suzy, quero acordar com você amanhã de manhã. Não me mande para casa com a escrota da minha mãe. Só estou sendo bobo porque você fica zangada. Eu sei que você gosta muito daquela pentelhuda ruiva e do ursão gordo dela.

— James!

— Tá vendo? — Ele fingiu estar apertando um botão. — É muito fácil. Por favor, Suzy. Prometo que vou me comportar. Vou conversar educadamente no jantar e tudo. Só preciso comer alguma coisa. Comi só uma tigela de cereais o dia todo.

— James! Isso não é bom para você.

— Tá vendo — ele aninhou a cabeça no meu pescoço —, eu sabia que você ainda me amava. Você se preocupa se eu vou morrer de fome.

— É claro que eu amo você, seu idiota. — Fiz um carinho atrás de sua cabeça, gostando de sentir seus cabelos nos dedos. — Mesmo quando você se comporta desse jeito.

Fiel a suas palavras, ele realmente se comportou, mesmo que suas contribuições para as conversas à mesa tenham sido mais sarcásticas do que animadas, mas quase não falou no metrô a caminho de casa. Fiquei grata pelo silêncio. James não precisava falar, mas pude perceber, pelo seu comportamento, que não tinha gostado dos meus amigos... e não apenas por que eu tinha transado com um deles.

Quando finalmente entramos na sala da casa de James, não pude suportar mais um segundo de silêncio e perguntei se ele estava bem.

Ele me ignorou, atravessou a sala e fechou as pesadas cortinas de veludo, demorando para ajeitar as dobras do tecido de forma a ficarem perfeitamente espaçadas. Quando ficou satisfeito com a arrumação, foi direto para *a prateleira sobre a lareira e deu corda no relógio de bronze de carrilhão. Sua expressão não demonstrava nada: os lábios formavam uma linha fina, os olhos cinzentos nada diziam. Apenas a tensão no queixo sinalizava seu humor. Fiquei junto à porta, mudando de posição de um pé para outro. O ar estava carregado, como se uma nuvem escura pairasse sobre nós, ameaçando uma tempestade.*

*— James? — perguntei de novo.*

*— Quer fazer o favor de falar em voz baixa? — Ele se virou e me encarou. — Minha mãe está dormindo lá em cima, será que você já esqueceu?*

*— Desculpe — falei, sussurrando. — Só queria ter certeza de que você está bem. Você pareceu um pouco... — escolhi as palavras cuidadosamente — ... chateado depois que a gente saiu da casa da Hels.*

*— Chateado? — James se aproximou, agigantando-se diante de mim. — Por que eu ficaria chateado, Suzy-Sue?*

*Quebrei a cabeça pensando, analisando as conversas que tivemos durante o jantar. Nada controverso, nenhuma referência aos meus ex-namorados. (Hels sabe que não deve mencioná-los na frente dele) e nada sobre o meu passado que ele pudesse considerar digno de objeção.*

*— Nada? — James deu mais um passo e bateu na minha testa com o indicador. — Realmente? Não consegue pensar numa única coisa que pudesse ter me aborrecido?*

*Balancei a cabeça.*

*— Não, não consigo. Achei que foi uma noite muito agradável...*

*— Mentirosa! — Seu rosto estava a centímetros do meu, tinha o hálito quente, cheirando aos temperos que Hels usou no jantar.*

*— Eu não...*

*— Você é uma piranha mentirosa.*

*— Eu não, James. Eu não disse...*

*— Aceita um trago, Suz? — disse ele, cantarolando com uma voz debochada e imediatamente soube do que ele estava falando. Estava imitando Helen, depois do jantar, quando ela se inclinou sobre a mesa e me ofereceu um Marlboro Light, antes de acender um para si mesma. Senti meu rosto se incendiar subitamente com o sangue subindo.*

— Hels! — continuou James com a mesma voz, o rosto agitando-se de um lado para o outro diante do meu. — Você sabe que eu parei de fumar. Parei semanas atrás, lembra?

— Ela esqueceu, James. A gente costumava compartilhar os cigarros o tempo todo no trabalho, é um hábito. Ela esqueceu que eu...

— PORRA DE VÍCIO IMUNDO!

Dei um passo atrás e limpei os perdigotos do olho.

— Meu pai morreu por causa do cigarro, Suzy. Ele MORREU. Uma morte longa e dolorosa. Eu o segurei nos braços enquanto ele ofegava e pigarreava, indo para o outro mundo. Tentando recuperar o fôlego sem nunca conseguir.

— Mas sua mãe disse que...

James se abaixou de modo a ficar com o rosto a milímetros do meu.

— O que foi que minha "mãe" disse?

— Ela disse... — esfreguei as palmas das mãos na saia — ... que o seu pai tinha se matado. Vocês estavam conversando na cozinha e ouvi ela dizer isso. Eu não estava bisbilhotando, eu juro. Mas você tinha saído há tanto tempo que eu tive que ir ver...

— Mentira! — Senti seu bafo forte no rosto. — Você estava se metendo por aí, ouvindo pelas fechaduras, procurando segredos.

— Isso não é verdade.

— Não é?

— Não. — Eu queria dar um passo para trás, aumentar o espaço entre nós e diluir a tensão, mas não consegui. James estava me chamando de mentirosa, quando era ele quem tinha mentido sobre a morte do pai. — Não entendo. Por que sua mãe diria que seu pai se matou se ele morreu devido a uma doença causada pelo cigarro?

— Ele se matou assim mesmo. Bebendo e fumando demais. Mas foi ela que o levou a isso. Sempre em cima, reclamando, sacaneando, mentindo e manipulando.

— Mas... — Não terminei a frase. A mãe dele tinha dito "no dia em que ele se matou", como se tivesse sido um suicídio, não uma doença respiratória. Ou será que eu havia ouvido errado? Agora eu começava a duvidar de mim mesma.

— Então me diga. — Ele me cutucou no peito, de novo. — Você ainda está fumando?

— Não! Eu não comecei de novo, James. Eu juro...

— MENTIROSA!

Ele estava certo. Eu estava mentindo. Eu não tinha voltado a fumar, não regularmente, mas tinha fumado um cigarro com a Hels duas semanas antes. Nós nos encontramos para almoçar, tomamos uns gins-tônicas e não consegui resistir quando ela me ofereceu um cigarro. Foi apenas um, mas James não entenderia isso. Ele começaria a pensar que eu não o amava mais o bastante para manter minha promessa de largar.

— Se você mentiu sobre esse seu viciozinho nojento — ele deu mais um passo adiante, me empurrando com o peito para trás —, sobre o que mais você mentiu, hein? Suzy-Sue?

Apertei minha boca com as mãos.

— Nada.

— É mesmo? Nada mesmo? Você não está — ele arrancou minhas mãos de cima da minha boca e apertou-as nas suas — trepando escondida com o Rupert de novo?

— Não. — Tentei soltar meus dedos. — É claro que não.

— Indo nos nossos hotéis favoritos para uma boa trepada?

— Não! — Puxei com mais força e consegui soltar as mãos. — Meu Deus, James, você tem que deixar essa história do Rupert para lá. Você está obcecado.

— Obcecado? É você quem vai tomar café várias vezes por semana com ele. E eu deveria acreditar nisso? Que duas pessoas que costumavam foder até cair podem ficar de frente uma para outra, totalmente sozinhas, sem seus parceiros, e conversarem amavelmente sobre bobagens sem sentir vontade de fazer de novo? Você deve achar que eu sou um idiota.

— Ah, meu Deus, James. — Eu não acreditava que tínhamos voltado a isso de novo. — Quantas vezes vou ter que soletrar para você? Rupert é um amigo e nada mais. Me sinto tão atraída por ele quanto por Hels, por quem, antes que você comece a falar do meu suposto "lado sexual selvagem", não sinto a menor atração.

James balançou a cabeça.

— Você não entende, não é, Suzy? Eu poderia ser amigo das minhas ex também, mas não sou por que valorizo a nossa relação mais do que qualquer outra coisa na vida. Eu te amo, Suzy, você sabe disso, não sabe?

— Sim. — Meu coração se acalmou com seu tom mais suave. Ninguém nunca tinha me amado tão apaixonadamente, tão desesperadamente, assim antes. Ninguém nunca tinha sentido tanto ciúme ou sido tão possessivo assim. Nunca tinham se importando tanto. — E eu também te amo, James.

— Não. — Ele segurou meu queixo com a mão direita e inclinou minha cabeça para cima, sem me deixar alternativa a não ser olhar para os seus olhos. — Eu amo você demais, de verdade, Suzy. Você é tudo para mim. Tudo.

Sua mão esquerda deslizou pela minha cintura e ele me puxou para perto, rudemente, brusco, enquanto apertava os lábios contra os meus. Beijou-me profundamente e, apesar da raiva que eu estava sentindo por ser chamada de mentirosa, retribuí o beijo.

# Capítulo 10

Agarro o celular de Charlotte, viro-o na mão e então olho para dentro do envelope. Está vazio. Nenhum cartão, nenhum bilhete, nenhum post-it. Nada. Apenas o aparelho.

    Saio correndo para o lado de fora, atravesso o cascalho com o telefone de Charlotte numa mão, o envelope pardo na outra. Paro ao chegar à rua. Para que lado terá ido? Viro para a direita, na direção da cidade, e continuo a correr. Passo por uma mulher empurrando um carrinho de bebê, uma senhora idosa puxando um carrinho de feira e um casal de adolescentes de mãos dadas. Passo pelo ônibus 19, pelo jornaleiro e por três ou quatro pubs. Continuo a correr. Não sei quem estou procurando ou aonde vou, mas só paro quando vejo Milly vindo atrás de mim com a língua de fora. Não sou nenhuma jovem atleta, mas ela tem 10 anos, problemas cardíacos e perda de visão. Não devia estar correndo para lugar nenhum, que dirá por uma rua cheia de fumaça de carros, com perigos por todos os lados.

    — Vem, garota. — Eu me abaixo e afago a cabeça dela. — Vamos para casa.

Meu primeiro impulso a caminho de casa é encontrar Brian e contar para ele o que aconteceu, mas não digo nada. Em vez disso, encho a tigela de Milly com água fresca e a fecho na varanda. Vou então para o lavabo do térreo, tranco a porta e me sento na tampa da privada. Aperto o botão no alto do celular de Charlotte.

Uma animação aparece na tela quando o telefone volta à vida. Levo uma eternidade para descobrir como acessar as mensagens de texto, mas, quando consigo, aparece uma lista de nomes. Reconheço diversos deles — Liam, Ella, Oli, Nancy, Misha, duas meninas da turma de Charlotte — e mais dois nomes desconhecidos. O nervosismo me deixa enjoada, e, ao mesmo tempo, com uma estranha agitação enquanto percorro as mensagens, certa de que estou prestes a descobrir o que levou Charlotte a tentar se matar. Quanto mais leio, contudo, mais frustrada me sinto, e minha animosidade logo é substituída por constrangimento ao me deparar com um diálogo entre minha filha e seu ex-namorado. Algumas têm teor sexual, mas a maioria é engraçada e carinhosa. O texto que dá fim ao relacionamento aparece do nada. Na mensagem anterior, Charlotte diz para Liam que a noite tinha sido incrível com ele e então, na mensagem final, o namoro chega ao fim e ela não quer mais nada com ele. Não me admira que o ex-namorado tenha ficado tão zangado e confuso. O que vem a seguir são várias mensagens de Liam — as primeiras, magoadas e desesperadas por uma explicação, depois, cada vez mais confusas e iradas. Charlotte não responde a nenhuma delas.

Abro a troca de mensagens com Ella. Uma conversa rápida, de dois meses atrás, sobre um projeto que estavam fazendo juntas na escola, e é só. Não há mais nada — nada sobre Liam ou Keisha ou sobre por que teriam terminado a amizade.

Continuo a procurar pelo histórico de mensagens — as trocadas entre ela e o pai (a maioria, pedidos de dinheiro ou de carona), com Oli (a versão dele sobre o pedido para o quarto de hotel foi precisa) — e depois começo a percorrer os nomes que não reconheço. As mensagens entre Charlotte e as meninas da escola não revelam nada além de fofocas sobre quem está a fim de quem. E é só. Isso é tudo a não ser por mais um nome — K Dog. Meu coração fica apertado quando o seleciono. Eu realmente esperava que o celular de Charlotte fosse me revelar algumas respostas. Tinha certeza de que o mistério seria solucionado bastando apenas...

Minha pele se arrepia toda e eu fico gelada.

*Meu pai é um pervertido e não sei mais com quem falar. Me liga quando puder. Charlotte. Bj.*

Leio o texto de novo.

Não, não é possível.

Ele nunca faria mal a ela.

Minha cabeça se enche de lembranças. Brian levando Charlotte para a piscina. Brian ensinando-a a andar de bicicleta. Brian dando banho nela. Ela teria me contado se ele tivesse feito qualquer coisa inadequada ou se começasse a se comportar de maneira diferente. Não teria?

Não. Eu balanço a cabeça mentalmente. Pare com isso, Sue. Meu primeiro impulso foi o certo. Brian não faria nada para machucar a filha. Ele a ama. Ficou desesperado com o acidente. Ainda está. Mas...

A imagem dos carros vindo na nossa direção atravessa minha mente.

Por que ele teria se jogado na contramão quando contei que Charlotte havia falado sobre se matar no diário? Por que virar o argumento contra mim quando perguntei sobre a piscina e suas caminhadas matinais?

Eu precisava descobrir o que significava a mensagem de Charlotte. O telefone treme na minha mão quando seleciono o nome "K-Dog" e aperto o botão de discar.

Ouço um clique e um tom de discagem e mentalmente repasso o que estou prestes a dizer quando ouço um barulho no andar de cima que me faz dar um pulo.

Brian.

Está caminhando de um lado para o outro no escritório.

— Atenda o telefone — insisto, enquanto o tom de discagem continua a soar, assim como os passos no andar de cima. — Por favor, atenda o telefone.

Vamos. Vamos. Vamos.

Ouço um clique.

Alguém atendeu.

— Alô? — Respiro. — Meu nome é Sue...

*Esta é a caixa postal do número 07972711271. Por favor, deixe sua mensagem após o sinal.*

A escada range.

— Alô? — digo após o bipe. — Você não me conhece, mas meu nome é...

— Sue? — Uma batida forte na porta do banheiro. — Sue, com quem você está falando?

— Ninguém! — Aperto o botão de desligar freneticamente e enfio o celular no sutiã. — Já estou saindo.

Apoio-me com as mãos na parede do lavabo, subitamente atordoada, e me aprumo.

— Sue? — Mais batidas, mais altas, mais insistentes. — O que você está fazendo aí?

— Nada. Já vou sair.

— Certo. — Ouço-o suspirando profundamente. — Precisamos conversar, Sue. Estou te esperando na sala.

Abro a torneira de água fria e lavo o rosto. Em seguida, olho para o espelho. A imagem de uma mulher de 40 e poucos anos, cansada, com olheiras e uma expressão de pavor, secando o rosto com uma toalha. Mal me reconheço. E Brian? Será que ainda o conheço ou terá ele se transformado no pior tipo de homem? Alguém dissimulado, predatório, perigoso. Só há um jeito de descobrir.

Penduro a toalha de volta e destranco a porta do lavabo.

## *Terça-feira, 24 de outubro de 1990*

— Me desculpe, Suzy.

*James passa o braço pelos meus ombros e me puxa para junto do peito. Fecho os olhos, semiadormecida. Ele tem um perfume almiscarado e morno. Um cheiro de casa.*

— Pelo quê?

*Ele fica calado por alguns segundos, depois afasta meu cabelo dos meus olhos e inclina meu rosto em sua direção. Eu abro os olhos.*

— Pelo jeito como tenho agido ultimamente. Pela maneira como tratei você. Eu tenho sido... — *faz uma pausa* — ... injusto.

*Não respondo nada, mas sinto uma enorme onda de alívio. O comportamento dele nos últimos dias realmente tinha me preocupado. Pareceu tão fora do normal. Quando ele gritou comigo, me chamando de mentirosa, foi horrível.*

— Eu tenho muita raiva guardada dentro de mim, Suzy. Raiva por uma coisa que aconteceu no passado e que luto para manter reprimida. Às vezes, explode... — *Ele desenha meu queixo com o polegar.* — Eu descontei na pessoa errada. Na pessoa que jamais me magoaria. Sinto muito por isso. Não quero ser um monstro. Não quero ser como ele.

— Quem foi um monstro? — *Apoio a mão no peito dele.* — O que aconteceu, James?

*Ele balança a cabeça e uma lágrima solitária escorre pelo rosto.*

— Me diga. Me diga o que posso fazer para ajudar, James?

*Ele passou a mão pela bochecha, esfregando a lágrima rudemente, e olhou para mim.*

— Tá vendo? É por isso que eu te amo. Você é incrivelmente carinhosa. — *Ele apertou meu peito com a palma da mão.* — Tem um coração enorme.

— O que é? Me diga para eu poder entender.

*Ele respirou fundo, e eu me preparei para o que estava por vir. Mas nada aconteceu. Ficamos deitados juntos, num silêncio desconfortável, por vários minutos. Finalmente, James falou:*

— Ontem foi o aniversário de morte do meu tio.

*Comecei a dizer que sentia muito, mas ele balançou a cabeça.*

— Ele morreu quando eu tinha 12 anos, de um ataque cardíaco repentino. Ninguém esperava por aquilo. Homens como o tio Malcolm não caem mortos do nada aos 50 anos. Minha mãe ficou arrasada, se fechou no quarto e chorou, chorou e chorou. Eu não fui confortá-la. Corri para a floresta atrás da nossa casa, peguei o maior galho que consegui achar, tão pesado que eu quase não conseguia levantar, e bati com ele contra uma das arvores até que se desfizesse e quebrasse e as palmas das minhas mãos começassem a sangrar. Gritei contra Deus. Senti ódio por Ele levar o tio Malcolm para longe de mim antes de eu crescer e matá-lo eu mesmo.

*Senti um arrepio. Não precisava perguntar para ele o que seu tio Malcolm tinha feito.*

— Ele roubou minha infância. Roubou minha confiança. Roubou a porra da minha inocência, Sue.

*Soltei um grito quando ele me agarrou pelos ombros e me sacudiu. Estava ofegante, as narinas dilatadas, os olhos fixos, vidrados.*

— James. — *Tentei soltar seus dedos da minha pele, mas ele estava segurando com muita força, enterrando-os como raízes em mim.* — James, está tudo bem. Acabou. Acabou.

— Nunca vai acabar.

— Acabou sim, James. É passado. Por favor, por favor, me solte. Você está me machucando. James, pare. Ele está morto.

*Ele continuou a me olhar como se me odiasse, como se desejasse que eu estivesse morta, e então a raiva desapareceu tão rápido quanto surgira e tomara conta dele. Seus olhos se acalmaram e ele me abraçou, me puxando para perto, soluçando, soluçando e soluçando.*

# Capítulo 11

Brian está sentado no sofá, Milly deitada ao seu lado, a cabeça no colo dele. Ele me cumprimenta com a cabeça e eu me sento na poltrona.

— Sue — meu nome parece ecoar nas paredes —, acho que você precisa de um médico. Você não está bem. Você precisa de ajuda.

Leva um tempo até que as palavras façam sentido, até que eu entenda o que ele está querendo dizer.

— Liguei para a doutora Turner. Ela disse que você pode ir lá amanhã de manhã.

— O quê?

Brian se inclina para frente, apoia o queixo na mão, a testa contraída.

— Eu marquei um horário para você...

— Eu sei o que você fez. O que eu não entendo é o porquê.

— Porque estou preocupado com você! — O grito sai tão alto que Milly e eu damos um pulo. — Você não está agindo normalmente desde o acidente de Charlotte e isso está piorando, Sue.

— Claro que não estou normal. Nossa filha está em coma. Ela pode morrer.

— Sim, sim. Ela pode. Mas também pode não morrer. Ela pode se recuperar totalmente, e os médicos e enfermeiras estão fazendo todo o possível, mas você também precisa de ajuda, Sue. Tentei te apoiar ao máximo, mas não sei mais como falar com você.

— Estou sempre aqui para conversar, Brian.

— Fisicamente, pode ser. Mas não emocionalmente. Você anda tão fechada na sua própria cabeça que não consigo chegar até você. Todas as vezes que eu tentei você me olhou desse jeito ameaçador, como se... como se... Sei lá... — Ele balança a cabeça. — Como se eu fosse te machucar. Às vezes você me olha como se não soubesse quem eu sou.

Meu coração dói diante da expressão magoada dele, mas não consigo dizer nada para confortá-lo. Ele está certo. Não sei se ainda sei quem é ele.

— Sue? — Brian me olha com as sobrancelhas franzidas. — Você ao menos ouviu o que eu acabei de dizer?

Olho de volta para ele. Meu marido quer me levar a um médico por algum motivo nefasto? Se o mundo achar que estou insana, vão me trancar e ele vai ficar sozinho com Charlotte. E então poderá... O pensamento fica em suspenso, horrível e odioso, no ar ao meu redor.

— Ouvi o que você disse, Brian.

— E? — Seus olhos examinam meu rosto. — O que você acha?

— Não estou ficando maluca. E não vou ao médico. — Falo lentamente, com a voz calma e ponderada. Se ele realmente acha que estou saindo de cena, preciso mostrar que isso ainda não aconteceu.

— Eu nunca disse que você está louca, Sue. Só achei que talvez fosse bom você ter alguém com quem conversar além de mim. Alguém... — ele hesita — ... qualificado para te ajudar.

— Não preciso da ajuda de ninguém. — A frase sai mais alta do que eu pretendia. — Só estou preocupada com Charlotte.

— Assim como eu.

— Bem — dou de ombros —, então você entende.

— Não, não entendo. Como posso entender se você oscila do mistério para a grosseria de uma hora para outra, sem qualquer aviso? Por que você acha que eu quase bati com o carro quando você me contou o que ela tinha escrito no diário? Você não pode jogar uma coisa dessas em cima de mim e achar que eu vou simplesmente aceitar. Me mostre o diário, Sue. Deixe que eu mesmo o leia. Talvez então eu entenda.

— Não posso...

— Por que não?

— Porque preciso proteger Charlotte.

— Do quê? — Ele olha para mim, confuso, e empalidece. — Não de mim. Pelo amor de Deus, Sue, não me diga que você acha que *eu* tive alguma coisa a ver com o acidente?

— Teve?

— O quê?! — Ele joga a cabeça para trás e solta um barulho que eu nunca ouvi antes, meio grito, meio rugido, e pula do sofá. Atravessa a sala e vem na minha direção. — Me diga que isso é uma piada de mau gosto, Sue. Me diga!

Ele está furioso diante de mim, despejando sua confusão, frustração e choque como o enxofre de um vulcão. Eu cubro a cabeça com os braços, aperto o queixo contra o peito e me encolho como uma bola.

— Opa! — O som me faz espiar entre os braços. Brian balança a cabeça, os olhos arregalados de horror. Dá um passo para trás, os braços esticados, os dedos abertos, as palmas viradas para mim. — Eu não ia tocar em você. Eu jamais tocaria em você, Sue. Você sabe disso. — Ele despenca no sofá e se inclina para frente, a cabeça entre as mãos. — Meu Deus.

Permanecemos ambos em silêncio. Ficam apenas o tique-taque do relógio do avô na sala e Milly coçando uma picada de pulga.

— Diz para mim que não é nisso que você acredita — diz Brian, a voz um murmúrio distante, a cabeça ainda mergulhada entre as mãos. — Me diga que você realmente não acredita que eu sou o motivo para Charlotte ter tentado se matar.

Meu coração parece estar se partindo ao meio. Uma parte quer ir ao encontro de Brian, abraçá-lo e dizer que eu o amo, que confio nele e que realmente acredito que ele jamais faria qualquer coisa contra a nossa filha. A outra parte me diz para eu me distanciar, não confiar em nada, em ninguém.

— Sue? — Seu rosto está tomado pela dor. — Por que você acharia uma coisa dessas? *Como* você pode achar uma coisa dessas?

— Você fez?

— Fiz o quê?

— Mal à Charlotte?

— Puta merda! Meu Deus! — Está de pé novamente, os braços abertos. — Como você pode chegar ao ponto de perguntar isso? Retiro o que disse, Sue. Você não está estressada, você está louca. Consegue ouvir o que você mesma está dizendo? Do que você está me acusando? Você precisa de ajuda, Sue. Urgente, ajuda psiquiátrica.

— Louca? — Também fico em pé. — Certo. É claro. É por isso que a Charlotte mandou uma mensagem para um amigo dela dizendo que você é um pervertido?

Brian deixa o queixo cair, o corpo congelado com as mãos para frente. Ele umedece os lábios, engole e molha de novo.

— O que você acabou de dizer?

— Eu disse... — estou tremendo tanto que preciso respirar fundo para segurar minha voz — ... que tem uma mensagem de texto no celular da Charlotte para um amigo, dizendo que você é um pervertido nojento.

— Charlotte me chamou de pervertido?

— Sim.

Ele olha para mim sem expressão e depois pisca como se tivesse acabado de acordar.

— Me mostre a mensagem.

Jogo o telefone e ele o pega no ar.

— Está no nome de K-Dog — digo.

Brian olha para o telefone e aperta alguns botões. Vários minutos depois ele olha para mim, uma expressão estranha no rosto.

— Não tem nada aqui.

— O quê? — Vou até ele com a mão esticada para o telefone — Claro que tem. Você tem que selecionar o envelope e depois... — Percorro as mensagens volto para a tela inicial e toco no envelope de novo. — Sumiu.

— É mesmo? — Ele levanta as sobrancelhas. — Ou será que não tinha mensagem nenhuma, para início de conversa?

— Claro que tinha. Eu... — Sinto um arrepio pelo corpo e dou um passo para trás.

— O quê? — Brian parece exasperado.

— Você apagou.

— Ah, pelo amor de Deus, Sue!

— Brian, estava aí há cinco minutos. Achei quando estava no lavabo. Eu me lembro de cada palavra. Era... — Paro no meio da frase. A minha imagem apertando os botões freneticamente para desligar a chamada para K-Dog enquanto Brian esmurrava a porta atravessa minha mente. Devo ter apagado acidentalmente. Devo ter destruído a única prova que eu tinha de que meu marido era o responsável pelo acidente de Charlotte.

— Estava aqui. Estava. — Percorro a tela de abertura desesperada e abro as mensagens de texto de novo, mas o torpedo para K-Dog havia desaparecido. — Preciso levar o aparelho até a loja na cidade. Eles vão saber como recuperar a mensagem e, se não conseguirem, aposto que alguém na internet vai saber o que fazer.

— Sue... — O tom de Brian é gentil, reconfortante. Me faz lembrar aquele jeito de falar com as pessoas de luto. — Sue, é melhor você se sentar.

Deixo que ele me conduza de volta para a poltrona e aceito sua oferta para fazer um chá para nós dois. Faz uma pausa na porta e olha de volta para mim. A expressão de seu rosto me deixa sem ar. Não por ser de reprovação, ressentimento, ou mesmo raiva. Não é nada disso. É de pena. Acha que eu inventei a mensagem de texto.

— Aqui está.

Cinco minutos depois, ele volta para a sala e coloca a xícara em cima de um descanso, ao meu lado. Trouxe também um prato com três barras de chocolate. Atravessa a sala e se senta. Experimenta o chá e inspira com força. Está muito quente.

— Sue. — Está terrivelmente pálido, os olhos com uma tristeza imensa. — Tem uma coisa que preciso te dizer e você precisa me ouvir. Por favor, não fique brava ou na defensiva, apenas me deixa falar o que preciso falar.

Concordo para ele continuar.

— Só estou dizendo isso por que eu te amo e estou preocupado, mas — uma pausa para respirar — eu quero realmente que você vá ao médico. Ou àquele terapeuta que você ia antes. Seu comportamento está ficando cada vez mais errático. Você tem que se dar conta disso.

Quero abraçá-lo e dizer que estou bem, que ele não tem com o que se preocupar, mas então me lembro da mensagem de texto que li no celular de Charlotte e balanço a cabeça.

— Não tem nada de errado comigo, Brian. Nada que algumas poucas respostas diretas não resolvam.

Seus ombros caem e ele suspira.

— Por exemplo?

— Por que você me deixou acreditar que tinha ido trabalhar naquela manhã e depois mentiu que tinha ido nadar.

— Eu já te falei, eu...

— E por que começou a levar Milly para passear o tempo todo, de dia e de noite?

Brian aperta a pele entre as sobrancelhas com o polegar e o indicador e fecha os olhos. Quando abre, suspira profundamente.

— Eu tenho ido ver Tessa.

— Tessa, sua falecida esposa?

Ele me olha atravessado do outro lado da sala.

— Sim, Sue. Minha falecida esposa, Tessa.

— Você mentiu dizendo que tinha ido à piscina para encobrir o fato de que estava indo à sepultura dela?

Brian concorda.

— E quando você leva a Milly para passear de repente... É lá que você tem ido?

Ele concorda de novo.

— Por quê?

Ele estica a mão para fazer um carinho nos pelos de Milly.

— Falar com Tessa me ajuda a limpar a cabeça.

Olho para ele, tentando entender.

— E por que você não pode conversar comigo?

— Por que você está do jeito que eu falei... — Ele esfrega a testa com a mão e aperta as têmporas. — Estou preocupado, com medo que você sofra outro episódio, Sue. Todos os sinais estão aí: a paranoia, os delírios, a obsessão com o "acidente" de Charlotte. Quero que você vá logo a um médico.

Giro o celular nas mãos e esfrego os cristais brilhantes com o polegar. Ele quase me pegou — com a testa franzida, o tom delicado, os olhos gentis. Quase me convenceu de que realmente estava preocupado comigo.

— Você molestou Charlotte sexualmente?

Brian inspira repentinamente.

— Você não me perguntou isso de verdade, não é?

Encolho os ombros.

— Você não acabou de me acusar de molestar sexualmente a nossa filha, certo?

Não mexo um músculo.

— Não. — Ele sacode a cabeça. — Não! Não. Não. Não. Não. Não. Não. Não. Você pirou. NÃO vou ficar sentado na minha própria sala, da minha própria casa, para ouvir minha esposa me acusar de incesto. Absolutamente NÃO. Não me importa, por mais doente que você esteja, Sue, você *não pode* dizer uma coisa dessas. Simplesmente não pode.

Ele se põe de pé num salto, mas não faz qualquer movimento de aproximação.

— Quero que você vá a um médico.

Não digo nada. Sinto-me como se estivesse num pesadelo, precisando gritar e fugir desesperadamente, mas a voz desapareceu e os pés estão colados no chão.

— Estou falando sério, Sue. Ou você concorda em ir a um médico ou este casamento acabou.

Devo reagir. Devo dizer para Brian que acredito nele, que deve existir alguma explicação lógica para Charlotte ter escrito aquilo, que devemos enfrentar isso juntos, mas me sinto morta por dentro.

— É só concordar com a cabeça, Sue. Concorde em ir a um médico e… e… — Ele interrompe o que está falando enquanto eu balanço minha cabeça de um lado para outro. — Então eu tenho que ir embora. É isso?

Ele está falando mais devagar do que o normal, pausando entre as frases e dando um peso extra a cada palavra. Está esperando eu dizer alguma coisa. Está me dando a oportunidade de interromper.

Fecho os olhos.

— Certo. — Sua voz fica ainda mais baixa. — Certo.

As tábuas do piso gemem sob os passos dele no tapete e os elos de metal da coleira de Milly soam quando ela se levanta. Um segundo depois, ouço o clique da porta da sala se fechando.

No canto, o relógio do avô faz tique-taque, tique-taque, tique-taque.

## Sábado, 18 de novembro de 1990

*Fui até Southbank com Rupert hoje para ver uma exposição de fotos inéditas da Segunda Guerra.*

Tínhamos comprado os ingressos havia meses e, sabendo que ele era a única outra pessoa tão fascinada pelo assunto quanto eu, achei que ele ficaria superanimado. Em vez disso, pareceu um pouco desligado, olhando de um jeito estranho para mim quando o recebi com um beijo na bochecha em vez de um abraço e quase não falando comigo enquanto passávamos de uma foto para outra e eu comentava sobre o corte de um uniforme ou o formato de outro. Quando paramos para o café, perguntei o que havia de errado.

— Você e a Hels não brigaram, não é?

— Não. — Ele sorriu de leve. — Nada disso.

— O que foi, então? Você passou a tarde toda estranho.

— Eu, estranho? — Ele levantou uma sobrancelha escura.

— O que você quer dizer?

— Você não fala com a Hels há um mês.

— E daí?

— Seu namorado acabou com a festa dela e você não telefonou nenhuma vez para saber como ela estava.

— James não acabou com a festa! Ele só fez uns comentários infelizes, talvez, mas as pessoas riram. Não foi tão mal assim.

— É mesmo? — Ele levantou a sobrancelha de novo. — É por isso que a Hels começou a chorar no momento em que vocês dois foram embora? No meio da sobremesa?

— James se sentiu mal, teve que ir para casa.

— Não é nenhuma surpresa, considerando como ele estava bêbado.

— E daí que a gente saiu cedo? Tem alguma lei que nos obrigue a ficar até depois do café, ou do queijo com biscoitos, ou seja lá o que for? Não acredito que seja por isso que você está me tratando mal.

Rupert balançou a cabeça.

— Não estou te tratando mal, Susan. Só estou preocupado. Nós dois estamos.

— Eu estou bem. Na verdade, nunca estive melhor.

— Sério? Você está realmente feliz com um cara que chama os teus amigos de — ele olhou para o lado, como se tentasse lembrar — o Bundão e a Bundona?

Senti meu rosto esquentar.

— Babaca Débi e Babaca Loide? Pentelhuda Ruiva e seu Ursão Gordo?

— Eu... — Cobri o rosto com as mãos. — Não sei o que...

— A gente ouviu a conversa toda, Sue. Não é um apartamento grande, e as paredes são muito finas. Helen ficou muito sentida.

— Sinto muito.

E estava sentindo mesmo. Pedi inúmeras desculpas, dizendo que James estava agindo daquele jeito por ter sofrido uma perda e que não sabia como lidar com aquilo.

— Tenho certeza de que ele não teria sido tão grosseiro se conhecesse vocês dois de verdade.

Rupert chegou para trás na cadeira e passou a mão pelo rosto.

— E quanto a você? Enquanto você ainda estava no banheiro, James perguntou se nós éramos tão promíscuos quanto você quando tínhamos 20 anos. Por que ele diria uma coisa dessas?

— Para descontar em você por que ele estava chateado? Sei lá. — O comentário de James doeu, mas a falsa preocupação de Rupert e seu tom de voz excessivamente gentil estavam começando a me irritar. Não tinha como ele ser ainda mais arrogante. — Provavelmente ele estava te provocando porque a gente transou naquela época.

— *Mas ele não se importa de nos encontrar para um café, não é?*

Desviei o olhar.

— *Na verdade, ele não está em Londres este fim de semana. Foi levar a mãe a Cardiff, para ver a família.*

— *Certo. E você viria se encontrar comigo mesmo que James não tivesse ido passar o fim de semana fora?*

— *Claro.*

Era mentira, e nós dois sabíamos disso. Eu sabia como James reagiria se me visse sentada com Rupert.

— *Sue.* — Rupert pegou minha mão. Eu a recolhi bruscamente. — *Por favor, ligue para a Hels. Ela está preocupada com você.*

— *Bom, não deveria estar.* — Levantei e botei o casaco. Como eles ousavam agir como se fossem santos só porque meu namorado ficou um pouco bêbado e falou demais? — *Estou bem. Na verdade, estou ótima. Mais feliz do que nunca em muito, muito tempo.*

— *Você sabe onde nos encontrar* — disse Rupert enquanto eu me afastava de Southbank Centre — *se precisar da gente.*

## Capítulo 12

— Charlotte, é a mamãe. — Seguro a mão esguia da minha filha.

Lá fora faz um dia glorioso. O sol está brilhando, o céu está azul e sem nuvens, e o ar, pesado com o perfume dos botões de madressilva. Mas quando acordei de manhã, a primeira coisa que notei não foi a luz do sol passando pelas frestas da cortina, e sim o espaço vazio na cama ao meu lado.

— Charlotte — passo o dedo pelas costas da mão dela, sentindo sua pele incrivelmente macia —, preciso conversar com você sobre o papai.

O monitor cardíaco no canto do quarto mantém seu ritmo lento e regular.

— Charlotte, o segredo que você mencionou no diário... — Olho para a direita, para garantir que não tem ninguém zanzando pela porta. O corredor está vazio, mas ainda assim baixo a voz. — Tem a ver com você e o papai, não é? Ele te magoou e eu... Eu não estava lá para te proteger. Não impedi que acontecesse. Não me dei conta e...

Pego o copo para tomar um gole de água, a boca subitamente seca.

— O que aconteceu?

Viro-me rápido. Keisha está de pé na porta, um ramalhete de narcisos enrolado com celofane numa mão.

— Me desculpe, senhora Jackson. — Keisha dá um meio sorriso. — Não quis assustar a senhora. Pensei em passar por aqui e... — Sua expressão se entristece ao olhar para Charlotte. Ela balança a cabeça. — ...Não importa.

Ela entra no quarto e se senta no lado oposto ao meu.

— Eu não pretendia ouvir — ela me olha com seus olhos escuros —, mas o que a senhora estava falando do pai da Charlotte?

Desvio o olhar.

— Nada.

— Verdade? — Um tom divertido transparece em sua voz. — Por que eu podia jurar que era sobre a pornografia.

— Como?

— A pornografia — ela sorri ao dizer a palavra — que Charlotte viu no computador do pai dela.

— Que pornografia?

Keisha dá de ombros.

— Charlotte disse que o notebook dela tinha dado pau e foi mandar uma mensagem para um amigo do computador do pai dela. E aí apareceu alguma coisa pornográfica de repente e...

— No computador do Brian...

— Foi. — Ela tenta esconder o riso com a mão.

— Keisha.

— Sim?

Faço força para conter a náusea que vem subindo do estômago.

— A Charlotte te chama de K-Dog?

— Todo mundo me chama.

— Charlotte te mandou uma mensagem — falo devagar enquanto o quarto parece oscilar. Tento manter contato com os olhos da mocinha sentada na minha frente. Isso não pode ser real. Esta conversa não pode estar acontecendo. — Te mandou uma mensagem dizendo que o pai dela era um pervertido?

— Foi.

— Porque encontrou pornografia no notebook dele?

— É, ela pirou geral. Exagerou. — Ela dá uma risada e o sangue fica gelado nas minhas veias. — Disse até que queria sair de casa e tudo. Mas foi só um pouco de pornografia, meu Deus, nada...

— E ela nunca te confidenciou nada sobre o pai molestá-la ou agir de maneira imprópria, em termos sexuais, com ela?

— Pelo amor de Deus, não! — Ela parece horrorizada. — Claro que não. Charlotte adorava o pai dela. Sempre ficava falando sobre como ele ia salvar o planeta do aquecimento global, esse tipo de coisa. Teria me contado se ele a tocasse.

Fico olhando para ela, abalada demais para responder. Estou aliviada e horrorizada na mesma medida. Aliviada por haver uma explicação tão inócua sobre a mensagem de Charlotte, e horrorizada pelas acusações que eu fiz contra o meu marido. A imagem da dor no rosto de Brian relampeja diante dos meus olhos, e caio para trás na cadeira. O que eu estava pensando? O que foi que eu fiz?

— Senhora Jackson? Senhora Jackson, a senhora está bem? Quer que eu chame a enfermeira?

Keisha ainda está falando comigo, mas não consigo articular as palavras.

— Água, então? — Ouço o ranger da cadeira, o barulho da água caindo da jarra para dentro do copo.

— Me desculpe — diz ela, apertando minha mão. — Eu não deveria ter contado sobre a pornografia para a senhora. A senhora ficou chocada. Eu não tinha que ter dito nada.

— Não. — Dou um gole da água. Engulo. — Foi bom você me contar. De verdade. Esclareceu uma coisa, só que... — eu procuro seus olhos escuros — ... você não deixou o telefone da Charlotte na nossa caixa de correio, né?

— O celular da Charlotte? — Ela balança a cabeça. — Não. Não fui eu. Eu nem sei onde vocês moram. A senhora tem certeza de que está tudo bem? Não me importo de ir chamar a enfermeira se a senhora estiver se sentindo meio fraca, sei lá.

— Não, obrigada. — Devolvo o copo de água para ela e forço um sorriso. — Estou bem, sinceramente. Apenas me dei conta de que cometi um erro. Um erro terrível, terrível.

Choro durante todo o caminho para casa. Choro quando paro do lado de fora do hospital e ligo para o celular de Brian. Choro ao ouvir sua caixa postal e choro quando tento o número do escritório e Mark me diz que ele está em reunião. E quando ligo o motor, as lágrimas rolam pelo meu rosto sem parar, por toda a rua Edward, passando por Pavillion, subindo a estrada norte e depois pela oeste, e até a nossa casa. Ainda estou soluçando ao abrir a porta da frente. E então, ao pé da porta, vejo uma miniatura da ponte Carlos, de Praga, dentro de um globo de neve e paro de chorar.

E grito.

## *Domingo, 17 de dezembro de 1990*

*Este último mês com James foi horrível. Tivemos mais altos e baixos do que uma montanha-russa, e pensei seriamente em deixá-lo de vez. Começo a achar que ele não tolera se sentir feliz e que, sempre que as coisas vão indo bem entre nós, ele tem que sabotar tudo dizendo ou fazendo alguma coisa que realmente me magoa.*

*Por exemplo, depois de termos ido assistir a Shakespeare in the Park (cheguei a dar um grito quando ele me deu as entradas, eu sempre quis ir), estávamos caminhando pelo Regent's Park, de mãos dadas, rindo do tamanho da braguilha no figurino de Benvólio, quando James me viu olhar para um homem que passou correndo por nós. Quase nem percebi que ele tinha sorrido para mim e depois desaparecido.*

*— Já deu para ele? — perguntou James.*

*Exatamente assim. Do nada. Eu disse que ele estava sendo ridículo e logo estávamos discutindo. James dizendo que eu gostava de flertar — aparentemente eu estava fazendo um olhar de cachorro carente para o ator que interpretou Mercúrio na hora dos agradecimentos finais. Eu disse que ele estava sendo estúpido. James então se colocou realmente na defensiva e respondeu que era a minha cara bancar a superior porque eu tinha um diploma universitário e ele não, e que se eu era tão convencida assim era melhor nos separarmos para que eu pudesse sair com alguém mais qualificado. Disse que estava cansado de pedir desculpas para mim e que se sentia pisando em ovos perto de mim, tendo que se preocupar com cada palavra que dizia e que talvez fosse melhor a gente terminar mesmo.*

*Então eu me debulhei em lágrimas. Não conseguia acreditar que tínhamos passado das gargalhadas de mãos dadas para a beira de uma separação por causa de nada.*

*Eu me sentei no banco mais próximo e comecei a chorar e a chorar e a chorar, enquanto James apenas ficou andando por ali. Por algum tempo, ele não disse nada e, quando meu coração estava realmente se partindo, ele me pegou nos braços e disse que estava cansado das nossas brigas e que ele me amava mais do que a vida e que não suportava me ver chorando. Nós não íamos nos separar, disse, ele jamais me deixaria.*

*Esta cena se repetiu várias vezes no mês passado — uns dois dias deliciosos e depois uma discussão vinda do nada e eu começando a chorar, James me confortando, um período de calma e o ciclo recomeçava todo de novo. Aquilo estava ficando exaustivo, e comecei a achar que a separação não seria algo tão terrível assim, afinal — e foi quando ele apareceu com uma viagem-surpresa.*

*Ligou para mim na quinta para me mandar cancelar os planos e preparar uma mala e o passaporte para o fim de semana, que ele se encontraria comigo no aeroporto de Gatwick. Fiquei chocada. É o tipo de coisa que só acontece nos filmes da Meg Ryan, não na vida real. Tentei ser sensata, insisti dizendo que ele não podia pagar, mas ele respondeu que sabia o que podia ou não gastar e que era para eu calar a boca e ir fazer a mala, como uma boa menina, ou acabaria estragando a surpresa.*

*Não precisou pedir duas vezes. Quando cheguei ao aeroporto, James estava aos pulos de animação.*

*— Vamos, vamos. — Ele pegou minha mala e minha mão e correu comigo para o balcão da British Airways. Respirei espantada ao ver o destino na parede acima das cabeças do pessoal do check-in.*

*— Praga? — Olhei para James, atônita. — A gente vai para Praga?*

*— Isso! — Ele me abraçou com força. — Pensei em comemorar o Natal mais cedo numa das cidades mais românticas do mundo.*

*Joguei meus braços ao redor do seu pescoço e o apertei com força. Praga! Como é que ele sabia? Eu sempre quisera visitar a cidade, mas nunca tinha mencionado esse desejo. Era como se me conhecesse melhor do que eu mesma.*

*Passamos um primeiro dia de turismo felizes na capital tcheca e, quando perguntei o que ele tinha planejado para a noite, ele ficou repetindo que era surpresa, mas que era para eu caprichar na roupa, no cabelo e na maquiagem.*

*Fiquei aliviada quando ele chamou um táxi na recepção do hotel (meu salto era alto demais para irmos de transporte público), mas eu ainda não estava nem perto de saber aonde iríamos. Achei que talvez pudéssemos estar a caminho de um clube de jazz, já que ele adora a música, mas James só balançou a cabeça e me disse para parar de tentar adivinhar. Quando passamos direto pelo clube de jazz, vi a barca no rio. Meu coração deu um pulo. Eu nunca tinha feito um passeio por um rio, e ali estávamos nós, prestes a embarcar no que a cidade tinha de mais lindo, as luzes piscando na água e o céu com uma mistura incrível de azul-royal e preto.*

*Apesar da aparência glamorosa do barco, a noite não começou muito bem. James ficou decepcionado com o bufê de comidas quentes e frias (a operadora da excursão com quem ele fizera a reserva tinha garantido que seriam três pratos com serviço à francesa) e com o fato de haver pelo menos duas mesas de meninas barulhentas comemorando despedidas de solteiras a bordo. Quando o barman disse que a champanhe não estava gelada devido a um problema com a máquina de gelo, James bateu com o punho no balcão do bar, mas consegui desfazer a situação sugerindo que ficássemos na cerveja, então, já que Praga era famosa por suas cervejas. Ao passarmos sob a ponte Carlos e pelo Teatro Nacional, James começou a relaxar. Meia hora depois, ele pegou minha mão e sugeriu que fôssemos nos sentar no convés superior. Fiquei preocupada com a possibilidade de uma das despedidas de solteira já estar lá, mas, felizmente, o convés estava vazio e era todo nosso.*

*— Assim está melhor — disse ele, cobrindo-me e ajeitando seu casaco em mim. — Toda esta beleza e só nós dois para usufruir.*

*Relaxei em seu ombro. A vista era incrível. Era como algo saído de um sonho. Londres era uma cidade indiscutivelmente sombria, em comparação com Praga. Quando peguei a câmera e comecei a tirar fotos do brilhante Palácio Real que passava acima de nós, senti ele se afastar de mim. Achei que estivesse pegando a câmera dele também e não liguei mais. Minutos depois, satisfeita com minhas fotos, virei-me para falar* com ele, mas James tinha sumido. Bem, sumido do banco ao meu lado, pelo menos. Estava ajoelhado no convés, olhando para mim com uma expressão nervosa, uma caixinha de veludo nas mãos.

Mal pude respirar.

— Susan Anne Maslin, você é a mulher mais linda, de coração mais terno, carinhosa e verdadeira que já encontrei. Você é um anjo precioso e eu não te mereço, mas... — Ele abriu a caixa. Um lindo anel de diamante e safira cintilou diante de mim. — Você aceita se casar comigo e fazer de mim o homem mais feliz do mundo?

Minhas mãos cobriram minha boca num átimo, e me debulhei em lágrimas.

James pareceu chocado.

— Isso não é um não, é?

— Não, é um sim. Sim! Sim! É claro que eu me caso com você.

Não consigo lembrar o que aconteceu em seguida — se a gente se abraçou ou se beijou, ou se James colocou o anel no meu dedo anular da mão esquerda —, mas lembro de ele dizer que o anel tinha sido de sua avó e que ele achava que jamais encontraria uma mulher a quem amasse tanto a ponto de presenteá-lo a alguém. Que mal podia esperar para passar o resto da vida comigo.

O resto do fim de semana virou um borrão. Foi um momento mágico atrás do outro. Eu me sentia a mulher mais feliz do mundo.

# Capítulo 13

Jogo o globo de neve para longe da porta. Ele se despedaça em milhares de cacos na parede da garagem.

— Vem, garota, rápido! — Com uma mão na coleira de Milly, tropeço pelo cascalho até o carro e abro a porta do motorista. — Para dentro!

Milly sobe por cima do banco e vai para o lado do carona, eu entro logo em seguida, tranco todas as portas e ligo o motor. O rádio explode a todo o volume, as caixas de som tocando "Monkey Gone to Heaven", do Pixies, e eu olho para a casa, certa de que tem alguém me olhando da janela.

— Vamos lá! — Eu brigo com a alavanca da marcha, tentando tirá-la da ré para a primeira. — VAMOS LÁ!

Milly solta um ganido de excitação ao meu lado.

— Isso! — Com o carro engrenado, olho para a janela de trás. Um vulto escuro passa pela janela da cozinha. Milly sobe para o meu colo, as unhas arranhando a janela, latindo furiosamente.

Seguro ela pela coleira e a puxo de volta para o banco do carona.

— Tudo bem, é só um gato — digo. — Só o gato do vizinho.

Arranco com o carro, disparando pela estrada oeste, uma cacofonia de buzinas, e já estou na King's Road, acelerando pela beira-mar, passando pela marina e seguindo para Rottingdean. Não sei para onde estou indo e não me importo.

Mantenho o controle até parar no estacionamento do The Downs Hotel, em Woodingdean, onde, ao desligar o motor, começo a sofrer convulsões tão violentas que sou jogada para a frente e para trás no meu assento. Milly começa a ganir, agitada, e meus dentes começam a bater, mas não há nada que eu possa fazer a não ser olhar para o mar e esperar que passe. Cinco minutos depois, talvez dez, as convulsões se transformam em sacolejos, depois tremores, então desaparecem. Eu me recosto de volta no banco.

James sabe onde eu moro.

O cartão-postal e os chinelos poderiam ser explicados como algum engano bobo — alguém tão distraído que se esqueceu de botar o nome do remetente, e um erro de digitação que explicaria porque os chinelos foram parar na nossa casa e não no endereço certo, mais à frente —, mas um globo de neve? Não havia dúvida. Ele quer que eu saiba que me encontrou. E se ele começou a nos observar, sabe que Brian saiu de casa e que estou sozinha.

Minhas mãos voltam a tremer quando tento pegar a bolsa e tirar o celular. O polegar desliza ligeiro pela tela para desbloquear o aparelho, eu toco no ícone do telefone e teclo os primeiros números da emergência.

Paro, o polegar pairando sobre a tela. Se eu acionar para a polícia, pensarão que estou tendo outra crise e vão ligar para o meu médico. Foi o que aconteceu da última vez. Mas eu errei ao telefonar para eles daquela vez. Eu estava realmente doente na época. Por que outro motivo eu acreditaria que James estava morando no galpão no fundo do jardim, mandando mensagens cifradas pela roupa molhada e passarinhos mortos?

Com dois toques do polegar, os números desaparecem.

Em vez disso, seleciono o número de Brian.

Começa a tocar e então...

— Alô. — Seu tom é seco.

— Brian, sou eu. Ouça...

— Não, ouça você, Sue. Eu estava falando sério ontem. Ou você vai consultar um médico ou nosso casamento acabou.

— Mas Brian, uma coisa horrível acon...

— Você vai ao médico, Sue?

— Não, mas...

— Então não tenho mais nada a dizer.

O telefone fica mudo.

Disco o número do meu marido de novo. Desta vez, vai direto para a caixa postal.

— Brian, é a Sue de novo. — Faço uma pausa para controlar a respiração. — Sei que você está zangado, mas isso é importante. Muito importante e preciso que você venha para casa assim que possível. Quando eu cheguei em casa do hospital hoje de manhã, eu... Não, espera. Preciso te dizer uma coisa primeiro. Sinto muito. Sinto muito mesmo pelo que eu te disse ontem à noite. A Keisha me explicou por que a Charlotte mandou aquela mensagem para ela e foi que... Bem, eu não tenho como me desculpar o bas...

*Para salvar esta mensagem, digite 1. Para deixar uma nova mensagem, digite 2. Para encerrar a ligação, digite 3.*

2... 2... 2... Eu toco insistentemente no número. O que aconteceu? Por que eu não pude deixar uma mensagem?

— Oi, Brian, é a Sue de novo. Tentei te deixar uma mensagem, mas fui cortada e não sei se você recebeu então vou falar rápido. Me desculpe por ontem à noite. Por favor, eu sinto muito. O que eu disse foi horrível. Pior que isso. Foi imperdoável, e não te culpo por ter saído de casa. Eu não estava pensando claramente porque o James...

*Para salvar esta mensagem, digite 1. Para deixar uma nova mensagem, digite 2. Pa...*

Toco o botão para desligar e a voz é interrompida imediatamente. Isso não é bom. Vou ter que esperar até Brian chegar em casa. Fico olhando para o telefone. Para quem mais eu posso ligar? Claro que não para a minha mãe. E também não posso telefonar para Oliver e pedir que volte para casa comigo, pois ele está em Leicester e, além disso, eu jamais arriscaria a segurança dele desta maneira. Jamais arriscaria a segurança de ninguém.

Descanso a cabeça no volante e fecho os olhos.

Não sei por quanto tempo fiquei ali, caída sobre a direção do carro, mas quando Milly cutuca minha mão e solta um ganido, abro os olhos e me ajeito no banco.

— Tudo bem, menina. — Faço um carinho em sua cabeça peluda. — Sei o que a gente precisa fazer.

## *Quarta-feira, 20 de dezembro de 1990*

*Eu sabia que a bolha de felicidade em que James e eu vivíamos desde a volta de Praga não tinha como durar. Sabia que ele faria alguma coisa para estragar tudo.*

*Estávamos em Clapham para conversar sobre a nova peça que a companhia montaria, e James e Steve discutiram sobre o que deveriam fazer. A discussão acabou com James chamando Steve de "um babaquinha arrogante" e saindo porta afora. Voltamos para minha casa, e James não falou comigo. Fiquei deitada no escuro sem dormir, imaginando se eu tinha feito alguma coisa errada, quando James se levantou subitamente na cama e olhou para mim.*

— Quantos homens já dormiram aqui?

— Como?

— Nesta cama. Quantos?

*Suspirei e me virei para o outro lado.*

— Não vou ter essa conversa, James. Estamos cansados. Vamos só dormir.

— Quantos?

*Ele estava querendo uma briga e de maneira nenhuma eu daria a ele a satisfação de embarcar naquilo.*

— Nenhum.

— Mentirosa.

— Certo, um. — *Puxei o edredom para cima de mim.* — Você.

— Mentira. — *Ele pegou a beirada do edredom e puxou com força.* — Esse colchão provavelmente está encharcado da porra de outros homens.

Olhei para ele em estado de choque.

— Isso é uma coisa horrível de se dizer.

— Não sou eu que sou horrível. — *Ele pulou para fora da cama e olhou para mim, fungando.* — E nunca mais vou dormir nesta cama novamente.

— James! — *Puxei o edredom de volta até cobrir os seios.* — Deixa de ser ridículo. Volta para cama, pelo amor de Deus.

— Você fica na cama. Vou dormir no chão.

— James!

*Atônita, observei-o ir até o meu armário, escancarar as portas e tirar de lá um velho saco de dormir. Enrolou-se nele, pegou uma almofada da poltrona perto da porta e se deitou no chão, de costas para mim.*

— James, por favor. — *Eu me aproximei da beirada da cama e estiquei a mão.* — Isso é ridículo. Você já dormiu nesta cama várias vezes e nunca se preocupou com isso antes.

*Ele se virou para me encarar.*

— Nós ainda não éramos noivos na época.

— Então é por causa disso? Do nosso noivado? — *Uma onda de medo se abateu sobre mim.* — Não entendo.

— O nosso noivado muda as coisas. — *Ele se sentou, apoiando as costas na parede.* — Você vai ser a minha esposa um dia, Suzy, e não consigo lidar com o fato de que você já dormiu com tantos homens assim.

— Mas eu não, eu só...

— Quinze — *disse James, fazendo eu me encolher. Por que eu fui tão honesta com ele longo no nosso segundo encontro?* — Por quê? Você deu sua virgindade num encontro sem compromisso para um cara que te usou como um trapo imundo de porra.

*Eu me arrepiei, mas não disse nada. Não valia a pena. Pelo menos ele tinha parado de gritar comigo e estava falando num tom mais ponderado, quase reflexivo.*

— Eu esperei — *continuou ele* — e esperei e esperei até encontrar uma mulher que tivesse se guardado para mim, por diversas vezes, e sempre que achava que tinha encontrado a mulher certa, descobria que ela era uma vagabunda igual às outras. Sabe o que eu fiz? — *Ele pegou meu pulso,*

*puxando-me para perto até nossos rostos ficarem a milímetros um do outro.*
— Sabe o que eu fiz quando finalmente aceitei que não existia nenhuma alma gêmea, que o mundo gargalhava de mim? Entreguei minha virgindade a uma prostituta! — Ele cuspiu com uma risada, cobrindo-me de saliva. — Isso, uma puta de verdade. Por que dar para uma amadora se eu podia fazer com uma profissional?

Fiquei muda. James estava me assustando: o jeito como me olhava, os dedos enterrados no meu pulso, a respiração com bafo de cerveja entrando pelas minhas narinas. Eu nunca o vira parecer tão furioso; jamais tinha me fixado com tanto ódio e ressentimento. Eu queria ponderar com ele, me desculpar para ele, me martirizar para ele. Mas não falei nada, só mordia o interior da bochecha para me forçar a parar de chorar.

— Jamais esperei me apaixonar por você. — A voz dele saiu num sussurro. — Achei que você seria mais uma para passar o tempo e me divertir, mas — ele se afastou e contornou meus lábios com o indicador — você tem algo que vai além de um passado lamentável. Você tem uma alma bonita, Suzy. Foi por isso que eu te dei o anel da minha avó, o meu bem mais precioso. Odeio pensar que outros homens te comeram e que não perceberam como você é preciosa, uma joia preciosa que eles tiveram nas mãos. Quero destruí-los, um a um, até apagar o seu passado e ficarmos só eu e você, aqui e agora.

Devo ter feito algum ruído, algum gemido de surpresa, pois ele acrescentou:

— Estou falando metaforicamente, é claro. Eu jamais faria mal a ninguém. Você sabe que eu não faria mal a uma mosca, não é, Suzy-Sue? Jamais.

A atmosfera no quarto estava pesada, carregada de emoção. Senti-me como se não pudesse respirar. Eu queria me livrar dos braços de James, escancarar a janela e encher os pulmões com o ar da noite.

— Estamos noivos — continuou ele. — É um compromisso um com o outro, mas é também um novo começo. Vamos limpar o passado de nossas vidas, Suzy, e começar de novo. É demais... — Ele olhou para o pé da cama e então para mim de novo. — É pedir demais que você compre uma cama nova?

Balanço a cabeça. Olhando daquela maneira — como se já estivéssemos praticamente casados —, aquele não me pareceu um pedido tão descabido assim. Uma nova vida juntos, uma nova cama. Fazia sentido.

## Capítulo 14

— E a senhora tem certeza absoluta que essa pessoa entrou na sua casa?

O que eu tenho certeza é de que a policial acha que estou mentindo. O que de fato estou.

— Sim — respondo. — Eu estava lendo um livro no jardim quando ele pulou a cerca, atravessou o gramado correndo e foi direto para a entrada da varanda.

O policial se aproxima do lugar para onde estou apontando, a cerca de quase dois metros que nos separa da casa ao lado. Fica na ponta dos pés para olhar para o outro lado, depois se abaixa e passa a mão pelo mato rasteiro, por fim retorna até onde estamos paradas.

— Não há nenhum sinal de dano. — Ele me olha demoradamente. — Era para ter alguns galhos quebrados, folhas e gravetos espalhados, se alguém tivesse pulado uma cerca daquele tamanho.

Dou de ombros.

— Ele era muito ágil, tipo atlético, sabe? Esportista.

— Então ele saltou a cerca sem tocar nela? — O policial levanta uma sobrancelha. — É um bocado de atletismo.

Cruzo os braços no peito, para descruzar em seguida.

— Bem, na verdade eu não cheguei a *ver* o assaltante pular. Ouvi alguma coisa, olhei por cima do livro e vi ele correndo pelo gramado para a lateral da casa.

Os policiais trocam um olhar e sinto uma onda de náusea. Pareceu uma história tão plausível quando vim dirigindo de volta de Woodingdean. Eu diria para a polícia que tinha um ladrão escondido na nossa casa e não haveria nenhuma necessidade de mencionar meu ex-namorado e o globo de neve na porta da entrada. A polícia revistaria minha casa para ver se estava segura — e vazia —, e eu não correria nenhum risco.

— O que faz a senhora ter tanta certeza de que o "ladrão" entrou na sua casa pela varanda — o policial olha para a lateral da casa — se daqui não dá para ver a porta? Ele pode perfeitamente ter corrido pela saída da garagem.

— Porque eu deixei a porta aberta.

Ela levanta uma sobrancelha.

— Para deixar o cachorro entrar e sair — acrescento.

— Certo. — Ela anota alguma coisa no caderno.

— É o meu marido, sabe? Brian Jackson, membro do parlamento de Brighton. A gente tem que se cuidar.

Um olhar de surpresa aparece no rosto da policial. Ela olha para o colega que levanta as sobrancelhas, como se tivesse ficado impressionado. Ou chocado por Brian ter se casado com alguém como eu. De qualquer modo, os dois pararam de me olhar como se fossem me fazer uma acusação por desperdiçar o tempo da polícia.

— Nós examinamos a sua casa. — O homem caminha pelo gramado, o carro dele à vista. A mulher faz um sinal com a cabeça para irmos atrás dele. — E não vimos qualquer sinal de perturbação ou de invasão.

A policial para de andar.

— A senhora está bem, senhora Jackson? Parece um pouco abalada.

— Estou sim. — Pela primeira vez, desde que começaram a me interrogar, estou falando a verdade. Agora que sei que James não está dentro de casa ou escondido no jardim, sinto uma fraqueza de tanto alívio.

— Podemos ficar com a senhora, pelo menos até que algum amigo ou parente venha para cá. A senhora tem alguém para quem gostaria de ligar?

Balanço a cabeça. Preciso entrar e examinar o notebook de Brian. Se Charlotte fez uso dele para enviar alguma mensagem urgente para alguém, quem sabe que pistas ele pode revelar?

— Não, obrigada. Vou ficar bem.

— A senhora tem certeza?

— Sim — respondo com mais convicção do que realmente sinto. — Vou ficar bem. Muito obrigada por terem vindo.

O policial concorda rapidamente com a cabeça e abre a porta do carro.

— Vamos ficar em contato.

Minha pose desaparece no segundo em que o carro da polícia arranca e some pela esquina. E se a polícia só enfiou a cabeça em cada quarto e James ainda estiver escondido em algum lugar?

Olho da porta aberta do pórtico para o carro. Eu posso simplesmente ir embora — voltar para o carro com Milly e ir para a casa da minha amiga Jane. Posso dizer para ela que eu e Brian brigamos (o que não ficaria muito longe da verdade) e perguntar se a gente poderia ficar lá por umas duas noites. Mas ela e Eric têm dois gatos, e eu teria que deixar Milly num canil. Quem mais? Annette? Não. Descarto imediatamente a opção. É uma fofoqueira terrível. Seria apenas uma questão de dias, talvez de horas, para a notícia de que meu casamento estava em crise se espalhar. Listo o resto de meus amigos — Ellen não tem espaço, Amélia está mergulhada na reforma da casa e Mary está na Espanha. O hotel Travelodge, numa rodovia aqui perto, aceita cães. Só preciso dar um pulo em casa para pegar o notebook e chegamos em menos de uma hora.

Ponho a mão na cabeça macia de Milly e coço atrás de suas orelhas enquanto repasso mentalmente a rota pela casa, fazendo uma lista do que preciso de cada aposento. A casa não é mais segura. Tenho que entrar e sair o mais rápido que puder.

— Pronta, garota? — Dou um passo na direção da porta aberta da varanda.

Cada ranger das tábuas do assoalho, ruído dos canos e estalo das paredes me faz pular enquanto corro de quarto em quarto, escancarando gavetas, juntando roupas e maquiagem numa enorme bolsa florida. Disparando para o banheiro para pegar minha escova de dentes, fico aterrorizada ao ver alguém me olhando do quarto, só para descobrir que Brian deixou o espelho de fazer a barba virado para a porta e que é o meu próprio reflexo me encarando. Milly imediatamente se cansa do meu ritmo frenético e deita no meio do corredor, com a cabeça entre as patas.

Deixo o escritório de Brian por último e só quando giro a maçaneta é que me ocorre que ele pode ter levado o notebook ao sair ontem. Empurro a porta e olho lá dentro.

Está em cima da mesa, fechado e desconectado, com o cabo enrolado em cima da tampa e a tomada ao lado, como se Brian pretendesse levá-lo, mas tivesse esquecido. Eu o pego rapidamente e então...

BANG!

A porta do escritório bate atrás de mim.

Fico congelada, semicurvada sobre a mesa com o notebook nas mãos. Todas as fibras do meu corpo estão paralisadas; todos os pelos, arrepiados. Meu coração desacelera para um tum-tum-tum enquanto escuto.

Escuto.

Espero ouvir o ranger de uma tábua, o estalo de uma junta, o som baixo de respiração.

Escuto.

O tempo se arrasta e não sei há quantos minutos estou aqui parada, curvada sobre a mesa, escutando, esperando, apavorada. Sinto dor na lombar, os ossos da cintura doem pela pressão contra a mesa e o notebook escorregando pelos meus dedos suados. Se James estiver atrás de mim, preciso me virar e enfrentar meu destino de frente.

Viro-me lentamente, o notebook ainda nas mãos, e abraço a mim mesma.

Mas não tem ninguém no cômodo.

Dou um passo em direção à porta do escritório. E se ele estiver do outro lado? Dou mais um passo, coloco a mão na maçaneta e giro rapidamente para a esquerda. Ela se move facilmente sob minha mão, e a porta se abre. Milly levanta a cabeça e bate com o rabo no chão. Não tem mais ninguém na casa. Eu saberia pela reação dela, caso houvesse.

— Oi, garota. — Dou um passo para frente e me abaixo para fazer um carinho em sua cabeça quando,

BANG!

A porta do escritório bate atrás de mim.

BANG! BANG! BANG!

Desta vez no banheiro. Corro em direção ao barulho. A janela em cima da banheira está aberta, batendo de um lado a outro, uma brisa gelada se infiltrando no quarto. Olho para fora, quase esperando ver alguém pendurado na beirada ou correndo pelo gramado, mas o único movimento no jardim é do salgueiro, balançando com o vento. Inclino-me para fora da janela, pego o puxador e a fecho.

— Vamos, Milly. — Corro para fora do banheiro, agarro o notebook e minha bolsa de onde os tinha deixado no corredor e desço a escada às pressas, com a cadela no meu encalço. Dou uma olhada rápida pela cozinha antes de catar as tigelas de comida e de água de Milly e correr para fora da casa, trancando a porta da varanda atrás de mim e pulando para dentro do carro. Não olho pelo retrovisor enquanto me afasto.

## *Sábado, 4 de janeiro de 1991*

*Graças a Deus chegou o Ano-Novo. Este pode ter sido simplesmente o Natal mais deprimente da minha vida.*

*James implorou e implorou por desculpas por não poder me convidar para passar o Natal com ele e com a mãe, pois ela ainda estava se recompondo após o "incidente" (quando chegamos bêbados e atrasados para o almoço).*

*Ano passado, passei o Natal com Hels, Ru, Emma e Matt, mas isso não tinha como acontecer de novo este ano.*

*Em vez disso, peguei umas economias que tinha e reservei uma passagem de trem para o norte e um quarto no Holiday Inn para visitar minha mãe.*

*Para ser justa com a casa de repouso, fizeram um esforço enorme para dar uma aparência alegre e feliz ao lugar, mas a visão dos idosos babando os pudins de Natal pelo queixo e das cuidadoras com brincos de bonecos de neve carregando urinóis pelo corredor me deixou deprimida. Mamãe estava numa fase lúcida — não teve um único lapso durante as quatro horas inteiras em que estive com ela, mas, em vez de me sentir bem, fiquei de coração partido. Ela não parava de chorar, implorando para eu levá-la de volta para casa, dizendo quanta saudade ela sentia de papai. Fiz o melhor que pude para consolá-la, abraços apertados, penteando seus cabelos, contando do meu noivado em Praga e olhando as fotos de um álbum — mas como é possível alegrar uma pessoa que diz que preferia estar morta? Ofereci me mudar de volta para York para poder visitá-la com mais frequência, mas ela não aceitou.*

— Já vivi minha vida — disse — e fui atrás dos meus sonhos. Já é hora de você fazer a mesma coisa. Estou feliz por você encontrar o seu amor e adorar seu trabalho, Susan. Tudo o que seu pai e eu mais queríamos era que você fosse feliz.

No dia depois do Natal, fui levar flores para a sepultura de papai. Fiquei arrasada ao ver seu jazigo abandonado e coberto de mato — mamãe costumava ir lá uma vez por semana antes de adoecer. Arranquei com as mãos as ervas daninhas que consegui e peguei uma tesoura de jardim emprestada de um zelador para aparar a grama. Fiquei conversando com papai enquanto trabalhava, pedindo que tomasse conta da mamãe quando eu não pudesse, lembrando-o de que nós duas o amávamos muito e chorando ao dizer que não queria ninguém mais além dele para me entregar ao noivo na cerimônia do meu casamento.

Voltei para casa ontem e encontrei uma mensagem na secretária do pessoal da loja da cama, dizendo que, devido a um problema com o fornecimento, não poderiam entregar minha cama nova antes do Ano-Novo! James e eu já tínhamos jogado a cama e o colchão fora antes do Natal, então, quando ele voltou com meus presentes no dia 28, acabamos dormindo em cima de uns cobertores no chão.

Na manhã seguinte, levantei para fazer café e preparar os ovos e James ficou rondando pela casa, olhando minhas revistas e meus discos. Examinou a mesa da minha máquina de costura. Uma antiguidade, cem por cento de carvalho e muito bonita. Passou um dedo pela madeira polida.

— Onde você conseguiu isto?

— Meus pais me deram quando fiz 21 anos.

— Linda.

Ele continuou ao longo da parede, passando a mão pelos meus móveis.

— E isto? — Estava diante da minha escrivaninha.

— Comprei num mercado de pulgas. Custou só trinta libras.

— Bonita.

Congelei quando seus dedos percorreram a madeira. Se ele abrisse, ia encontrar...

— O que é isto? — Estava segurando um coelho de pelúcia cinza pela orelha, balançando entre seus dedos. — Você nunca me pareceu do tipo que gosta de bichinhos de pelúcia.

— Isso foi... foi... um... um presente da Hels.

— Uma amiga mulher te deu um bicho de pelúcia? — Senti meu rosto esquentar enquanto ele me examinava. — Isso é um pouco incomum. Tem certeza de que não foi de nenhum namorado antigo?

— Claro que não — disse rapidamente. — A Hels comprou para mim de brincadeira. Ela costumava me chamar de Coelhinha quando a gente trabalhou juntas por que, hm, porque eu não parava quieta. Estava sempre pulando, animada.

— Coelhinha? — Ele levantou uma sobrancelha. — Você?

— Sim. — O apelido e a descrição eram verdadeiros, mas não tinha sido Hels que me dera o apelido ou o boneco. Tinha sido Nathan. Eu tinha me apegado àquele coelhinho no tempo em que ficamos juntos e continuei com ele depois que terminamos, assim como com algumas outras coisas que ele tinha me dado.

— Por que você está suando, Suzy-Sue? — James deu um passo na minha direção, esticando a mão com o coelho. — Você não está mentindo para mim, está?

— Não, claro que não. — Passei as costas da mão pela minha testa úmida. — São os ovos. — Tirei a frigideira do fogo e estendi para ele. — Estão respingando por toda parte.

Minha voz saiu de um jeito musical que soou estranho aos meus ouvidos. Inclinei-me para a frente, ostensivamente, para olhar o bacon, só que, na verdade, queria evitar os olhos de James no momento em que ele me pegava pela cintura e me puxava para ele, pressionando minha bunda contra seu corpo.

— Você me assustou. — Pus a frigideira de lado e, ainda com seus braços ao meu redor, servi os ovos e o bacon em dois pratos.

— E você me assustou — sussurrou James no meu ouvido. — Porque, às vezes, fico me perguntando se você me ama de verdade.

— Não seja bobo. — O sangue latejava nos meus ouvidos. — Você sabe quanto eu te amo.

— Verdade? Eu ficaria muito magoado se descobrisse que você está mentindo para mim, Suzy. Se você estivesse guardando presentes românticos de seus antigos namorados quando você sabe o quanto esse tipo de coisa me magoa.

*Fui até o armário pegar o ketchup.*

— *Foi a Hels que me deu o coelho. Já te falei.*

— *E ela confirmaria isso se eu ligasse para ela, não é?*

— *Claro que confirmaria. Pode ligar para ela agora, se você quiser.* — *Apontei para o telefone do outro lado da sala com a cabeça, desesperada para que ele não percebesse que eu estava blefando.*

*Ele riu alto.*

— *Como se eu fosse falar com aquela vaca chata sobre um bicho de pelúcia!* — *Ele me virou para olhar para ele, apertando o coelho macio contra o meu rosto.* — *Você não liga para esta porcaria, não é?*

*Balancei a cabeça.*

— *Ótimo* — *disse, e jogou o coelho longe. O boneco atravessou a sala, voou pela janela aberta e foi cair na rua.*

*Ele me beijou nos lábios.*

— *O café está pronto? Eu comeria um cavalo.*

*Duas horas depois que saiu, peguei todas as coisas que eu tinha e joguei fora tudo que já tinha ganhado, ou que me fizesse lembrar, de algum ex-namorado. Fotos, cartas, cartões-postais, joias, livros e discos. Vendi até mesmo a bolsa de mão da Chanel que Nathan tinha me dado de Natal um ano.*

*Assim eu jamais teria que mentir para James novamente.*

# Capítulo 15

Meu quarto de hotel fica espremido entre uma festa de despedida de solteiro e uma excursão escolar, mas o barulho não me incomoda. É quase reconfortante ouvir as risadas animadas dos rapazes e os gritos histéricos dos adolescentes, com a trilha sonora de TVs aos berros e a batida grave da música dançante.

Passo o dedo pelo *track pad* do notebook de Brian e clico no botão "Iniciar", depois em "Programas", e paro. O único programa que reconheço é o Microsoft Office. O que é um Filezilla? Um Photoshop? Um Skype? Vou pegar minha bolsa.

Oliver atende no segundo toque.

— Sue? Tudo bem com a Charlotte?

— Ela está bem. Eu só queria saber se você poderia me dar uma assistência técnica.

— Claro.

— Que software a Charlotte usaria para conversar com as amigas pela internet?

— Não sei — responde ele depois de um bom tempo. — Eu e meus amigos usamos o chat do Facebook ou o MSN Messenger. Talvez o Skype. Só Deus sabe o que Charlotte usa. Por que você precisa saber?

Clico duas vezes numa pasta que diz "Documentos", mas é só material de trabalho de Brian.

— Me disseram que ela conversou com um amigo usando o notebook do seu pai e eu estou achando que pode ser algo importante.

— Hmmmmm. — Quase consigo ouvir Oli pensando. — Boas chances de você não encontrar nada, a não ser que saiba qual o aplicativo que ela estava usando. E você nem sabe o nome de usuário e a senha. Ela estava usando o computador do papai? Foi o que você disse?

— Isso mesmo.

— Posso estar errado, mas tenho quase certeza de que ele usa o MSN Messenger para conversar on-line com os eleitores uma vez por semana e salva essas conversas para não poder ser processado por dar conselhos errados ou fazer falsas promessas, essas coisas. Se a Charlotte não alterou as configurações e se tiver sido isso que ela usou, as conversas dela também estarão gravadas.

— É mesmo?

— É. Você quer que eu te oriente para encontrar os registros do Messenger? Mas — ele para — você não deveria pedir ao papai para fazer isso?

— Eu... — Não sei bem a melhor maneira de lidar com isso. Não quero que Oli saiba que seu pai saiu de casa. Ele pode ter 19 anos, mas a notícia o deixaria chateado bem no meio dos exames mais importantes de sua carreira. — Não consegui falar com ele hoje. Está numa daquelas reuniões chatas de algum comitê que dura o dia inteiro, eu acho, e é meio urgente eu ver essas mensagens. Se é que estão lá.

— Certo, sem problemas. — Ele parece tranquilo com a minha explicação. — Certo, você tem que fazer o seguinte...

Eu me concentro ao máximo nas instruções dele, passo a passo, onde clicar e o que abrir até finalmente chegarmos lá, numa pasta chamada "Minhas conversas".

— Tem um monte — digo, percorrendo o nome dos arquivos. — Centenas de coisas. Como é que eu vou saber qual é o da Charlotte?

— Não vai. E se ela percebeu que o papai tinha selecionado a caixa de "salvar conversa" e tiver desmarcado, não vai ter registro nenhum da conversa dela.

— Ai, meu Deus. — Fico com o dedo no mouse, assistindo horrorizada aos arquivos passando, um atrás do outro. Vai levar um bom tempo para percorrer todos eles.

— Precisa de mais alguma ajuda?

— Não, não. Tudo bem. Muito obrigada, Oli.

Nós nos despedimos e eu abro o primeiro registro de mensagem. Uma conversa entre Brian e um representante regional sobre a distribuição de alunos pelas escolas públicas. Fecho e abro a segunda conversa. Desta vez, alguém quer chamar a atenção dele para "o problema da imigração". A terceira — reclamações sobre benefícios. Quarta — um pedido de ajuda para reformar um parquinho. Quinta — ofensas, chamando Brian de um "pretenso político ineficiente de um partido mais preocupado com plantar árvores do que com o sucesso econômico". E tem mais mensagens. Mais e mais e mais. Intermináveis. É fascinante e frustrante, ao mesmo tempo. Nunca me dei conta de quantas pessoas mesquinhas e egoístas Brian tem que enfrentar diariamente. Abro mais meia dúzia de mensagens e ainda faltam centenas. Onde está a conversa de Charlotte? Começo a clicar aleatoriamente, nesta e naquela conversa, tentando a sorte. Em vez disso, leio sobre disputas por alocações, guerras sobre propriedades, escândalos com casas de idosos e a decadência das lojas do centro. Parece que todo mundo está insatisfeito com alguma coisa e Brian é quem... Paro de clicar e releio uma linha que acaba de piscar na tela.

*Charliethecat15: Malz, o note deu pau. Voltei.*

Charliethecat15. Poderia ser Charlotte? Leio a mensagem inteira, meu coração batendo descompassadamente no peito...

*Charliethecat15: Malz, o note deu pau. Voltei.*

*Ellsbells: Tô nem aí.*

*Charliethecat15: Não seja assim, Els*

*Ellsbells: Não sei por que você ainda vem me procurar. Nossa amizade ACABOU.*

*Charliethecat15: Tá, mas a gente tem que deixar as coisas acertadas.*

*Ellsbells: Por que você não acerta as tuas coisas com a Keisha, já que vocês duas são TÃO amigas?*

*Charliethecat15: Não tem nada a ver com a Keisha, e você sabe disso*

*Ellsbells: Ah, não?*

*Charliethecat15: Não. Olha só, Ella, sei que você ficou puta comigo, e tudo bem, a gente nem precisa se falar de novo, mas se a gente não der cobertura uma para outra e o senhor E. descobrir, ele vai nos matar.*

*Ellsbells: O senhor E. que se foda, ele é um babaca*

*Charliethecat15: Eu sei, tá certo.*

*Charliethecat15: Você ainda tá aí, Ella?*

*Charliethecat15: Ella?*

*Ellsbells: O quê?*

*Charliethecat15: Você vai me proteger? Eu protejo você.*

*Ellsbells: Certo. Só não me procure nunca mais.*

*Charliethecat15: Certo. Não vou. Só queria deixar isso acertado.*

*Ellsbells: Tanto faz.*

Leio de novo. E uma terceira vez. E mesmo assim não faço ideia do que elas estão falando. Por que uma deveria proteger a outra, e quem é este "senhor E."? Consulto meu relógio: 14h45. Tenho que correr se quiser pegar a Ella na saída da escola.

    Olho para Milly, que me olha de volta com olhar pidão.

    — Tudo bem. — Seguro a coleira dela. — Você pode vir também.

## Capítulo 16

É estranho estar ali, parada na frente dos portões da escola. Não vou buscar Charlotte no colégio desde que ela tinha 12 anos e, quando vejo Ella saindo pela porta principal, os livros abraçados no peito, o blazer jogado num braço, chego a esperar ver minha filha ao lado dela, as duas trocando cotoveladas e rindo das piadas uma da outra.

— Ella? — Toco seu ombro quando ela já está próxima. — Podemos conversar um pouco?

Ela olha ao redor para ver a reação dos colegas, mas eles parecem não ter me notado, continuam saindo pelo portão, conversando e fazendo caretas uns para os outros. Ou, se notaram, não ligaram.

— Ella, por favor, é importante.

— Tá bem, tá bem. — Ela faz um gesto, indicando para nos afastarmos do portão e olha por cima do ombro, não sei bem para verificar o que, e depois de volta para mim. — O que é?

— Sobre você e Charlotte, dando cobertura uma para outra.

Sua expressão desafiadora se desfaz de leve.

— Não sei do que a senhora está falando.

— Acho que sabe.

Eu poderia fingir que sei de tudo, mas, se ela perceber que estou mentindo, nossa conversa termina.

— Li a conversa de vocês duas no MSN. Estava salva num dos computadores lá de casa.

Os olhos de Ella se arregalam, examinando meu rosto. Ela tenta descobrir se está numa enrascada ou não. Preciso ser cautelosa.

— Quem é o senhor E., Ella?

Ela desvia os olhos para a escola e depois olha de volta para mim.

— Não sei do que a senhora está falando, senhora Jackson.

— O senhor E. Na conversa de vocês duas no MSN, Charlotte disse que se o senhor E. descobrisse o que vocês tinham feito, mataria as duas.

Ela dá de ombros.

— Acho que a senhora me confundiu com alguma outra pessoa.

— Ellsbells — digo. — Era o nome de usuário da pessoa com quem Charlotte estava conversando. Sei que era você.

Ela dá de ombros novamente, os lábios se apertam, meio sorrindo, meio irritada, e se vira para ir embora. Sabe que não tem nada naquela conversa que possa incriminá-la e que não posso fazer nada para convencê-la do contrário. Como ela pode ser tão insensível com a melhor amiga em coma, com chances de jamais despertar?

— Ella, por favor. — Apoio uma mão em seu ombro. — Não me importo com o que você e Charlotte fizeram, ou por que precisavam combinar suas histórias. Não vou ficar zangada e não vou falar com sua mãe. Por favor, é só me contar quem é esse senhor E.

— Já falei. — Ela tira minha mão do ombro com um safanão. — A senhora pegou a pessoa errada.

Ela se vira para ir embora, mas eu a seguro de novo.

— É o pai de alguém, esse senhor E.? Um professor? É um dos seus... — A expressão de raiva em seu rosto se transforma em alguma outra coisa. — É um professor, não é? — Não consigo disfarçar o júbilo na minha voz. — Qual é o nome dele, Ella?

— Tira a mão de mim!

*Agora* os outros alunos olham para nós. O fluxo de corpos passando se interrompeu e estou cercada por todos os lados por olhares com expressões surpresas. As conversas diminuem e as gargalhadas se transformam em sorrisos envergonhados. "Quem é ela", ouço alguém perguntar. "Ah, meu Deus, é a mãe da Charlotte Jackson." "Puta merda, é mesmo! Doidinha. Parece que ela não deixou a Charlotte tomar banho durante um mês por que achou que tinham jogado ácido na água!"

Ella também percebe a comoção ao nosso redor. Começa a ficar com o pescoço vermelho, mas joga o cabelo para trás de um jeito desafiador. Sei que eu deveria tirar a mão de seu ombro, mas estou morrendo de medo de que, se eu a deixar ir embora, jamais a verei novamente.

— Ella — digo em voz baixa. — Você não precisa fazer uma cena. É só me dizer o nome completo do senhor E. e eu juro que não te incomodo nunca mais.

A garota sorri por um segundo e penso que essa situação horrível, constrangedora, vai chegar ao fim, mas o sorriso desaparece, substituído por uma horrível boca torcida com os lábios para baixo.

— Socorro! — Ela joga a cabeça para trás e grita. — Alguém me ajude! Socorro! Socorro!

Eu a solto, mas já é tarde demais, sou empurrada para um lado quando alguém atravessa a multidão e se coloca entre nós duas.

— Senhora Jackson? — A mulher olha para mim com uma expressão atônita. É Clara Cooper, professora de inglês de Charlotte.

— Ela me machucou. Pensei que ia arrancar meu braço.

A senhorita Cooper se vira para olhar para Ella. Um grupo de meninas apareceu ao seu redor, formando um semicírculo protetor, as mãos dando tapinhas nas costas da menina, murmurando aprovação, de sobrancelhas levantadas.

— A senhora Jackson te machucou?

— Sim, senhora. Eu já estava indo pegar o ônibus da escola e ela me segurou e não queria me soltar.

— Isso aí — diz uma das meninas atrás dela. — Foi o que ela fez.

— Achei que ela ia me bater. — O rosto de Ella era a epítome da inocência de olhos arregalados. — Eu fiquei com muito medo mesmo.

A senhorita Cooper se vira para mim e levanta as sobrancelhas.

Sinto calor, estou fraca e com a boca completamente seca. Não acredito que isto está acontecendo comigo. Eu só quero ir para casa. Enfiar-me na cama, dormir e descobrir que todas essas coisas — o acidente de Charlotte, os presentes do James, a briga com Brian e agora isso — foram apenas um sonho.

— Eu toquei o ombro dela — digo. — Só isso. Só quero conversar com ela.

A senhorita Cooper me examina e se vira para a multidão.

— Vocês aí, podem ir para casa. O show acabou. Ella, encosta ali no portão. Vou ter uma palavrinha com você em seguida.

Ella faz uma cara.

— Mas, senhorita...

— Vá.

Ela curva os lábios, levanta as mãos como se fosse protestar, mas pensa melhor e atravessa a multidão. Os alunos se dispersam, resmungando, desapontados com o fim do espetáculo.

A senhorita Cooper aguarda até não haver mais alunos ao alcance do ouvido e então olha para mim. A testa não está mais franzida, agora que não temos mais público.

— Como vai a senhora?

A palavra "bem" está na ponta da língua, mas alguma coisa no seu tom de voz delicado e o olhar com uma preocupação gentil, em vez disso, me faz responder "Cansada".

— Não me surpreende. — Ela toca meu braço de leve e deixa a mão cair. — Como está Charlotte? Sentimos muita falta dela.

— Sem mudanças — respondo —, mas obrigada por perguntar.

A senhorita Cooper sorri com tristeza e olha por cima do ombro. Ella está encostada no portão. Um pé no chão e o outro chutando a cerca de metal ao lado da entrada.

Clang-clang-clang.

— Ella!

A menina para no segundo em que a professora chama seu nome e me olha com ressentimento. Clara olha de volta para mim.

— O que estava acontecendo aqui? Com Ella?

Explico sobre a conversa no MSN Messenger e digo que estou preocupada com a possibilidade desse "senhor E." poder ser alguma ameaça para as meninas.

— E a senhora acha que pode ser o pai de alguém, ou um professor?

Descrevo a reação de Ella quando sugeri que o senhor E. era um professor, e a senhorita Cooper fica pensativa.

— Tem um senhor Egghart — diz. — É o professor de física.

Balanço a cabeça. Nenhuma das duas está na turma de física.

— Tem certeza de que é um homem? — pergunta ela. — Não poderia ser a senhora Everett, a senhorita Evesham ou a senhorita East?

— Não. Com certeza estavam falando de um senhor E. Uma delas o chamou de babaca.

— Estou tentando me lembrar do sobrenome de outros professores começando com E. — A senhorita Cooper mexe nos brincos e olha para a calçada com uma expressão concentrada. — Jenny Best, na administração, ela tem a lista completa. É a melhor pessoa para perguntar... Ah! — Ela levanta os olhos, animada. — Acabei de lembrar. Tem um professor substituto dando aula de Estudos Comerciais no lugar da senhora Hart, que está de licença-maternidade. O nome dele começa com E. Como é mesmo?... Eggers? Não. Ethan? Não. É um nome muito comum, eu vou lembrar... Já sei! — Ela sorri, triunfante. — Evans! Isso aí. Senhor Evans.

— Evans? — Repito, sentindo-me subitamente arrancada de mim mesma, observando nossa conversa a três metros de altura sobre minha cabeça. — Você por acaso saberia o primeiro nome dele?

Quando os lábios de Clara se abrem, já sei o que ela vai dizer mesmo antes de falar.

— James — responde. — O mesmo nome do meu namorado.

A sensação de estar flutuando cessa tão rapidamente quanto começou e sou jogada de volta para o meu corpo com tanta violência que preciso dar um passo para o lado, para não cair.

— James Evans?

— Isso. — Clara ainda está sorrindo. — Por quê? A senhora não acha que ele seja o respon...

— Como ele é? Tem mais ou menos um metro e oitenta? Louro? Articulado?

— Sim. — Ela me olha, confusa. — Sim, ele é assim mesmo.

— Espere! — Ela me chama quando passo correndo por Ella e entro pelo portão da escola. — Senhora Jackson, pare, por favor!

## *Domingo, 1º de abril de 1991*

*Topei com Hels na Oxford Street ontem. Minha primeira reação quando a vi, linda, com um vestido de bolinhas preto e verde, os cabelos ruivos presos num coque alto, foi de alegria — mas, quando lembrei que não éramos mais amigas, entrei correndo na HMV para tentar evitá-la. Deve ter me visto, pois logo em seguida senti uma mão no braço e "Sue? É você, não é?". Ela parecia tão alegre em me ver que me deu vontade de chorar. Mas não chorei. Não queria que ela visse como eu estava infeliz sem ela. Em vez disso, conversei casualmente — contando dos figurinos que eu estava preparando para a montagem de* Esperando Godot *e que minha mãe estava um pouquinho mais animada no asilo, embora sua condição continuasse a se deteriorar. Hels, por sua vez, contou que tinha sido promovida no trabalho e que ela e Rupert tinham acabado de voltar de uma semana em Florença, onde noivaram. Eu a abracei, não pude me conter, e foi só quando ela se afastou, pegou minha mão esquerda e deu uma boa olhada no anel que me lembrei de que eu também estava noiva.*

*— E não é que você é o cavalo azarão correndo por fora? — disse ela, mas em vez de sorrir, uma nuvem passou por seu rosto. — Parabéns, Susan, você deve estar muito feliz.*

*Foi aí que comecei a chorar, bem ali, no meio das prateleiras de CDs da HMV, cercada de gente comprando o último sucesso das paradas.*

Hels pareceu tão horrorizada que tentei sair correndo. Já bastava eu estar chorando em público, não precisava da minha ex-melhor amiga olhando para mim como se eu fosse uma aleijada. Ela veio atrás de mim e segurou minha mão.

— Por favor, Susan, vamos beber alguma coisa. Conte o que está havendo. Eu sinto muito a sua falta.

Fomos para o Dog and Duck, no Soho, e encontramos um canto escuro onde poderíamos conversar sem muita gente ficar olhando para minha cara manchada de lágrimas. Contei tudo para Hels. Contei sobre o encontro com a mãe de James, sobre a viagem para Praga, sobre James recusando-se a dormir na minha cama e jogando o coelhinho pela janela, e ela ouviu tudo atentamente, sem dizer coisa alguma exceto um ocasional ahã, ou hmm. Mas quando contei que ele pedira para fazer sexo anal como prova do meu amor por ele, ela prendeu a respiração.

— E você aceitou? — Hels olhou para mim, seus enormes olhos verdes arregalados de preocupação. — Você jurou que jamais faria de novo depois de experimentar com Nathan.

— Eu sei. E fiquei repetindo para James que eu não gostava e que não faria de novo, mas ele continuou insistindo sem parar, dizendo que eu obviamente amava mais o meu ex-namorado do que a ele, já que eu tinha feito antes e não queria fazer com ele. Ficou mencionando isso em todas as nossas conversas. E chegou ao ponto de que, mesmo que estivesse tudo bem, eu não conseguia relaxar, esperando ele começar com aquilo de novo. Achei que se eu resolvesse aquilo de uma vez, o assunto estaria encerrado.

— E?

Meus olhos se encheram de lágrimas, e eu desviei o rosto.

— Você tem que largar ele, Sue. — Helen pegou minhas mãos — E precisa fazer isso já.

Tentei argumentar. Tentei explicar que James tinha sofrido abusos quando era criança, que ele se sentia sufocado morando com a mãe, que tinha sido tão romântico a ponto de se manter virgem até os 24 anos e que ele realmente me amava, que só estava lutando contra a frustração e o ciúmes, mas Hels só fazia balançar a cabeça.

— Isso não é amor, Sue. As coisas que você diz, o jeito como ele te trata, isso não é amor.

— Mas... — *Tentei explicar que não era de todo mau, como as coisas podiam ser mágicas entre nós dois, como tínhamos tantas coisas em comum, como eu nunca me sentira tão viva assim, como todos os dias eram uma aventura quando James estava de bom humor.*

— Exatamente, quando ele está de bom humor. Porque nós duas sabemos o que acontece quando não está. Vale a pena, Sue? Vale a pena ser criticada, humilhada e julgada apenas por alguns bons momentos? Vale a pena pisar em ovos o tempo todo, perguntando-se quando ele vai te atacar de novo?

— Mas não é que ele bata em mim. Ele nunca fez isso, nem uma vez.

— Ainda. — *Ela balançou a cabeça.* — Só porque James não levanta a mão não significa que ele não esteja abusando de você, Susan. Saia dessa situação. Agora.

*Ela não precisava dizer mais nada, pois tudo que tinha dito eu já repetira para mim mesma um milhão de vezes. Mas era diferente ouvir de outra pessoa, era diferente ver o choque e a preocupação em seus olhos. Fez com que eu sentisse como se não estivesse exagerando ou enlouquecendo, que James não estava me tratando como eu deveria ser tratada e que ficaria mais feliz sozinha.*

*Então é o que vou fazer. Vou deixá-lo. Vai ser na sexta-feira, quando combinamos de sair para beber alguma coisa.*

*Só espero não estar tremendo tanto quanto estou agora.*

## Capítulo 17

— Brian — grito no celular, em disparada pelo corredor, passando por murais com os trabalhos de arte e realizações esportivas e por armários de escaninho altos. — Brian, você precisa vir para casa *agora*. James Evans está trabalhando na escola de Charlotte. Eu li uma conversa no seu computador entre Charlotte e Ella. Chame a polícia, Brian. Estou na escola agora.

Chego à escada e subo em disparada, usando o corrimão para me puxar para cima, xingando minhas pernas por não se moverem mais rápido. Não vou à escola há pelo menos um ano, mas ainda me lembro de onde é a sala do diretor.

— Posso ajudar?

Uma mulher de meia-idade e cabelos louros, vestindo uma blusa rosa-claro e um colar de pérolas no pescoço, olha-me da mesa quando entro pela salinha adjacente ao gabinete do diretor. Tem mais ou menos a mesma idade que eu, uns quatro ou cinco anos a mais. Seu nome é Clarissa Gordon. Já estava aqui na última vez em que eu vim ver o diretor.

— Vim falar com o senhor Anderson. — Faço um esforço atrapalhado para ajeitar o cabelo. — É urgente.

Posso ver pela expressão de Clarissa me olhando de cima a baixo que ela se lembra de mim. Seu nariz se estreita com um esboço de sorriso nos lábios contraídos.

— E seu nome é?

— Jackson. Sue Jackson. É muito importante que eu fale com ele. A segurança de duas alunas está em jogo.

Clarissa levanta as sobrancelhas. Está se lembrando da última vez que estive aqui — quando invadi a aula de biologia de Charlotte e ordenei que ela viesse embora comigo. Tínhamos sido assaltados um mês antes e uma matéria na TV sobre uma adolescente estuprada num parque local me convenceram de que James estava atrás dela. Eu tremia tanto que mal conseguia respirar. O senhor Prosser, professor de Biologia, me levou até o gabinete do senhor Anderson, que chamou a enfermeira da escola. Ainda me lembro da expressão franzida de Clarissa me fitando do outro lado do painel de vidro da porta da sala do diretor enquanto a enfermeira me orientava a tomar fôlego devagar e eu implorava que por favor me escutassem. Por que será que ninguém entendia o tamanho do perigo que minha filha estava correndo? Fiquei tomando ansiolíticos em altas doses pelos seis meses seguintes.

— A segurança de duas alunas, a senhora disse? Nossa. Bom, se a senhora puder me dar mais alguns detalhes talvez eu possa chamar o senhor Anderson e... — Ela se interrompe, distraída por uma aglomeração de professores conversando em voz alta pelo corredor, passando pela janela atrás de mim.

— Não há tempo. — Desvio dela e vou em direção à maçaneta. — Preciso falar com ele agora.

— Me desculpe. Me desculpe, senhora Jack...

A cadeira dela range quando ela se levanta para vir atrás de mim, mas giro a maçaneta e entro no escritório do diretor antes que ela me alcance.

— Clarissa, eu... — O diretor levanta os olhos da mesa, os lábios se abrindo, surpreso ao me ver irrompendo pela sala com sua secretária me perseguindo logo atrás.

— Perdão, senhor Anderson — ofega ela. — A senhora Jackson simplesmente abriu a porta e entrou. Não tive como impedir.

— Tudo bem, Clarissa. — Ele sinaliza com a cabeça. — Eu assumo daqui.

— Mas o senhor disse especificamente que não queria ser incomodado. Disse que precisava preparar um relatório para o conselho sobre...

— Eu assumo daqui, Clarissa. Obrigado.

— Sim, senhor Anderson. — Ela se retira, andando para trás e saindo da sala. Pela sua cara, tenho certeza de que, se fôssemos trinta anos mais novas, ela estaria me esperando no portão lá fora com mais duas amigas. — Estarei aqui fora — diz, fechando a porta com um clique.

Ian Anderson olha para mim com suas sobrancelhas pesadas e me indica a cadeira diante dele.

— Sente-se por favor, senhora...

— Jackson. Prefiro ficar em pé, obrigada.

— Certo. — Ele se reclina na cadeira e cruza os braços sobre o peito largo. — O que posso fazer pela senhora, senhora Jackson?

— Me desculpe por invadir assim — agarro o encosto da cadeira —, mas é urgente. Um de seus professores é uma grande ameaça para as crianças.

Ele se endireita na cadeira.

— Um de nossos professores?

— Tenho motivos para crer que um de seus professores está trabalhando nesta escola por motivos falsos. Acho que ele pode ter feito mal à Charlotte e, possivelmente, à amiga dela também, chama-se Ella.

— Charlotte... — O senhor Anderson olha para mim como se estivesse me vendo pela primeira vez. — Não é Charlotte Jackson? A senhora é...

— Mãe dela. Sim.

Espero que ele se ponha de pé e entre em ação. Em vez disso, continua a olhar para mim, à espera de que eu diga mais alguma coisa.

— Por favor — insisto para que se levante. — Será que podemos ir encontrá-lo? Quanto mais esperarmos, maiores as chances de as aulas terminem e ele ir embora. — Talvez para sempre. Não consigo afastar a sensação de que James sabe que estou atrás dele. — Por favor, senhor Anderson. Ele precisa ser detido antes de ferir alguém, se é que já não feriu.

— Se quem machuque alguém?

— James Evans.

— James Evans? Nosso professor de Estudos Comerciais?

— Sim. Não. Ele não é professor, de fato, é um impostor. — Me movo alguns centímetros para a porta. — Por favor, senhor Anderson. Vamos.

— Senhora Jackson. — Ele levanta uma mão. — Sente-se por um minuto e vamos começar de novo. Estou me esforçando para entender.

— Não há tempo. — Atravesso a sala e me inclino para frente, as mãos apoiadas na beira da mesa, meu rosto no mesmo nível do dele. — Por favor. Eu explico tudo, mas preciso que o senhor encontre James Evans comigo *agora*. O senhor não faz ideia do perigo que as crianças correm. Precisamos impedi-lo antes que ele fuja. — Não consigo conter a irritação na minha voz. — Por favor, vamos.

— Nós levamos as acusações contra nossos professores bastante a sério, senhora Jackson.

Ele se levanta infinitamente devagar, e o aguardo tirar o terno do encosto da cadeira, vestir um braço, depois o outro, então acertar os ombros. Por um segundo terrível, penso que vá se demorar ainda para fechar os botões, mas ele se anima subitamente e atravessa a sala em quatro passadas.

— Senhora Jackson — diz ao abrir a porta, e vejo as sobrancelhas arqueadas de Clarissa —, me acompanhe, por favor.

Mesmo com as passadas longas dele, levamos um tempo infinito até a sala dos professores. Quando atravessamos a "ponte" entre o bloco de ciências e o prédio principal, paro para apoiar as mãos no janelão que vai do chão ao teto e olhar para o estacionamento. Há cerca de uma dezena de professores por ali, alguns conversando em pequenos grupos, outros entrando em seus carros. Examino o grupo à procura do rosto de James, mas ele não está lá embaixo.

— Senhora Jackson?

O diretor está parado do outro lado da ponte. Corro atrás dele.

— Claro que ele pode nem estar aqui — diz, segurando a porta da sala dos professores aberta. — Há uma boa chance de ele já ter encerrado o dia, de estar na sala de Estudos Comerciais, ou mesmo...

Não ouço o resto da frase, pois meu coração está martelando com tanta força dentro do peito que me sinto enjoada.

Há um homem do outro lado da sala. Está de costas para nós, a cabeça loura abaixada, como se lesse um livro ou ajeitasse alguns papéis. Ainda ouço a voz do diretor, mas não estou distinguindo as palavras. Todas as fibras do meu ser ordenam que eu dê meia-volta e fuja, mas não posso. Não consigo tirar os olhos das costas largas e dos braços fortes do homem do outro lado. O ar para, a distância entre nós diminui e é como se eu estivesse atrás dele, respirando seu perfume almiscarado. Estico a mão e sinto sob os meus dedos as ondas rebeldes de seu cabelo, a pele macia na nuca curvada e a rigidez do colarinho engomado. Eu vejo sua silhueta, sinto essas coisas em milhares de pesadelos. Basta ele virar para eu ver seu rosto.

— James? — Respiro, e as bordas da minha visão começam a ficar âmbar e depois escurecem. É como encostar um fósforo numa fotografia. Pisco para tentar desanuviar meus olhos, mas agora vejo pontos pretos, e meus ouvidos se enchem de um ruído como o do oceano. Sinto-me nadando debaixo d'água.

— Senhora Jackson?

Sinto uma mão tocar meu cotovelo e tento virar a cabeça para a esquerda para ver quem me tocou, mas faço tanta força para não perder o equilíbrio que parece que qualquer outro movimento vai me fazer afundar como uma pedra no fundo do mar.

— Senhora Jackson, a senhora quer se sentar?

Há uma outra mão, tocando meu cotovelo direito, e sinto algo encostar atrás dos joelhos, então sou empurrada/puxada para baixo até me sentar. Está tudo escuro e o oceano dentro da minha cabeça bate contra meu crânio. Meu estômago se contrai e...

— Ah, meu Deus, ela vomitou.

— Tem papel-toalha no banheiro. Vou pegar umas folhas.

— E um copo de água se não...

— Temos canecas  Deve ter uma limpa em algum...

E então, silêncio.

— Senhora Jackson. Senhora Jackson, pode me ouvir?

— Senhora Jackson? — Uma voz diferente, de mulher.

E então:

— Sue?

— Brian? — Digo, mas não sai som algum. Tento me sentar, mas mãos seguram com delicadeza meus ombros e minha cintura e sou forçada para baixo de novo.

— Não se mexa. A senhora bateu com a cabeça quando desmaiou. Os paramédicos estão a caminho.

— James — digo para os olhos azuis brilhantes que me encaram, com uma mistura de preocupação e confusão.

— Não, Sue. Sou eu, Brian.

— Eu sei. Eu sei que você é o Brian. Onde está o James?

Meu marido se vira para olhar para alguém atrás dele, alguém fora do meu campo de visão.

— James, ela quer falar com você.

— Não! Não! — tento gritar, mas as palavras ficam presas na garganta. — Não!

— Senhora Jackson? — Um rosto totalmente desconhecido aparece ao lado de Brian. — Eu sou James Evans.

— Não. Não é não.

O homem sorri. Um sorriso caloroso que ilumina seu rosto, fazendo as narinas se expandirem e enrugando a pele sob seus olhos.

— A senhora pode ligar para a minha mãe ou conferir minha certidão de nascimento, se quiser, mas eu passei os últimos 25 anos sendo chamado de James Evans. Bom, Jamie pelos meus amigos. Estou bem certo disso.

— O outro — digo. — Onde está o outro?

Tento me sentar para poder olhar ao redor da sala, mas Brian balança a cabeça.

— Este é James Evans. — Ele apoia a mão no meu rosto e afasta delicadamente o cabelo. — O professor de Estudos Comerciais de Charlotte e Ella. É o único James Evans na escola, Sue.

— Mas... — Olho de Brian para o homem jovem e louro ao lado dele e imediatamente me dou conta do meu erro. James Evans não estaria mais louro; não aos 48. — Ah, meu Deus.

Cubro o rosto com as mãos e fecho os olhos. O que foi que eu fiz?

— As meninas mataram uma excursão escolar. — Ouço Brian dizer. — Deveriam ir a Londres com o senhor Evans, mas...

— Avisaram que estavam doentes, com intoxicação alimentar. Que tinham ido ao Nandos na noite anterior e comido frango estragado. Passaram a noite com dor de estômago. Não tive motivo algum para duvidar delas, embora, em retrospecto, talvez tivesse sido melhor eu ligar para vocês, para conferir.

— É verdade — diz uma voz que reconheço como sendo a do senhor Anderson.

— A conversa no MSN que você leu, Sue. Elas não estavam realmente com medo de que o senhor Evans as fosse matar — diz Brian. — Era só força de expressão.

Tiro as mãos dos olhos e vejo os quatro rostos me olhando de cima.

— Se elas não foram com a excursão da escola com o senhor Evans naquele fim de semana — digo — e não ficaram em casa com a gente, então aonde foram?

Brian balança a cabeça.

— Não sabemos.

## *Sábado, 7 de abril de 1991*

*Fiquei péssima a semana inteira. Não consegui costurar, nem dormir e quase não comi. Cada vez que o telefone tocava, eu dava um pulo, certa de que era James, aterrorizada com a possibilidade de ele descobrir o que eu estava prestes a fazer. No final, ele só me ligou uma vez essa semana — e falou rapidamente, só para combinar onde nos encontraríamos na sexta.*

*Eu não queria ir. Fiquei repetindo para mim que James não era tão ruim, que havia muitos homens piores por aí, só que então, quase como se pudesse sentir minha hesitação, Hels me ligou às cinco da tarde.*

*— Vou estar ao seu lado — disse. — Nós dois vamos. Rupert e eu vamos te ajudar a enfrentar isso. Seja forte, Susan. Lembre-se de todas as vezes que ele te fez chorar.*

*Tipicamente, James, sentado sozinho numa mesa de madeira perto do bar, deu um pulo da cadeira no minuto em que me viu entrando no Heart in Hand, me envolveu nos braços e me disse como eu estava linda. Estava com um humor fantástico, falando sem parar sobre um papel para TV que ele viu anunciado no The Stage e se desculpando profusamente por não ter ligado, mas é que estava se preparando para o teste.*

*— Foi ótimo, realmente ótimo — disse, apertando minhas mãos nas suas quando nos sentamos —, e se eu conseguir, poderei manter um lugar grande para você e eu morarmos, com aposentos separados para a minha mãe. Teremos privacidade, e ela vai ter a segurança de saber que estou bem*

perto. E... e... — ele praticamente pulou da cadeira —... você vai poder ter sua própria sala de costura, quem sabe abrir um negócio em vez de trabalhar de graça para o pessoal do Abberley. Vai ser perfeito.

Ficamos no pub — ele tagarelando e fantasiando, eu concordando, bancando a namorada que é só apoio, por umas duas horas, até que, sem aguentar mais nem um segundo, sugeri comprarmos alguma coisa para levar e irmos para a minha casa. James se surpreendeu — ele esperava ir a um restaurante —, mas eu disse que estava cansada e ele aceitou. A caminhada para casa foi horrível. Eu estava preocupada demais para falar e caímos num silêncio tenso. James me olhava de dois em dois segundos, enquanto eu evitava seus olhos.

Ele me abraçou diante da porta da frente e enfiou o rosto no meu pescoço.

— Talvez vir para casa não tenha sido uma ideia tão ruim assim, afinal. Você só queria me atrair para a sua cama, não é, sua sem-vergonha?

Eu me encolhi quando me tocou e escapei de seus braços. Ele me seguiu até a cozinha e ficou olhando da porta enquanto eu abria a geladeira e pegava uma garrafa de vinho. Dava para sentir seus olhos nas minhas costas enquanto eu abria a garrafa e me servia uma taça generosa.

— Quer uma, James?

Ele não respondeu.

Coloquei a garrafa de volta na geladeira, notando como tinha ficado bagunçada, e comecei a ajeitar embalagens de presunto, caixas de leite e latas pela metade de feijões cozidos.

— O que você está fazendo? — Sua voz me atravessou.

Murmurei qualquer coisa sobre uma geladeira organizada e uma cabeça organizada, tirei o filme plástico de um pedaço de queijo, coloquei de volta, mais apertado, e o guardei na prateleira de cima da porta da geladeira.

— Sue, para de mexer na porra da geladeira e olha para mim.

Virei-me lentamente, meus olhos fixos no piso de pedra.

— Olha para mim.

Apertei a taça com mais força e me forcei a levantar os olhos. Uma descarga de medo me atravessou quando nossos olhos se encontraram. Não havia nenhuma simpatia nos olhos de James; nenhum humor, nenhum amor. Ele olhava para mim sem expressão, como se nunca tivesse me visto antes.

— Vamos para a sala. — Minha voz saiu num sussurro. — Precisamos conversar.

James se virou e saiu da cozinha. Fui atrás dele, parando no corredor para tomar um gole de vinho enquanto ele desaparecia na sala. Eu mal tinha dado um passo para dentro da porta quando uma mão agarrou o meu pescoço e fui jogada contra a parede.

— Eu sabia que você me traía. Sua putinha imunda.

— James! — A taça de vinho escorregou dos meus dedos quando coloquei a mão no pescoço. Puxei sua mão, mas ele era muito forte. — James, não consigo respirar.

— Ninguém nunca vai te amar tanto quanto eu. — Seu lábio superior estava arreganhado, as narinas dilatadas. — Ninguém.

— Por favor. — Puxei sua mão de novo, meus saltos dançando no rodapé da parede enquanto eu tentava encontrar apoio. Apenas meus dedos dos pés tocavam o chão. — Por favor, James. Por favor, você está me machucando.

— Ótimo. — Ele apertou o rosto contra o meu, a respiração na minha bochecha, a pele molhada de suor. — Porque você está me machucando.

— Eu não te traí, eu juro. Juro pela vida da minha mãe. Sobre a sepultura do meu pai.

James chegou para trás, olhou-me com os olhos contraídos e depois sorriu. Por um segundo, achei que fosse me dar uma cabeçada, mas então cobriu meus lábios com um beijo, com tanta pressão que perdi toda a sensibilidade da boca. Agarrou meu peito e, quando eu achei que tinha acabado, me jogou para o outro lado da sala. Acertei a mesa de centro com o pé e caí de cara no sofá.

— James. — Virei-me de lado. Ele cruzou a sala na minha direção, a mesma expressão indiferente que eu vira na cozinha. — James, pare com isso. Eu não te enganei. Eu juro. Eu...

Ele parou e deu uma gargalhada. Tão forte que segurou a barriga e suspirou, apoiando-se no braço do sofá ao se dobrar de rir.

— Você? — bufou ele. — Me trair? Até parece. — Apontou e começou a rir de novo. — Você tem se olhado no espelho ultimamente? Tem? Quem é que ia deitar com você, sua vaca gorda? Fico feliz por você resolver conversar hoje à noite. — A risada parou tão subitamente quanto começara, e ele se pôs de pé e alisou as roupas. — Porque eu mesmo queria ter uma conversinha. As coisas não estão funcionando, Suzy-Sue. E eu acho que devemos nos separar.

Ele parou de falar.

Estava esperando por uma reação, mas não consegui entender o que ele queria que eu fizesse. Chorasse? Implorasse para não terminar comigo? Concordasse? Eu estava com muito medo de tomar a decisão errada e não respondi coisa alguma.

— Ah. — Ele fez depois de um tempo interminável — Nenhuma reação. Nenhuma reação para o homem que você diz amar mais do que a vida te dizendo que quer te deixar. Que estranho. Não é o comportamento que eu esperaria de uma mulher apaixonada.

— Eu... Eu te amo, James, mas...

— MENTIROSA! — Ele cuspiu a palavra no meu rosto e eu me protegi com os braços, encolhendo-me toda. — Sua vagabunda mentirosa!

Senti seus dedos no meu pulso esquerdo e, por um instante horrível, achei que fosse quebrar minha mão, mas senti um puxão forte no dedo anular e percebi o que ele estava fazendo. Olhei por trás dos braços e vi que ia para o outro lado da sala e abria a janela. O tráfego lá fora respondeu com um bramido.

— Ah, vovó. — Ele segurou o anel no alto, entre o polegar e o indicador da mão direita. — Eu sinto muito. Realmente achei que tinha achado a mulher certa. Que tinha encontrado minha alma gêmea. Mas ela não me ama, vovó, não tanto quanto dizia amar. — Ele conteve um soluço. — Então agora é hora de dizer adeus. Não apenas para ela, mas para o seu anel também. Desculpe por te decepcionar, vovó. Eu tentei. Eu realmente tentei.

Assisti horrorizada a ele colocar o braço para trás. Ele ia jogar o anel — uma herança de família — pela janela e era tudo minha culpa.

— Não! — Pulei do sofá e manquei em sua direção, com as mãos esticadas. — James, não! Sua avó não ia querer...

Mas era tarde demais. O anel voou pela janela, fez um arco sobre a rua e aterrissou no caminho de um carro que vinha naquela direção.

— Não é tarde demais. — Agarrei o braço de James. — Ainda dá para a gente pegar. Talvez não tenha quebrado.

— *Sua puta, você só quer o meu dinheiro.* — Ele me deu um safanão e, sem poder me equilibrar com o pé machucado, caí no tapete. — *Você não dá a mínima para mim, mas quer ficar com seu precioso anel, não é? Bem, tenho novidades, minha querida interesseira.* — Ele se curvou e pegou meu queixo, obrigando-me a olhar para ele. — *Não é nenhuma porcaria de diamante, nem safira, nem herança de família. É uma merdinha barata que eu comprei no mercado de Camden. Você precisava ver sua cara, saltitando com aquela palhaçada de vovó como um vira-lata ganhando um osso. E você se diz inteligente? Francamente.*

Ele me empurrou para longe.

— *Mamãe me disse que eu valia mais do que você, uma servente de bar com uma máquina de costura, e ela tinha razão.* — Ele balançou a cabeça. — *Pobre mamãe. E pensar que eu quase a abandonei para perder tempo com você. Você! Meu Deus. Pelo jeito é verdade aquilo que falam das gordas serem fáceis.* — Ele se abaixou de novo, passou o dedo pelo meu maxilar e beliscou um pequeno acúmulo de gordura debaixo do queixo. — *Talvez você queira fechar as pernas por um pouco mais de tempo com seu próximo namorado. Quem sabe ele te respeite um pouco mais.*

## Capítulo 18

— Aonde você foi, querida? Está tudo bem, você pode contar para a mamãe — falo com uma voz um pouco mais alta do que um murmúrio.

São cinco da manhã e, a não ser por alguns pacientes sendo acordados de vez em quando para o acompanhamento, todo o andar está adormecido. Ouço as enfermeiras conversando baixinho na sala delas e, de tempos em tempos, ouço o rangido das rodas dos carrinhos ou o arrastar dos sapatos no linóleo quando alguém da equipe passa pelo corredor do lado de fora do quarto. A enfermeira que me atendeu pelo interfone se surpreendeu com meu pedido para ir ver Charlotte, mas quando lhe disse que tivera um pesadelo em que minha filha corria perigo, ela se apiedou e me deixou entrar. Tenho certeza de que não sou a primeira mãe ou pai a aparecer no meio da noite para ver se o filho está bem e certamente não serei a última.

Só que o sonho foi mentira. Na verdade, eu ainda nem tinha dormido. Como poderia, com a cabeça tão cheia de perguntas? Conversamos por muito tempo depois que voltamos da escola, mas, à uma da manhã, Brian insistiu para que fôssemos para cama. Fiquei deitada ao lado dele, ouvindo seus roncos e fungadas por quatro horas até sair de baixo das cobertas, pegar minhas roupas da cadeira ao lado da cama e ir me vestir no banheiro.

— O senhor Evans disse que você não foi na viagem da escola... — Observo o rosto de Charlotte, certa de uma reação. Isso, esse passeio secreto com Ella, é parte do motivo para ela ter entrado na frente de um ônibus, tenho certeza disso. — Ele disse que vocês fingiram estar com dor de barriga depois de comerem no Nandos. Eu sei que isso é mentira, Charlotte.

Nada. Nenhuma contração, franzir ou tensão. Quando muito, seu rosto parece relaxar um pouco, como se mergulhasse ainda mais profundamente no sono. As enfermeiras não acreditam em mim quando digo que sei quando Charlotte está dormindo. É um erro comum achar que os pacientes em coma estejam sempre adormecidos — não estão. Tem períodos de sono e de vigília como todos nós, só que não é tão óbvio quando estão despertos. Eu sei dizer pelo peso de suas pálpebras, a forma do maxilar ou o relaxamento dos lábios, mas também sei quando está dormindo até mesmo no escuro. Uma das enfermeiras — Kimberley — sorriu gentilmente para mim quando eu lhe disse que Charlotte fica com um cheiro diferente quando dorme, mas sei que ela achou isso algo muito estranho de se dizer. Só que é verdade. Conheço o cheiro de Charlotte melhor do que ninguém. Conheço o perfume de sua pele, o vestígio singular que resiste além do desodorante, do perfume ou do laquê. Sentada ao lado de seu berço, no escuro, quando era bebê, eu sabia, sem precisar tocá-la ou ouvi-la, se estava dormindo ou não. A fragrância salgada e doce do sono era tudo de que eu precisava para ter certeza. Mesmo agora, se seguro suas mãos junto ao meu rosto, sei, pelo cheiro de seu pulso, se ela está acordada ou dormindo.

— Sue? — Dou um pulo com a mão no meu ombro e imediatamente sei que é Brian em pé ao meu lado.

— Sim, querido? — Ele está com olheiras escuras e pálido. A camisa, a mesma que usava ontem, está manchada de amarelo pelo suor sob as axilas. O cabelo está arrepiado para os lados. Parece um espantalho no turno da noite.

— O que você está fazendo? — Ele olha significativamente para o relógio.

— Visitando Charlotte.

Ele aperta meu ombro com tanta força que acho que está se apoiando em mim, tão cansado que não consegue se manter em pé sem apoio.

— Vamos para casa, Sue. — A voz dele soa alta no silêncio do quarto.

— Você precisa vir para casa agora.

— Então, doutora, ela já não está bem há algum tempo.

Estamos na clínica de Western Road, no consultório da doutora Turner — Brian à esquerda, eu à direita e a médica atrás da mesa, o cabelo ruivo preso para trás num rabo de cavalo, um cordão de contas multicoloridas no pescoço.

— Entendo. — A doutora concorda com a cabeça, os olhos fixos em mim. Não deixaram meu rosto desde que Brian começou a falar. Ele está contando sobre minha maneira de agir ultimamente, as coisas que venho dizendo, as coisas que venho fazendo.

— Só estou aqui por causa dos desmaios — digo.

A doutora Turner inclina a cabeça para o lado.

— Só por causa dos desmaios?

Sinto como se ela quisesse que eu admita mais do que isso, que ficará desapontada se eu não admitir, mas eu concordo assim mesmo.

— Sim. E não teria vindo nem mesmo por isso se o paramédico não tivesse recomendado que eu fosse examinada.

— Entendo. — Ela digita alguma coisa no computador. — Então você não está preocupada com a maneira como vem se sentindo ultimamente? Está tudo bem... emocionalmente... pelo que a senhora acha?

— Bem, sim. Não. É, claro que estou muito emotiva no momento. Minha filha está em coma.

— Nossa filha.

Olho para Brian. Na última vez que ele me trouxe ao médico, ficou segurando minha mão durante toda a consulta. Hoje, ele sequer me tocou. Não que o possa culpar; não depois de tudo que o fiz passar.

— Nossa filha — corrijo-me.

— Entendo. — A médica levanta as sobrancelhas. — Há quanto tempo ela está neste estado?

— Sete semanas — digo. — Cinco dias e... — Olho para o relógio, mas percebo Brian balançando a cabeça com o canto do olho e as palavras secam na minha boca.

— Então você está sob estresse há quase dois meses, Sue?

Concordo com a cabeça.

— E todos estes sintomas... eles só se apresentaram depois que sua filha deixou de estar bem?

— Sim — diz Brian antes que eu possa questionar a expressão "deixou de estar bem". — A Sue estava perfeitamente bem antes do acidente da Charlotte. Bem... — ele olha para mim — ... desde 2006, pelo menos.

A médica soltou um *hmmm* baixinho e consultou a tela.

— Dois mil e seis. — Seus olhos se movem da esquerda para a direita e depois voltam para mim. — Foi quando você sofreu transtorno de estresse pós-traumático, Sue?

— Isso mesmo.

— E como foi que aquilo começou?

— Delírios — responde Brian. — Sobressaltos. Paranoia. Palpitações. Dificuldade para dormir.

— Sue. — A doutora Turner enfatiza meu nome. — Você concorda com a descrição dos sintomas que seu marido fez?

Olho para as minhas mãos. Não quero pensar em 2006. É doloroso demais, todas aquelas coisas pelas quais fiz Brian e Charlotte passar; especialmente Charlotte.

— Sim.

— E o tratamento prescrito foi...

— Totalmente inútil! — reclama Brian. — Terapia com psicólogo! Ela poderia perfeitamente ter ido para a escola dominical e bater um bom papo com...

— Por favor. — Coloco a mão no joelho dele. — Por favor, Brian, não.

— Mas não funcionou, não é, Sue? Pode ter *parecido* funcionar na época, mas — ele olha para a médica e abre as mãos, exasperado — obviamente não a curou a longo prazo, se não ela não estaria sofrendo agora, não é?

Quero dizer para ele que não estou sofrendo alucinações, que James Evans sabe onde nós moramos e que é um perigo para todos nós continuarmos na casa, mas, se eu fizer isso, ele vai achar que estou maluca — ainda mais maluca do que já acha que estou. Depois do que aconteceu na escola ontem, não pude recusar quando ele insistiu para que eu fosse ao médico, especialmente quando o paramédico enfatizou a questão do meu desmaio. Dizer que eu achava que meu transtorno do estresse pós-traumático tinha voltado foi a única maneira para explicar por que eu corri pelos corredores da escola da nossa filha, gritando que o professor de Estudos Comerciais era perigoso. Tive que concordar com a doutora Turner — mesmo que fosse ao menos para preservar a reputação de Brian.

— Sue — ela se vira na minha direção, deixando claro que a pergunta é para mim e somente para mim —, como *você* se sente? No dia a dia. Hora a hora. Agora?

Pisco várias vezes, tentando absorver a pergunta. É complicada.

— Não pense muito. Apenas me diga as três primeiras palavras que vêm à sua mente.

— Assustada — respondo. — Nervosa. Com medo. Tensa. Com medo? Já disse isso? — Tento bloquear Brian concordando com a cabeça. — Com medo. Cansada. Ansiosa.

A médica concorda, sem jamais tirar os olhos do meu rosto. Sinto que ela me entende, que se Brian saísse do consultório eu poderia contar a ela sobre meus temores por Charlotte e o meu medo de James. E que ela me deixaria mais calma apenas concordando com a cabeça daquele jeito de quem compreende tudo.

— E esses sentimentos... Eles se tornam esmagadores às vezes, Sue?
— Sim.
— E como você gostaria de se sentir?
— Mais calma. Sem medo. Feliz. Contente. Inteira.
— Inteira? — Ela franze a testa.
— Sim — digo. — Inteira. Eu me sinto aos pedaços. Meu coração está com Charlotte, ao lado de sua cama, segurando sua mão, mesmo quando não estou lá de verdade. Mas minha cabeça se preocupa com meu ex-namorado — Brian se mexe —, tentando descobrir qual será seu próximo movimento e qual a melhor maneira de eu proteger minha família.

— Entendo. — Ela concorda com a cabeça mais algumas vezes, mas agora digita alguma coisa no computador. Quando olha de volta para mim, está com uma expressão diferente. A compaixão se transformou em profissionalismo, uma máscara branda e sem sorrisos. Tenho certeza de que a finalidade é inspirar calma e segurança.

— Existe um remédio que eu posso indicar para ajudar com a ansiedade. Ajudaria você a se sentir menos sobrecarregada e em melhores condições de enfrentar as coisas.

O rosto de Brian se ilumina e ele abre os lábios para falar, mas a doutora Turner o impede com um olhar.

— Podemos tentar isso — diz ela. — Mas eu recomendaria que você o tomasse junto com uma terapia. Algumas terapias, como a cognitivo-comportamental em especial, podem ajudar imensamente nos casos de transtornos como o seu. O que você acha, Sue? Você gostaria que eu providenciasse uma consulta com alguém?

Não sei o que dizer. Eu me sinto horrível, como se essa pobre médica tivesse sido induzida a achar que estou doente, quando estou perfeitamente saudável.

— Não — digo. Brian suspira rapidamente. — Para a terapia, quero dizer. Não tenho tempo para ir num lugar para ficar falando...

— A TCC é mais do que ficar falando, Sue. Trata-se de mudar a sua maneira de pensar.

— Eu agradeço. De verdade. Mas vou ficar apenas com os remédios, se estiver tudo bem.

— Tudo bem, sim. — A médica levanta as sobrancelhas, mas parece satisfeita com a minha resposta. Volta para o computador e clica várias vezes com o mouse. Dois segundos se passam, e ela se vira para a impressora e pega o formulário verde da receita controlada.

Brian se inclina para a frente e apoia uma mão no meu joelho.

— Você está fazendo a coisa certa, Sue.

Ele sorri, os olhos brilhando de alívio.

Ouço sem muita atenção ela me explicar sobre o remédio, quando devo tomar, o que pode acontecer se eu beber álcool ou misturá-lo com outras medicações, explica os possíveis efeitos colaterais e sugere marcar uma consulta para daqui a seis semanas para avaliar o meu progresso.

— Você pode mudar de ideia a respeito da terapia — acrescenta. — Se mudar de ideia, é só me avisar.

— Talvez. — Pego a receita que ela estica para mim, dobro-a no meio e guardo na bolsa.

A médica dá um sorriso amarelo, cumprimenta Brian de leve com a cabeça e se vira para pegar um livro na prateleira atrás dela. Consulta encerrada.

— Vamos lá, querida. — Brian pega minha mão e a aperta de leve. — Vamos à farmácia para você se medicar.

## *Quinta-feira, 31 de maio de 1991,*

*Já se passaram quase dois meses desde que James e eu nos separamos, e apesar de Hels me dizer que o tempo cura, sinto-me pior agora do que no dia em que terminamos.*

*Falei com Hels na manhã seguinte e contei o que tinha acontecido. Ela perdeu o fôlego quando relatei como ele me segurou pelo pescoço contra a parede e disse que se algum dia me ouvisse dar alguma desculpa para o comportamento dele ou me culpasse por ele agir assim, nunca mais falaria comigo. Ela então me mandou denunciá-lo para a polícia. Sei que estava preocupada comigo, mas seu comentário me incomodou. James não era um criminoso. Estava bêbado e com receio de eu ter dormido com alguma outra pessoa. Sim, ele se descontrolou e ficou um tanto rude, mas não chegou a realmente me bater.*

*Não contei para Hels o verdadeiro motivo pelo qual eu me recusei a ir à polícia — intimamente, eu estava esperando que, até o final daquele dia, James estivesse na minha porta, com um buquê de rosas vermelhas e um pedido de desculpas. Ele não apareceu. Tampouco ligou. E eu fiquei bebendo e fumando até dormir pela segunda noite.*

*Passei muito tempo com Hels e Rupert naquelas primeiras semanas depois que James e eu nos separarmos. Um dos dois me ligava uma vez por dia, e ambos me levavam para sair — ao cinema, ao pub, comer na casa deles — duas ou três vezes por semana. Não sei exatamente quando nem por que começamos a nos afastar de novo. Talvez tenha sido depois do feriado em que eles foram para a Grécia, talvez quando Rupert teve que fazer várias horas extras no trabalho, ou talvez porque eu tenha parado de me desfazer em lágrimas cada vez que o nome do James era mencionado e eles tenham achado que eu já o tinha superado. De todo modo, parei de sair tantas vezes e foi nesse momento que o veneno começou a se espalhar. Eu ficava deitada de noite na cama, remoendo os detalhes do meu relacionamento com James — tentando localizar quando foi que tudo dera errado, identificar o momento exato em que a mágica tinha desaparecido. Eu era assombrada pela culpa e pelo arrependimento — se eu não tivesse me aberto com ele sobre minha vida sexual no segundo encontro, ele teria continuado a achar que eu era um anjo precioso; se eu não tivesse contado sobre Rupert, talvez nós quatro pudéssemos ser grandes amigos; se eu tivesse arrastado ele para fora do pub umas duas horas antes, sua mãe talvez não viesse a me odiar com tamanha intensidade. Eu queria voltar no tempo — voltar e fazer tudo diferente. Talvez assim não me sentisse como se tivesse perdido o amor da minha vida.*

*Quanto mais eu pensava, mais infeliz ia ficando e mais eu bebia. Permanecia ao lado do telefone, tirando-o do gancho repetidamente para ver se ainda estava funcionando e repetidamente discando o número de James. Nas primeiras vezes que liguei, a mãe dele atendeu e me disse que James não estava em casa. Na outra vez que liguei, o telefone ficou mudo diante da minha voz. Pelo quinto dia ligando, ouvi a mensagem "número não reconhecido" diversas vezes. Eles tinham trocado o número.*

*Comecei a dar desculpas para não ir trabalhar — especialmente aos domingos, quando eu sabia que era dia de ensaio. Perdi a conta de quantas vezes tive uma virose, ou enxaqueca ou tive que viajar correndo para o norte, para ver minha mãe — e quando eu ia trabalhar, os clientes comentavam que havia algo errado comigo e perguntavam o que tinha acontecido com o meu sorriso.*

*Na semana passada o telefone tocou. Corri para atender, certa de que era James me ligando para dizer que sentia minha falta, mas não, era Steve, da companhia de teatro dos Abberley Players. Estava num pub com os outros atores, onde conversavam sobre meu misterioso desaparecimento. Tinham presumido que James e eu tínhamos nos separado pelo jeito irritado como ele vinha agindo (fiquei feliz de ouvir isso) e por ele ficar todo tenso sempre que alguém mencionava meu nome em sua presença. Queriam saber se eu estava bem (e se os figurinos já estavam quase prontos!). Ri do último comentário e Steve disse "Tá vendo, eu disse que você não teria perdido o senso de humor. Venha sair com a gente. Sentimos a sua falta". Fiquei tocada, mas respondi que não, eu já estava na metade de uma garrafa de vinho, curtindo meus discos da Nina Simone e fumando um cigarro atrás do outro. Steve disse que aquela parecia ser uma ótima maneira de passar a noite e que ele viria para cá com outra garrafa de vinho e mais alguns cigarros. Tentei dissuadi-lo, mas ele insistiu, me papericando para eu dizer meu endereço até eu finalmente ceder.*

*Duas horas depois daquela conversa telefônica, estávamos na cama.*

*O sexo foi superficial e bêbado. Quando depois ele me puxou sobre seu peito magro e sem pelos e disse que fazia tempo que estava a fim de mim e que o James tinha sido um idiota de me largar, foi o bastante para eu quase começar a chorar. Achei que, transando com outro homem — especialmente um que James desprezava —, eu poderia exorcizar seu fantasma, mas aquilo só me fez sentir ainda mais falta dele. Steve era tudo o que James não era. Não senti nenhuma intensidade no seu olhar, nenhuma paixão nos seus beijos e nenhum aperto no coração quando ele se aninhou atrás de mim, com o rosto enfiado na minha nuca. Só me senti ainda mais solitária com ele deitado ali perto do que quando estava sozinha de fato.*

*Na manhã seguinte, me livrei dele o mais rapidamente possível. Pude ver a frustração em seus olhos quando recusei a sugestão de irmos tomar café da manhã num bar ali perto, seguido de um passeio pelo mercado de pulgas local. Em vez disso, aleguei uma terrível dor de cabeça e que só queria voltar para cama. Ele disse que iria comigo, que, pensando bem, também gostaria de uma soneca, mas o simples pensamento de seu corpo nu tocando o meu de novo foi o bastante para eu me sentir enjoada. Fui rude, deixei claro que queria ficar sozinha e praticamente o enxotei de casa. Steve colocou o pé para fora rua e se virou. Seus olhos encontraram os meus.*

— Ele não te merece, e você sabe disso.

*Balancei a cabeça.*

— *Não sei do que você está falando.*

— *Não sou idiota* — respondeu ele, enfiando as mãos nos bolsos do jeans, de repente parecendo incrivelmente jovem. — *Sei que você ainda o ama. Apenas achei... esperei... que se você ficasse um tempo comigo, alguém carinhoso contigo, alguém que jamais seria cruel ou capaz de te magoar, então talvez, talvez você...* — Ele parou no meio da frase e balançou a cabeça. — *Não importa. Cuide-se, Susan.* — Tocou as costas da minha mão. — *Por favor.*

# Capítulo 19

Brian não saiu do meu lado por quatro dias. Eu disse repetidas vezes que ele precisava voltar ao trabalho, que eu não estava louca e não ia fazer nenhuma idiotice, mas ele não me escutou. Continuou me dizendo que não se tratava de eu estar "maluca", mas de me proporcionar um pouco de tranquilidade para poder me recuperar após alguns meses estressantes — que só estava ficando comigo para ter certeza de que eu pudesse realmente botar os pés para cima e relaxar.

— Hora do comprimido! — exclamou, entrando alegremente na sala com uma xícara de chá numa mão e uma pequena embalagem branca de comprimidos na outra.

— Brian...

— Você prometeu, Sue — diz ele, colocando a xícara fumegante na mesa ao meu lado e me entregando os comprimidos. — Você disse para a médica que ia tomar o remédio.

Sorrio para meu marido, abro a tampa do pote com um giro rápido e despejo dois pequenos comprimidos brancos na palma da mão direita. Olho para eles sem entusiasmo. Vão me deixar mais calma, segundo a doutora Turner. Viro o pulso, e os comprimidos caem um sobre o outro. Como será não se sentir ansiosa? Coo será me sentir segura, em vez de assustada? Faz tanto tempo que mal consigo lembrar.

— Água — diz Brian, levantando-se de repente. Cinco minutos depois, volta com um copo d'água numa mão e seu jornal na outra. — Aí está — diz, colocando o copo na mesa ao meu lado e olhando significativamente para os comprimidos na palma da minha mão.

Fecho a mão e aperto. Já tomei remédios como aquele antes; funcionam bem rápido. Uma hora depois de engolir, serei uma versão mais relaxada, imóvel e dócil de mim mesma. Tão dócil que ficarei incapaz de proteger minha família do perigo.

— Brian — digo. — Seria o fim do mundo se eu não tomasse... — Mas sou interrompida pela campainha do telefone do escritório.

— Porcaria — diz ele, com uma careta —, vou ter que atender, pode ser importante.

— Claro.

Fico onde estou, no meio do sofá, o copo d'água na mão esquerda, os comprimidos na direita e ouço Brian subir trovejando pela escada e depois pelo corredor. Uma fração de segundo de silêncio até ele atender e depois o som abafado de sua voz. Fica em silêncio, volta a falar, um pouco mais alto desta vez e então o tump-tump-tump dos passos pelo corredor e pela escada.

— Droga! — Ele entra na sala e se joga na poltrona.

— Más notícias?

Ele se inclina para a frente e apoia a cabeça nas mãos, mas não diz nada. Nem eu. Dezesseis anos juntos me ensinaram a dar espaço para Brian quando está de mau humor, assim ele melhora mais rápido.

— Hmmm... — Ele me olha por entre os dedos e balança a cabeça. — Não, não posso. Não seria justo.

— O que não seria?

— Eles querem que eu vá para lá. A votação sobre os aerogeradores foi priorizada.

— Então vá! — Eu sorrio. — Vou ficar bem.

— Não. — Ele balança a cabeça de novo. — Você precisa de mim aqui.

— Brian, vou ficar bem, sinceramente. A Milly está aqui para me fazer companhia... E, se você ficar fora a tarde toda, posso assistir a *Topa ou não topa* em paz, sem você ficar gritando para a TV que não existem essas coisas de vibrações positivas ou caixas azaradas.

Ele sorri.

— Não sou tão ruim assim.

— Você é! — Dou uma risada. — Vai lá! Eu juro que ligo se alguma coisa acontecer, mas não vou precisar.

— Tem certeza?

— Absoluta. Vou ficar bem.

Brian levanta, vem até mim e me beija na testa.

— Vou tentar ser o mais rápido possível, mas você sabe como essas coisas podem se arrastar.

— Vá logo. Te vejo mais tarde.

Observo-o sair da sala e estou prestes a me levantar quando ele se vira repentinamente. Olha para o copo d'água na mesa ao meu lado.

— Você tomou os comprimidos, não foi?

— Sim — digo, sorrindo alegremente enquanto enfio os dois comprimidos brancos entre as almofadas do sofá. — Quase nem senti eles descendo.

Dez minutos depois do carro do meu marido sair da garagem, faço o mesmo com o meu Golf — mas em vez de ir para a estação, como Brian, sigo para a rua White e estaciono numa vaga na frente da casa de Ella Porter.

Logo a vejo, caminhando tranquilamente pela rua, o casaco da escola jogado num ombro, a bolsa numa mão, praticamente arrastando na calçada. Quase me matou ficar presa em casa esses dias com Brian, sem poder descobrir aonde Charlotte e Ella tinham ido em vez de estarem na excursão para Londres com o senhor Evans.

— Ah, merda! — Vejo a boca de Ella dizer quando me percebe atrás da direção.

— Espere! — chamo, quando ela joga a bolsa no ombro e começa a correr na direção da casa. — Ella, espere!

Salto do carro e corro atrás dela, que abre o portão do jardim e foge pelo caminho.

— Ella, eu sei da excursão para Londres de Estudos Comerciais. Sei que você e Charlotte não foram.

Ela congela, de costas para mim, a chave na fechadura.

— Falei com o senhor Evans. Eu sei de tudo.

Ela continua imóvel.

— Se você não me contar aonde vocês duas foram, e o que fizeram, vou contar para a sua mãe.

— E daí? — Ela se vira devagar, de cara amarrada. — Ela não vai acreditar mesmo em você. Ela acha que você é biruta. Todo mundo acha.

— É mesmo? — Tento não pensar nos rumores que circulam a meu respeito fora dos portões da escola. — De qualquer modo, sei que vocês mentiram sobre a intoxicação alimentar.

— Não, não mentimos. Ficamos aqui todo o fim de semana, no meu quarto. Charlotte não quis falar da intoxicação para não ter que contar que ela foi ao Nandos, porque você ia chamá-la de gorda e dar uma bronca por ela ter saído da dieta.

— Eu não faço... — E me seguro. Ela é inteligente, tentando me desviar da pista me atacando. — E se eu perguntar para sua mãe sobre aquele fim de semana, ela vai confirmar sua história, não vai?

— Ela não estava aqui. Meu pai e ela foram passar o fim de semana fora.

— Onde?

— Não é da sua conta.

— É, sim, se duas meninas de 15 anos são deixadas sozinhas em casa. — Ouço o bipe eletrônico de um carro sendo trancado, seguido do barulho de saltos na calçada. Na hora certa.

— Deve ser sua mãe — digo, sem me virar. — Vamos perguntar para ela, que tal? Ver se ela sabe que é ilegal deixar duas menores de 16 anos sozinhas em casa durante um fim de semana inteiro. Talvez então eu ligue para a polícia e...

— Não! — Ella olha por cima da cerca, para o Audi azul e a mulher alta e magra vindo em nossa direção. — Não faz isso.

— Por que não faria?

— Porque ela vai me botar de castigo para sempre.

— Então me diga aonde você e Charlotte foram.

Claque-claque-claque, fazem os saltos. Ella arregala os olhos à medida que o som se aproxima.

— Não! — Ela se afasta da porta, como se estivesse se preparando para correr. — Você vai contar para a minha mãe.

— Não vou.

— Ela vai me matar.

— Não se eu não contar para ela. Sua mãe não precisa saber de nada sobre essa conversa, Ella.

Ouvimos o tilintar das chaves e o rangido agudo do portão se abrindo. Claque-claque-claque. Claque-claque-claque.

— Me diga — sussurro. Dou um passo na direção dela. — Me diga.

— Fomos para a Greys, um boate em Chelsea, com Danny e Keisha. — Suas palavras se atropelam, de tão rápidas. — Charlotte ficou com um jogador de futebol e eu tive que pegar o último trem para Brighton sozinha. E foi isso, fim da história.

— Você deixou Charlotte sozinha numa boate em Londres com um homem que ela nunca tinha visto na vida?

— E eu tive que atravessar Londres no meio da noite, sozinha, para pegar o último trem para casa. De qualquer modo, ela não estava sozinha. Danny e Keish estavam lá também.

— O jogador de futebol, quem era ele?

— Não sei. Um cara negro, bonito, com sotaque. Disseram que ele era um jogador da primeira linha, mas vai saber se...

Ela olha por cima do meu ombro direito, os olhos arregalados.

— Você de novo! — Uma nuvem de Chanel Número 5 invade meu nariz e ali está ela, Judy Porter, de pé ao meu lado. — Se você estiver perturbando minha filha de novo, eu chamo a polícia. Isso é assédio, Sue.

— Está tudo bem, mãe. — Ella me lança um olhar. — Ela não está me perturbando.

— E o que é que ela quer, então? — pergunta, cruzando os braços e apertando os lábios, esperando por uma resposta.

— Me agradecer por devolver o celular da Charlotte.

O quê? Olho para ela, surpresa. Foi ela quem deixou o telefone na porta da nossa casa?

— É isso mesmo?

— Sim. — Olho de volta para Judy. — Foi muita gentileza de Ella e o mínimo que eu podia fazer era vir agradecer pessoalmente, já que eu estava aqui por perto mesmo.

Judy solta os braços, chega para trás sobre um salto *stilleto* e me olha de cima a baixo.

— Então você já está de saída, certo?

Ella concorda, ligeiramente. Está me implorando para que eu não faça mais perguntas. Que vá embora em silêncio.

— Estou indo. Um prazer ver vocês de novo, Judy, Ella.

A história do celular vai ter que esperar. Preciso ir a um lugar primeiro.

## *Sexta-feira, 8 de junho de 1991*

*Jess, a gerente do bar, me ligou na quarta à noite para perguntar se eu já tinha ficado boa da "gripe" e, sem de fato ser explícita, deu a entender que se eu não estivesse lá, na quinta, ficaria desempregada.*

*Não tive escolha a não ser ir trabalhar. Minhas poucas economias já tinham ido embora fazia tempo e meu aluguel vence na semana que vem. Não sei ao certo como vou fazer para pagar.*

*Meu primeiro turno começou mal — deixei cair uma garrafa de vinho, derrubei um par de óculos e deixei vazar cerveja quando estava ajustando a torneira —, mas eram apenas seis e meia da tarde e o bar estava vazio. Jess tinha subido para o escritório para fazer a contabilidade, então não houve testemunhas para a minha idiotice. Eu não tirava o olho da porta. James só veio ao bar num domingo e, segundo Steve, não aparecia lá havia pelo menos um mês. Eu não saberia dizer por que eu estava tão apavorada.*

*Mas então ele chegou.*

*Já passava das oito. O intervalo tinha acabado quinze minutos mais cedo e eu estava lavando os copos e cinzeiros das mesas. Ele não me viu, a princípio, envolvido como estava numa conversa com Maggie, a diretora dos Abberley Players, de braços dados. Quando se aproximaram do bar, no entanto, ele levantou os olhos e nosso olhar se encontrou. A cor desapareceu de seu rosto e Maggie, que estava em plena falação, parou e olhou para ver o que o tinha assustado. Ficou com a cara no chão quando me viu, mas puxou o braço de James, ficou na ponta dos pés e cochichou no seu ouvido. Falou em voz baixa, mas as palavras "vamos para outro lugar" chegaram até mim. James colocou a mão no ombro dela e, por um segundo, achei que ia conduzi-la para fora do bar, mas então olhou para mim, bateu de leve no ombro de Maggie e foi para uma mesa do outro lado do salão.*

*Eu me abaixei e coloquei alguns copos na máquina de lavar.*

— Olá, Susan.

*Olhei para cima, sorri.*

— Maggie.

— Não vemos você por aqui faz um tempo.

— É. — *Tive que controlar meu impulso de olhar para James.* — Não andei muito bem.

— Ah, que pena. — *Ainda bem que ela era diretora e não atriz, pois sua tentativa de parecer sincera foi tão convincente quanto a samambaia de plástico no canto do salão.* — Sinto muito por saber.

*Eu estava quase perguntando como ela estava, se eles já tinham decidido qual seria a próxima peça e quando é que ia querer que eu fosse tirar as medidas quando ela falou:*

— Você recebeu minha mensagem na secretária eletrônica?

*Balancei a cabeça. Ela não havia me ligado uma única vez desde que James e eu estávamos separados.*

— Sério? — *Ela fingiu surpresa.* — Que estranho. Eu jurava que tinha ligado para o número certo. De qualquer modo, me desculpe, mas não iremos mais usar seus figurinos. Uma amiga minha recomendou um depósito incrível, perto de Croydon, onde eles guardam uma porção de roupas que eram da BBC. Alugar os figurinos sai muito mais barato do que fabricá-los. De qualquer modo — *seus olhos se desviaram para a geladeira atrás de mim* —, um brinde por sua ajuda. Você é incrível. Uma garrafa de Chardonnay e dois copos, por favor.

*O som dos risinhos de Maggie e da risada baixa e grave de James encheram o salão, e eu corri para fora, fui direto para o banheiro feminino no vestíbulo. Fechei-me num dos cubículos com a certeza de que estava prestes a vomitar e me curvei sobre a privada. Mas senti apenas arfadas secas — não saiu nada. Fiquei ali por mais uns minutos e então, morrendo de medo de*

Jess voltar quando eu não estivesse lá, me olhei no espelho, limpei meu rosto com papel higiênico e voltei para o vestíbulo. Maggie podia ter tirado meu emprego não remunerado de mim, mas eu ficaria arrasada se a permitisse acabar com o trabalho que pagava meu aluguel e...

— Uff! — Bati em cheio em algo alto e sólido.

— Me descul... — As palavras secaram na minha boca com James olhando para mim. Suas mãos estavam nos meus ombros, onde ele havia me segurado.

— Você está bem? — Estava com as sobrancelhas apertadas, sobressaltado, a voz em um tom preocupado. — Eu vi você sair correndo e... — Ele pôs a mão na testa. — Me desculpe, o que eu estava pensando vindo atrás de você? Não sou mais seu namorado, não deveria me importar.

Ele se virou para ir embora, mas só chegou até a porta do bar antes de se virar.

— Ah, foda-se! — Ele voltou a colocar as mãos nos meus ombros e abaixou o rosto para olhar para mim. — Sinto sua falta, Suzy. Sinto sua falta como se fosse um pedaço de mim. Como se minha sombra tivesse desaparecido, ou meu braço, ou meu coração. Tentei de tudo para parar de me sentir assim. Tentei sentir raiva de você, te culpar, te amaldiçoar e te odiar, mas nenhuma dessas coisas funcionou. — Ele bateu no peito com o punho fechado. — Não se passou um único dia sem que eu não me arrependesse do que aconteceu. Eu me odeio. Na verdade, me odeio por ter te machucado daquele jeito, mas eu tive que fazer aquilo, Suzy. Quando você me olhou na porta do seu apartamento eu vi que era a hora de partir. Não havia mais luz nos seus olhos, nenhum amor. Você parecia infeliz, e eu sabia que era por minha causa. Foi por isso que eu te deixei, para que você pudesse ser feliz de novo.

Não digo nada porque tenho certeza de que se abrir minha boca para falar, vou engasgar com as minhas próprias lágrimas.

— Mas quando te vi hoje... Quando te vi atrás do bar, aquela imagem apareceu e me dei conta de que estive enganando a mim mesmo, criando fantasias para evitar descobrir por mim mesmo como você estava. — Ele colocou a mão do lado do meu rosto e eu quase fiquei sem ar com o calor de seus dedos na minha pele. — Então, vou te perguntar agora, só uma vez, e depois jamais voltarei a perguntar de novo. E se você disser que sim, vou embora e nunca mais volto. — Ele fez uma pausa, passou o polegar pelos meus lábios e eu fiquei tensa, esperando que me beijasse. Em vez disso, afastou a mão do meu rosto como se tivesse se queimado. — Você está feliz, Suzy? Está feliz, minha querida?

Lágrimas novas, quentes e desesperadas, transbordaram pelo meu rosto enquanto eu balançava a cabeça.

— Não!

James se inclinou para mais perto.

— Diga isso de novo.

Balancei a cabeça novamente.

— Não. Não, não estou feliz. Nunca estive tão infeliz na minha vida. Sinto sua falta. Sinto sua falta a cada noite que vou para a cama e a cada manhã quando acordo.

— Ah, Suzy. — James me pegou nos braços e apertou minha cabeça contra o peito. — Ah, Suzy, minha Suzy, meu único e verdadeiro amor. Jamais vou te deixar partir de novo. Nunca, nunca, nunca. Jamais vou te deixar partir.

Fiquei com o rosto colado em seu casaco e meus braços em torno de sua cintura o máximo que pude, apenas abrindo os olhos rapidamente quando o som de saltos altos batendo no chão do salão enchiam o espaço e Maggie saía apressada pelas portas duplas, sumindo na rua. E voltei a fechar os olhos de novo.

## Capítulo 20

— Bem, Charlotte, vou só levantar sua camisola para limpar suas pernas.

Duas das enfermeiras — Kimberley e Chris — estão dando banho em Charlotte quando chego ao hospital. Pergunto se devo sair, mas elas sacodem as cabeças e me dizem que estão quase no fim.

— Agora, vamos escovar seus dentes.

Observo Kimberley abrir os lábios de Charlotte gentilmente e inserir uma haste branca com uma pequena esponja rosa na ponta em sua boca. Aquilo me faz lembrar de uma bala que eu comprava quando era criança — um pirulito quadrado para mascar preso num palito.

— Só estou fazendo uma limpeza em sua boca — fala Kimberley, debruçando-se sobre minha filha e cuidadosamente manobrando a "escova de dentes" pelos contornos da boca de Charlotte. — E nos seus dentes e na língua.

Oli se surpreendeu quando contei que as enfermeiras limpavam os dentes de Charlotte. "Mas ela não come nada?", disse. "Ela é alimentada pelo soro, não é?" Expliquei para ele que era por motivos de higiene. Não mencionei as gengivites e o hálito de morte e decomposição que às vezes chegava até mim quando eu a beijava nos lábios. Um cheiro tão podre que é preciso segurar a respiração para não vomitar. Charlotte, que sempre fora tão cuidadosa com sua higiene, ficaria devastada se soubesse. Não que eu vá contar para ela algum dia. Existem certas coisas de que jamais vai precisar saber quando acordar.

— Vamos só trocar seus cateteres e você estará pronta — falam para Charlotte enquanto levantam a coberta e mexem debaixo da cama. Desvio o olhar instintivamente, não porque sou sensível, mas por saber que ela ficaria mortificada se soubesse que eu vi seus dejetos sendo removidos de seu corpo. Antes do acidente, ela nem mesmo me deixava falar em fralda sem me jogar uma almofada e me proibindo de falar "de porcaria" de quando ela era bebê.

— Tudo certo, Sue? — Kimberley faz um sinal com a cabeça e empurra o carrinho pela porta. — Volto mais tarde. Aí a gente conversa.

— E aí, Sue? — Chris toca meu antebraço de leve e segue a outra. Há compaixão em seus olhos, mesmo que o tom seja brusco. Vejo isso nos olhos de todas as enfermeiras, especialmente nas que são mães. "Podia ser comigo, mas graças a Deus... ", esse tipo de coisa.

— Obrigada — digo quando elas saem do quarto, fechando a porta atrás de si. — Muito obrigada.

— Oi, querida. — Puxo uma cadeira para me sentar o mais perto de Charlotte possível. — Mamãe está aqui. Como você está se sentindo hoje?

Pego a mão dela, aperto contra meus lábios e fecho os olhos. Em alguns minutos vou perguntar sobre a boate Greys e o jogador de futebol, mas preciso passar algum tempo em silêncio com a minha filha primeiro. Preciso saber como ela está.

— Alô? — Aperto o interfone e olho para a câmera do circuito interno a meio metro do meu rosto. — Eu gostaria de falar com Danny Argent.

O mecanismo da porta estala e volta a ficar em silêncio. Dou um passo para trás e olho para cima. Sobre a porta, um letreiro neon com a palavra "Breeze", está desligado, cinzento e feio sem a vibração elétrica que lhe dá vida. Nunca pus os pés nesta boate — nunca pus os pés em *nenhuma* boate em mais de vinte anos; James me proibiu de ir a bares ou dancetarias quando estávamos juntos. Eram açougues onde a escória ia atrás de sexo, segundo ele; não era o tipo de lugar frequentado por pessoas monogâmicas em um relacionamento. Tentei lhe dizer que meus amigos solteiros não eram escória e que eu não estava indo lá para traí-lo, mas para me divertir e dançar com a música. Foi quando ele me lembrou da conversa que tivemos na nossa segunda saída, quando confessei ter tido cinco encontros que se estenderam pela noite. "Você me contou que conheceu dois deles numa boate, Sue", disse. Não havia nada que eu pudesse retrucar.

Passa-se um minuto e depois mais um. Toco de novo. Começo a achar que foi uma ideia idiota. São cinco da tarde; é claro que não vai ter ninguém numa boate a essa hora do dia. Mas eu tinha que vir. Preciso saber mais sobre o jogador de futebol que Charlotte conheceu em Londres. Preciso saber o que ele fez com ela.

Aperto a campainha de novo.

— Danny, é Sue Jackson. Você pode me deixar entrar, por favor? Preciso conversar com você algo muito importante.

Aperto de novo, trinta segundos depois, repito meu pedido, bato na porta com o punho e escuto.

Nada.

Não há janelas por onde espiar e nenhuma caixa de correio para sacudir. Eu havia depositado todas as minhas esperanças em encontrar Danny no escritório, cuidando da papelada, mas parece que não há ninguém ali, nem mesmo o pessoal da faxina. Pego o celular da bolsa e estou prestes a ligar para Oli quando...

— Sue? O que você está fazendo aqui? — O alto-falante em cima da campainha ganha vida. — Vou abrir para você.

— Então, Sue. — Danny serve dois cafés fumegantes, completos, com pires e um pratinho de *biscotti* italianos sobre a mesa branca de resina e bate com a mão no assento aveludado ao seu lado. Há meia dúzia de mesas separadas por divisórias ao longo da parede, idênticas à nossa, e três pequenos pufes, decorados com o mesmo material aveludado vermelho-escuro usado em torno das mesas de resina, com lugar para seis pessoas sentadas. Quase consigo visualizar como o lugar vai estar dentro de cinco ou seis horas: abarrotado de amigos, copos batendo, doses de bebida virando boca adentro, risadas e buscas na pista de dança por talentos. Há anos o fumo foi proibido, mas o ar ainda está impregnado. A mistura exclusiva de cigarros, bebidas derramadas e suor que infesta casas noturnas por todo o mundo.

Eu me acomodo ao lado de Danny.

— Obrigada por me receber sem eu avisar.

— Problema nenhum. Mãe do Oliver é como se fosse minha mãe.

Ele ri e coloca as mãos atrás da cabeça, abrindo os cotovelos num alongamento exagerado que deixa o peito largo ainda mais largo. Um efeito que, tenho certeza, não é totalmente espontâneo.

— Então... — Ele abaixa os braços e vira o rosto para mim, com toda a sua atenção. — Isso tudo é muito misterioso. Conte-me tudo!

Com seus olhos azuis brilhantes, sorriso largo e generoso e o maxilar forte, entendo por que Keisha — por que a maioria das jovens — o consideram irresistível. Não há dúvida de que é um rapaz atraente, mas seu olhar é um pouco penetrante demais e o sorriso um pouco exagerado para ser genuíno. Nunca antes fiquei a sós com Danny; agora entendo por que Brian não confia nele.

— É o seguinte: recentemente descobri que Charlotte e Ella mataram uma excursão do colégio.

Danny dá uma risada e depois se controla.

— Me desculpe. Estou sendo imaturo. Você deve ter ficado furiosa, Sue.

— Não exatamente. — Pego meu café, queimando a boca de leve ao beber. — Embora eu possa ficar com a pessoa que a estimulou a fazer isso.

— Ah... — Ele parece intrigado, como se eu estivesse a ponto de compartilhar alguma fofoca incrível. — E quem seria essa pessoa?

Olho por cima da xícara.

— Você.

— Eu? — Pousa uma mão no meio do peito. — Eu? — Ele joga a cabeça para trás e dá uma risada, mas quando vê minha reação o sorriso some dos seus olhos. — Isso é ridículo, Sue. Quem quer que tenha dito isso para você obviamente tem um parafuso a menos.

— Ou estava lá também.

— O quê? — Gotas de suor brilham na linha imaculada do cabelo e ele passa a mão pela testa. — Quem? Isso é ridículo. Sou um *promoter*, e não um tipo qualquer de... um tipo de doido que manda menininhas matarem aula.

Coloco a xícara de volta na mesa. Ela escorrega para o centro do pires sem tilintar.

— Então você nunca ouviu falar da boate Greys, em Londres?

— O Greys, em Chelsea? — Ele se endireita. Está em terreno mais conhecido agora. — Claro que conheço, é meu trabalho saber o que está bombando ou não.

— E foi por isso que você estimulou Charlotte e Ella a matarem a excursão e irem para lá? Porque está *bombando*?

— Claro que não. Não estimulei ninguém a ir a lugar algum. Por que eu faria isso? Não é a minha boate. E, além disso, eu mal conheço Charlotte. Ela é a irmã mais nova do Oli. — Ele me olha direto nos olhos. — Espero que você não esteja supondo o que eu acho que a senhora está supondo, senhora Jackson.

— E o que seria, Danny?

— Que eu... que Charlotte e eu tivéssemos algum envolvimento.

— Têm?

— Meu Deus, não! — Ele aperta o peito de novo, desta vez estou tentada a acreditar. — Nunca. Como eu disse, é a irmã mais nova do Oli. Eu jamais olharia para ela dessa maneira. Além disso, estou com a Keisha.

— Sei. — Olho ao redor da boate, demorando-me na mesa vazia do DJ, na pista de dança e no bar brilhante. — Mas você ainda acharia divertido levar as meninas para a noite em Londres.

— Não! Por que eu faria isso? O que eu poderia supostamente ganhar levando duas meninas de 15 anos para a balada? — Subitamente ele se retrai, controlado. — É isso que a senhora está supondo? Que eu sou algum tipo de pedófilo? Porque se a senhora...

— Não estou supondo nada. Só quero a verdade. Fui informada que você e Keisha estavam no Greys em Chelsea com a Charlotte e a Ella na sexta-feira, 9 de março. Olhe nos meus olhos e me diga que não estavam.

— Eu não estava. — Seus olhos mal chegam a tremer. — Eu nem estava em Londres naquele fim de semana. Viajei com a Keish para um lugar romântico em... — Os olhos se desviam para a esquerda — ... Oxford.

É uma mentira deslavada, mas confrontá-lo não vai levar a lugar nenhum. Ele só vai continuar mentindo. James era igualzinho.

Olho para o relógio. Tenho quinze minutos para chegar em casa antes de Brian.

— Bem... — Cruzo as mãos. — Muito obrigada pelo café e pela conversa.

Danny franze as sobrancelhas.

— A senhora já vai?

— Sim.

— Então... está tudo bem? — Ele se levanta. — A senhora acredita em mim quando digo que não fui para a balada com a Charlotte e com a Ella? — Ele mostra os dentes num sorriso exagerado. — Obviamente, a senhora pegou o cara errado.

Sorrio.

— Até breve, Danny. Pode deixar que eu saio sozinha.

Eu me apresso para a saída antes que ele possa me seguir e giro a maçaneta da porta lateral. Estou quase puxando a porta para abri-la quando, OPA!, ela se escancara e me joga cambaleando para trás, de encontro à parede.

— Ah, meu Deus, me desculpe! Eu não vi você aí... Ah! — Um rosto aparece na porta. — Senhora Jackson. O que a senhora está fazendo aqui?

— Keisha?

— Sim. — Ela entra e fecha a porta atrás de si e eu não fico mais imprensada contra a parede. — A senhora está bem? Parece um pouco pálida.

Abraço a barriga.

— Só um pouco tonta. Vai passar logo.

— Deixa eu ir com a senhora lá fora. Um pouco de ar fresco vai ajudar.

Nós nos sentamos no estreito degrau de cimento, forçando uma proximidade juntas, Keisha mexe na bolsa e pega um maço amarrotado de Marlboro Light e um isqueiro. Ela acena com eles para mim.

— Se incomoda se eu fumar?

— Vá em frente.

Observo-a puxar um cigarro do maço com as unhas compridas. Acende e dá uma tragada profunda. Vinte anos desde que parei de fumar e ainda me lembro de como é doce a primeira tragada de nicotina quando estamos desesperadas por um cigarro.

— Quer um? — Ela percebe que estou olhando e me estende o maço.

— Eu não fumo. — Mas mudo de ideia imediatamente. — Na verdade, aceito. Obrigada.

Coloco o cigarro na boca, apreciando a maneira como parece tão estranho e tão familiar ao mesmo tempo. Keisha acende para mim e eu dou uma longa tragada. A fumaça arranha o fundo da minha garganta. Dou outra tragada. Tem um gosto forte, meio químico e quente, me faz lembrar do primeiro cigarro que fumei, lá em 1984, quando eu tinha 15 anos. Encosto-me na porta e fecho os olhos enquanto a nicotina ferve pelo meu corpo. O cigarro tem um gosto horrível, mas o ritual — levá-lo à boca, inalar, segurar, exalar, baixar — e o barato da nicotina são reconfortantes.

Keisha diz alguma coisa que não entendo e abro os olhos.

— Como?

Ela inclina a cabeça para trás e assopra um anel cinza perfeito de fumaça no ar.

— Eu disse que não esperava encontrar a senhora aqui.

O anel de fumaça se abre e afina até romper e se desmanchar.

Digo a primeira coisa que me vem à cabeça.

— Vim falar com Danny sobre uma festa-surpresa. É o aniversário de 20 anos do Oli.

— Que ótima ideia! — O rosto de Keisha se ilumina. — Nunca fizeram uma festa-surpresa para mim. Na verdade, nem me lembro da última vez que eu tive uma festa de aniversário. Eu devia ser pequena. Tinha 8, talvez 9 anos. — Ela parece um pouco triste, mas logo sorri de novo. — Vai ser no Breeze, então? A festa do Oli?

— Na verdade, eu estava pensando no Greys, lá em Londres. Eu queria saber a opinião de Danny.

Ela levanta as sobrancelhas.

— Já fui lá. É o lance. Só que caro. Sete libras e cinquenta por uma cuba-libre!

— Eu sei, mas Oli passou por um bocado recentemente e a gente queria fazer alguma coisa especial. — Trago o cigarro, seguro a fumaça no pulmão por dois segundos e exalo. — Foi a Charlotte que tinha me indicado o Greys. Antes do acidente — acrescento rapidamente quando Keisha arregala os olhos, surpresa. — Ela disse que foi incrível, que ela foi lá com você e com o Danny.

— Foi. — Ela joga o cigarro na sarjeta. A ponta brilha por um segundo e depois fica cinza e se apaga. — A boate mais chique que eu já fui. Tem uma mulher no banheiro que passa creme na mão da gente se a gente pagar uma libra. Ela passa perfume também, se você quiser. Tem um monte de perfumes diferentes.

— É mesmo? — Sorrio, encorajadora. Tenho que jogar com cuidado. Se eu a assustar, ela vai se fechar. — Charlotte falou que tem um monte de caras famosos por lá também.

— Tem sim. — Ela abraça os joelhos junto ao peito com os braços finos. O sol começa a se pôr e há uma friagem no ar. — Astros pop, artistas de séries, jogadores de futebol. Só que a gente não se mistura com eles porque eles ficam fechados na área VIP.

— Então como é que a Charlotte conheceu o jogador dela — solto o cigarro na calçada e o esmago com o salto da bota —, se os famosos ficam separados de todo mundo?

Keisha olha para mim, surpresa.

— Ela te falou dele?

— Claro. A gente é muito próxima. Contamos tudo uma para outra.

— Uau! — Ela levanta uma sobrancelha. — Então a Charlotte te contou um pouco do que rolou naquela noite, né?

Concordo. Não confio no que vai acontecer se eu abrir a boca para mentir.

Ela olha para o meu rosto.

— E você não ficou doida?

— Não. — Tento manter a respiração lenta e controlada, mas meu coração está disparado por causa do cigarro. Pode ser agora. Este pode ser o momento em que vou descobrir o que levou Charlotte a se jogar na frente do ônibus. — E por que ficaria?

Uma lata de Coca-Cola vazia bate na calçada do outro lado do beco. Keisha e eu damos um pulo, mas não tem ninguém lá.

— Eu tenho que ir. — Ela se levanta, coloca a mão na maçaneta, os olhos fixos na entrada da ruela. — Danny está me esperando e eu já falei demais.

— Por favor. — Pego a mão dela. — Por favor, você tem que me dizer o que aconteceu naquela noite.

— Achei que a senhora já soubesse.

— Sei que ela conheceu um jogador e só. Por favor, Keisha. Por favor, me diga o que aconteceu.

Ela balança a cabeça, abre a porta, põe um ombro para dentro.

— Se eu te contar, ele vai me matar.

— E se não contar, Charlotte pode morrer.

É um golpe baixo, mas o suficiente para ela parar, dar um passo atrás e fechar a porta. Espero enquanto ela sacode o maço de cigarros vazio, amassa, joga na sarjeta e enfia a mão na bolsa para pegar um maço novo. Abre o celofane, o papel de cima, puxa a dobra e tira um cigarro. Leva um tempo enorme e quando enfia a mão de novo na bolsa para pegar o isqueiro, tenho vontade de gritar. Finalmente, ela coloca o cigarro na boca, acende e traga profundamente. Exala pelo nariz e olha para mim por baixo de seus cílios compridos.

— Ela transou com o jogador no banheiro da boate.

Olho para a ponta acesa do cigarro, para o fio de fumaça que se desenrola para cima, para a cinza que vai ficando mais e mais comprida até cair pelo ar e se desfazer antes de acertar o chão.

— Quem era ele? — Afasto os olhos do cigarro. — Qual o nome dele?

Ela encolhe os ombros.

— Não sei. O primeiro nome era Alex, não sei o sobrenome. Era estrangeiro, francês, eu acho. Negro. Alguém falou que ele joga no Chelsea. Ou no Manchester United. Algum clube da primeira divisão, esqueci qual.

— Este jogador da primeira divisão, com quem ela transou, este *Alex*... — as palavras vêm como se estivessem saindo da boca de outra pessoa — Como é que eu encontro ele?

Keisha suga o cigarro e abre a porta lateral, sem jamais cruzar os olhos comigo.

— Eu não sei, me desculpe.

— Ok — digo e sorrio, mesmo tendo certeza de que ela está mentindo para mim. Todos mentem sobre alguma coisa: Brian, Danny, Ella, Liam. E acham que eu estou emocionalmente instável demais para perceber.

Estão errados.

Espero Brian ir para a cama, então me esgueiro para seu escritório e ligo o notebook.

*Alex jogador famoso*, digito e aperto enter.

A primeira entrada é sobre um jogador brasileiro que joga no Paris Saint-Germain. Será que foi esse que a Keisha falou? Será que ela se confundiu se ele era francês ou se morava na França? Olho a entrada seguinte, outro jogador francês — desta vez se chama Alexandre Degas, mas não há qualquer menção sobre ele jogar num time inglês. Alexandre Laurent, então? Ou Alex Sauvage? Tem um Olivier Alexandre que joga no Tottenham Hotspur, mas não pode ser ele, pode?

Afasto a cadeira da mesa. Não sei o que estava pensando, achando que ia encontrar as informações de contato dessa pessoa chamada Alex que eu não faço a menor ideia de quem seja. Balanço a cadeira de um lado para outro, olhando o escritório atrás de uma solução, mas nada me ocorre. Então, eu me levanto e vou para o quarto de Charlotte. Deveria ter pressionado Keisha para conseguir mais detalhes. Deveria ter perguntado como ela sabia que Charlotte tinha transado no banheiro da boate. É tão incoerente com o caráter dela. Ela era completamente louca pelo Liam, completamente. Jamais o teria enganado. Era uma coisa bastante intensa para ela por causa das histórias de infidelidade do próprio pai. Simplesmente não consigo imaginá-la fazendo sexo com uma pessoa que tinha acabado de conhecer, mesmo estando bêbada e ele sendo um famoso jogador de futebol e incrivelmente lindo e...

Aliso o acolchoado dela e me levanto para dar uma olhada melhor nos pôsteres em cima da cabeceira. São páginas arrancadas da revista *Heat*, seção "Torso da semana", a parede está coberta por uma variedade de homens bonitos sem camisa — astros de séries, de cinema, apresentadores de TV e... jogadores de futebol. Lá está David Beckham, Ashley Cole, Ronaldo e... alguém que não reconheço, um homem mestiço, alto e bonito com olhos castanho-claros, maçã do rosto alta e lábios carnudos. Alex Henri, diz a legenda, Artilheiro, Chelsea FC.

Corro de volta para o escritório de Brian.

*Agente Alex Henri* digito no Google.

Os dados que aparecem na tela são de Steve Torrance, "agente internacional desportivo". Clico em seu site e aparece a imagem de um homem calvo, de meia-idade, o lábio superior suspenso numa expressão parte sorrindo, parte de desprezo. Leio sua biografia rapidamente, dou uma olhada na lista de clientes e clico no link "Contato". Aparece um endereço de e-mail, o endereço de uma caixa postal, e números de telefone de Londres, anoto tudo. É muito tarde para ligar, enfio o papel na minha carteira e a deixo em cima da mesa do corredor, volto para o quarto na ponta dos pés. Visto a camisola no escuro e me enfio na cama. Levo um longo tempo para adormecer.

— Pode dizer para ele que é urgente?

A mulher do outro lado da linha suspira.

— Senhora Jackson, é o terceiro dia que a senhora liga. Eu *sei* que é urgente. A senhora me diz isso todas as vezes. Já transmiti seu recado. Se o senhor Torrance não ligou de volta, então... — Praticamente a ouço dar de ombros. — Ele é um homem muito ocupado.

— Por favor — imploro. — É um caso de vida ou morte eu enviar uma mensagem para Alex Henri. Minha filha está em coma e talvez ele possa ajudar.

A secretária solta um pequeno "ah".

— Que coisa terrível para a senhora. Eu também tenho uma filha. Ela teve que ficar um tempo internada no hospital de Great Ormond Street quando tinha só 7 anos e eu fiquei fora de mim. Ela ficou muito feliz quando H e Claire, da banda Steps, foram visitar a enfermaria. Que idade tem sua filha?

— Tem 7 anos também. — É assustador como a mentira vem fácil. — É uma moleca. O futebol é a vida dela, e do pai também. São torcedores fanáticos do Chelsea, não perdem um jogo. Alex Henri é o jogador favorito dela, está na parede do quarto dela num lugar de honra.

— Ela não é a primeira. — Ela ri. — Olha, Sue, posso te chamar de Sue?

— Claro.

— Bom, Sue, eu provavelmente não deveria te dizer isso, mas a verdade é que o Steve não é muito fã de pedidos de caridade. Isso é bom para relações públicas, mas não paga as contas, então ele só permite que seus clientes participem de espetáculos de alta visibilidade... Campanhas contra o câncer, eventos esportivos, crianças carentes, esse tipo de coisa. Você precisa se aproximar de Alex de maneira independente.

Meu coração dá um pulo.

— Mas como? Já procurei na internet e o único telefone que consegui achar foi o do Steve.

— Presta atenção — diz a secretária, baixando a voz. — Eu posso perder meu emprego se o que eu vou te dizer se espalhar.

— Não vou dizer uma palavra. — Respiro. — Eu juro.

— Eu nunca, *jamais*, faria isso normalmente, mas hoje estou de bom humor, meu Sean voltou do Afeganistão ontem... E com a sua filha desse jeito, bem... De qualquer modo, se você quer pegar o Alex, sugiro que vá à boate Greys, em Chelsea, hoje à noite. Normalmente ele vai lá nas sextas. Não prometo que ele vá concordar em ir visitar sua filhota, mas ele pode autografar uma camiseta ou gravar uma mensagem no seu celular, qualquer coisa. E você pode botar para ela ouvir.

— Eu posso! — Mal consigo conter a excitação na minha voz, mas não pelos motivos que ela pode estar pensando. — Que ideia incrível, muito obrigada.

— Não precisa me agradecer por nada. É só me prometer uma coisa, não, duas, Sue.

— É claro.

— Nunca mencione isso com ninguém e jamais ligue para este escritório novamente.

— Não vou. Prometo. Muito obrigada... Desculpe, não gravei seu nome.

Ela ri.

— Há um motivo para isso. Tchau, Sue.

Ela desliga e fico ouvindo o sinal do telefone por uns trinta segundos até colocá-lo de volta no gancho. Se ela estiver certa e Alex Henri *for* à boate hoje à noite, como vou falar com ele se fica isolado na área VIP? Uma bela menina de 15 anos pode piscar com seus cílios longos e passar pela segurança, mas e eu? O que uma desastrada mulher de 43 anos, que não vai a uma boate há mais de vinte, pode fazer? E, pior ainda, se não posso nem sair de casa no meio da tarde para ir "comprar revistas" sem que Brian venha perguntar aonde vou, como em nome de Deus vou convencê-lo de que é uma boa ideia sair e ficar até altas horas em Londres?

## *Quarta-feira, 27 de junho de 1991*

*James e eu estamos morando juntos. Bem, James, a mãe dele e eu. Me mudei há apenas uma semana. Jess, do trabalho, reduziu minhas horas de novo (estou trabalhando apenas quinze horas por semana agora) e não dava mais para bancar o aluguel do meu conjugado. Eu disse para James que eu ia tentar pegar meu emprego de professora de inglês para estrangeiros de volta, para compensar o corte, mas ele insistiu para que eu me mudasse para a casa dele.*
    *— Considere isso como um novo começo — disse. — Foda-se a Maggie e sua companhia mequetrefe. Você merece ser paga pelo que faz. O quarto extra é grande o bastante para sua máquina de costura e a mesa, então trate de se acomodar, produzir algumas amostras para se candidatar a um emprego de figurinista de verdade ou abrir seu próprio negócio. Eu pago o aluguel e boto a comida em casa, não se preocupe com isso.*
    *Era uma solução quase perfeita demais, a única mosca na sopa era sua mãe. Ela não desceu do quarto durante toda a primeira noite da minha chegada e, na manhã seguinte, quando desci para tomar café com James às sete e meia, havia uma lista de tarefas para mim sobre a mesa da cozinha. Incluía ir ao mercado, passar o aspirador, lavar os banheiros e cuidar do jardim, tudo escrito numa letra que não reconheci.*
    *— Você não se importa, não é mesmo? — James disse quando me viu de sobrancelhas levantadas. — A cuidadora dela está de férias e você sabe como ela fica com a artrite e agorafobia dela.*

*Artrite? Ela tinha me parecido bastante ativa quando disparou para fora da sala com James naquele almoço infame em que cheguei atrasada.*

— Além disso — completou ele—, você tem bastante tempo livre, agora que suas horas foram reduzidas, não é?

*Quis lembrá-lo de sua sugestão de instalar a máquina de costura no nosso quarto, mas mordi a língua. Ajudar era o mínimo que eu podia fazer, considerando a batalha que ele deve ter travado para persuadir a mãe a me deixar ir morar lá. Além disso, seria só por uma semana. Eu poderia começar a tocar meu negócio quando a cuidadora estivesse de volta.*

*Quando James chegou em casa do trabalho, nove horas mais tarde, minhas mãos estavam esfoladas, e os antebraços, destruídos pelas urtigas, mas dei conta de cada um dos itens da lista e ainda deixei uma carne assada fumegante no forno. Ele pareceu deliciado e disse que sabia que a mãe dele e eu íamos nos entender como num sonho, bastando apenas que déssemos uma chance uma a outra. A verdade é que eu não a tinha visto o dia inteiro. Ouvi o piso do andar de cima ranger lá pelas nove da manhã, quando ela foi ao banheiro mas, a não ser por isso, sequer vi sua sombra. Na hora do almoço, fiquei preocupada que ela pudesse estar doente e bati na porta do quarto para perguntar se ela estava bem e se gostaria de uma sopa de tomate caseira e um sanduíche de queijo. Ela respondeu que estava "em perfeito estado de saúde, muito obrigada" e me disse para deixar a comida numa bandeja do lado de fora da porta. Fiz o que ela mandou, desci a escada e fiquei esperando silenciosamente no corredor. Cinco minutos depois, a porta do quarto se abriu, um par de chinelos apareceu e a bandeja foi arrastada para dentro do quarto.*

*James não conseguia tirar as mãos de mim e, assim que terminamos o jantar (que sua mãe comeu no quarto, novamente), me levou para o quarto e me atirou na cama. Eu gritei quando arrancou minhas roupas e enfiou o rosto nos meus seios, mas prontamente fiquei em silêncio quando ele cobriu a minha boca com a mão e ficou me segurando.*

— Shhh — sussurrou. — Não queremos que mamãe nos ouça.

*Eu estava prestes a retrucar quando ele arrancou minha calcina e entrou em mim, com tanta força que bati com a cabeça no alto da cama. Respirei com força, pelo choque e pelo prazer.*

*James destampou a minha boca.*

— Ou queremos? — *E me penetrou bruscamente outra vez.*

*Depois, deitados nos braços um do outro, o suor fazendo nossos corpos grudarem, ele tirou o cabelo do meu rosto.*

— Você não faz ideia de como eu senti sua falta, de como senti falta de transar com você quando estivemos separados.

— Eu também. — *Passei a mão pelo seu peito largo, sentindo os pelos com os dedos.*

— Era uma tortura. — *Ele me beijou no alto da cabeça* — Ficar deitado na cama sozinho imaginando você nua na sua cama sem que eu pudesse te tocar.

— Eu sei.

— Você dormiu com alguma outra pessoa durante a nossa separação?

*Olhei-o nos olhos. Olhar para qualquer outro lugar seria perigoso.*

— Não.

— Verdade? Você não ficou de sacanagem por aí porque estava se sentindo sozinha?

— Não. — *Bloqueei a imagem do rosto de Steve no meu travesseiro para fora da minha cabeça.* — É claro que não.

— Não beijou ninguém quando ficou bêbada?

— Não.

— Tudo bem. — *Ele sorriu com força.* — Você pode me contar, não vou ficar zangado. Eu comi umas duas pessoas.

— O quê? — *Meu peito teve um espasmo de dor. Eu jamais tinha considerado a possibilidade de ele transar com mais alguém. Nem uma só vez.*

— Comi umas duas mulheres. — *Ele deu de ombros.* — Não foi nada demais. Não estávamos juntos. E você?

*Seria verdade? Será que realmente não importava? Olhei nos seu olhos, para suas pupilas penetrantes e as íris cinzentas, rajadas de azul. Eu nunca tinha sido capaz de ler seu olhar. Seus olhos eram impenetráveis.*

— Não. — *Menti.* — Não houve nada, nem mesmo um beijo. Eu sentia tanta falta sua que nem conseguia pensar em tocar em outro homem.

*Seus ombros relaxaram, aliviados.*

— Eu sabia. — Ele me puxou para os seus braços. — Eu sabia que você era especial. Eu sabia que mamãe estava errada. — Ele se afastou e olhou para mim. — Eu também não transei com ninguém. Estava só de brincadeira.

Brincadeira? Aninhei o rosto no peito dele e engoli as lágrimas que haviam brotado nos meus olhos. Não tinha achado graça.

# Capítulo 21

— Um musical? — Brian levanta uma sobrancelha. — Achei que você detestasse musicais. Você disse uma vez que ópera era coisa de gente idiota.

— Não disse nada! Essas são as suas palavras. E eu não *detesto* musicais, apenas prefiro peças de teatro. De qualquer modo, não é para mim. É o aniversário da Jane.

— E o Eric está gripado? Em maio?

Estou prestes a protestar que tem muita gente gripada por aí no momento e que o marido de Jane trabalha numa escola onde os germes estão por toda parte, mas não é preciso, pois Brian dá uma risada e diz:

— Para mim, parece mais que ele está inventando uma doença. E quem vai culpá-lo? Eu também ia preferir estar no meu leito de morte a ter que ir assistir a um musical.

— E a Jane queria assistir ao musical de Billy Elliot há anos — digo. — É um de seus filmes favoritos.

— Tem uma loja de DVDs lá no final da rua, pode dizer para ela. Ela vai economizar umas trinta e tantas libras ou sei lá quanto custa um ingresso desses lá no West End hoje em dia.

— Brian! — Finjo que vou criticá-lo, mas vejo, pelo sorriso em seu rosto, que ele não vai criar objeções para a minha ida a Londres. É incrível como ele aceita minha mentira tão facilmente. Eu poderia estar indo a qualquer lugar, com qualquer pessoa, e ele ainda me deixaria sair com as suas bênçãos.

— Mas já está um pouco tarde, não? — Ele olha para o relógio do avô. — Já são sete horas e mesmo que vocês saiam daqui agora, o trem não vai chegar na Victoria Station antes das oito e meia, pelo menos.

— Eu sei — respondo. — Também fiquei surpresa. Vamos ter que atravessar Londres voando num táxi para conseguir chegar no West End às nove. O espetáculo vai ser mais tarde porque um dos integrantes está sendo entrevistado no programa do Jonathan Ross.

É uma mentira terrível, qualquer pessoa que assista a um mínimo de TV pode desmascará-la, sabendo que todos os programas de entrevistas são gravados; mas, felizmente para mim, Brian raramente assiste à TV. Não apenas acha que "estraga o cérebro", como também se ressente da quantidade de eletricidade não sustentável que o aparelho consome.

— Certo — concorda ele, como se tivesse engolido cada palavra; olha para mim quando eu me levanto e aliso minha escolha de traje para a ocasião. É o vestido para noite mais elegante que eu tenho. — Belo trabalho ficar pronta antes de eu chegar — acrescenta, levantando uma sobrancelha. — Qualquer um pensaria que você ia sair mesmo, independente do que eu dissesse.

Espero pelo sorriso que vai me dizer que está de brincadeira, e é claro que o sorriso aparece. Não supus coisa alguma para esta noite, muito menos se Brian iria concordar com a minha ida, mas os últimos dias se passaram sem qualquer incidente e eu sei que ele gosta da Jane.

— Claro que tudo bem — conclui Brian. — Você ficou com Charlotte o dia todo. O mínimo que merece é se divertir um pouco e dar uma saída à noite. Tomou seu comprimido hoje, não tomou? — acrescenta, olhando para o copo d'água em cima da mesinha de café ao meu lado.

— É claro!

— E está se sentindo bem? Você não acha que vai ficar um pouco estressada com o trem lotado e o movimento todo? Já faz um tempo que você não vai a Londres. Aquilo lá anda bem agitado atualmente.

— Brian! — Dou outra risada. — Fui a Londres há uns dois meses. Não pode ter mudado tanto assim.

— Verdade. — Ele olha para o relógio de novo. — Jane vem te encontrar aqui ou você quer que eu te dê uma carona até a estação?

Pego minha bolsa, dobro o casaco no braço e enfio os sapatos de salto.

— Obrigada, mas o táxi vai chegar em dois minutos.

Brian pega o jornal, balançando a cabeça e achando graça.

— Aproveite a noite.

Vou até perto dele, curvo-me sobre a poltrona e dou um beijo em sua testa. Ele olha para mim, surpreso, os olhos azuis procurando os meus.

— E o que foi isso agora?

— É só que eu amo você.

O tique-taque do relógio do avô no canto da sala vai levando os segundos embora enquanto nos olhamos. Parece ser a primeira vez que realmente nos olhamos de verdade em muito tempo.

— Mesmo depois de tudo o que aconteceu? — pergunta ele baixinho.

— Mesmo.

Ele coloca a mão no meu rosto e me acaricia delicadamente com o polegar.

— Não mereço você, Sue.

Coloco minha mão sobre a dele.

— Merece, sim.

Vejo o meu reflexo em suas pupilas, apenas um vislumbre, seus olhos indo de um lado para outro, enquanto me fitam. Pareço cansada e preocupada, com um milhão de anos. Quando foi que isso aconteceu? Quando foi que fiquei tão velha? E ele? Não foi ontem mesmo que a gente caminhava de mãos dadas pelas margens do Kifissos, conversando sobre o futuro que construiríamos juntos?

— Eu também te amo — sussurra Brian. — Eu não sei o que faria sem você. Não vou suportar se alguma coisa acontecer contigo, Sue. Eu ficaria perdido. Muito, muito perdido.

Meu peito se enche de ternura e aperto meu coração com a mão, pois é muita coisa para suportar.

— Não vou a lugar nenhum, Brian.

— E não é que eu estava achando que você ia para Londres?! — Ele dá uma boa risada. — Pobre Billy Elliot. Aposto que ele realmente estava esperando te ver lá também. Você é uma mulher muito volúvel, Susan Jackson.

Dou uma risada também e vou até a janela espiar pela cortina. Tenho certeza de que acabei de ouvir um táxi entrando na rua. E lá está ele, uma mancha amarela se aproximando da casa e o soar da buzina.

— Não me espere! — aviso, apressando-me para fora da sala. — Não esqueça que eu vou voltar tarde.

— Me mande uma mensagem se houver algum problema.

Problema? Viro-me para ver o que ele quer dizer, mas está com o nariz enfiado no jornal. Foi apenas um comentário inofensivo.

Eu realmente queria que Jane estivesse comigo. Assim eu não me sentiria como uma leprosa social — uma mulher de 43 anos na fila de entrada de um dos mais badalados *points* noturnos de Londres, rodeada por uma garotada com idade para serem meus filhos. Um segurança passa, dá uma parada e olha para mim, e então continua ao longo da fila.

Achei que me sentiria exagerada com o meu vestidinho preto John Rocha até o joelho, com decote profundo e detalhes brilhantes nos ombros, mas não precisava ter me preocupado. Comparado aos lenços minúsculos fazendo as vezes de trajes noturnos que as outras mulheres usavam, eu estou praticamente de burca. A não ser na praia, acho que nunca vi tanta carne feminina exposta num mesmo lugar. Deve estar fazendo cinco graus e mesmo assim nenhuma das mulheres demonstra um mínimo de frio, enquanto eu vesti o casaco no momento em que saí do trem e ainda fiquei achando que deveria ter trazido a minha pashmina também.

— Com licença? — diz a loura alta atrás de mim. — Você tem horas, por favor?

Seu olhar de cílios postiços está fixo em algum ponto do meu ombro esquerdo, mas tenho certeza de que está falando comigo, porque a única coisa atrás de mim é uma parede.

— São dez e meia — digo, fascinada com seus lábios que parecem travesseiros.

Ela tem um bronzeado que chega quase a ser uma queimadura de terceiro grau — o par perfeito para o cabide de madeira escura no vestíbulo —, e a maquiagem é tão precisa que parece ter sido feita com um aerógrafo. O cabelo louro vai até a cintura, a escova o deixou tão *volumoso* que emoldura seu rosto como uma auréola de Farrah Fawcett.

— *Ovrigada.* — Os olhos vidrados tremem levemente.

— Você vem muito aqui? — Quase faço uma careta diante da minha tentativa desastrada de iniciar uma conversa.

— Todo fim de semana. — Ela parece estar olhando para a nuca do rapaz três lugares na nossa frente.

— A música é boa, não é?

— É legal.

— E a pista de dança?

Ela balança a cabeça.

— Nada de dança, não com estes saltos.

Olho para seus pés e fico surpresa até mesmo por ela estar de pé.

— Ouvi falar que um monte de jogadores de futebol vem aqui — digo.

Seus olhos azuis se voltam para mim. A intensidade do olhar é enervante.

— Com certeza, vêm sim. Por quê? Você está atrás de algum?

Ela me olha de cima a baixo, como se estivesse me vendo pela primeira vez e, concluindo que tenho parcas chances de ser sua concorrente, desvia o olhar novamente.

— Eu queria ver se encontrava... — baixo a voz para não anunciar para toda a fila — ... o Alex Henri.

Suas sobrancelhas revelam algum interesse com um leve tremor.

— Ele é gato.

Espero para ver se ela vai dizer mais alguma coisa, mas parece que é tudo. Meia hora se passa até alguém falar de novo.

— Lamento, minha linda. — O segurança levanta a mão quando me aproximo da corda dourada na entrada da boate. — Esta noite não.

Olho para ele confusa.

— O que esta noite não?

Ele cruza os braços.

— Bancar a engraçadinha não vai ajudar. Pode dar o fora.

— Não... verdade... Eu realmente não entendo. — Viro para olhar para a loura, em pé atrás de mim, tão entediada quanto há meia hora atrás. — O que ele acabou de dizer?

Ela dá de ombros.

— Ele quer que você se mande.

— Por quê?

Ela dá de ombros de novo.

— É por que sou velha? — O segurança tem quase a mesma altura que Brian, mas é três vezes mais largo, e careca, a não ser por um cavanhaque cuidadosamente aparado que mal dá para disfarçar o queixo duplo. — Você pode ser processado por discriminação por idade. Sabia disso?

A expressão de seu rosto não se altera. Continua com a mesma indiferença.

— O que ainda está fazendo aqui?

— Você tem que me deixar entrar porque... — Olho para a rua, a multidão se aproximando da boate, casais andando de braços dados, grupos de meninas tropeçando nos saltos, as gangues de garotos rindo, jogando as cabeças para trás e os turistas de olhos arregalados consultando mapas e iPhones, mas não consigo pensar em nada. Ele não dá a mínima para Charlotte, para Alex Henri ou para o acidente. Seu trabalho aqui é apenas deixar entrar as pessoas que se encaixam no padrão "jovens e belos". E não sou nem uma coisa nem outra. Olho para a loura, desesperada, mas ela dá de ombros.

— Eu sou a agente dela — digo num rompante de inspiração. — E se você não me deixar entrar, ela e todas as suas lindas amigas vão para... — digo a primeira coisa que me ocorre — ... o Whisky Mist.

Uma das amigas da loura se surpreende, mas é rapidamente silenciada por uma cotovelada na barriga da própria loura. Ela cochicha alguma coisa no ouvido da amiga quando o leão de chácara as examina de cima a baixo; sorriem docemente para ele.

— Entra — diz o homem e solta o gancho da corda, sinalizando para eu entrar no clube. Seus olhos sequer piscam, fixos no decote da loura.

Lá dentro está escuro, e eu paro na entrada, piscando para me acostumar com a penumbra.

— Vinte e cinco libras — diz uma voz feminina entediada. Uma mulher de cabelo preto está sentada numa bilheteria de vidro fumê à minha direita. Abro a carteira e pego três notas de dez libras e empurro para ela. Ela pega as notas sem dizer nada e me devolve uma nota de cinco. Como

não faz nenhum comentário, dou um passo à frente, em direção ao tunts-
-tunts-tunts da música dançante e o fio de luz que escapa pelas portas
duplas no final do corredor.

— Carimbo — diz a recepcionista e solta um suspiro.

Eu me viro.

— Perdão?

— Me dá seu pulso. — Tem um olhar de morta, como se preferisse estar em qualquer outro lugar do mundo menos aqui e agora. Penso no meu sofá, um livro, uma taça de vinho e a cabeça macia de Milly no meu colo e me identifico com ela.

Tiro a mão da alça da bolsa, enfio-a por debaixo do vidro e a madame carimba meu pulso. Sou agora a orgulhosa portadora de uma tatuagem preta e borrada de um G. Esfrego com o polegar, mas não dá para apagar. Vou precisar descobrir um jeito de me livrar disso antes de voltar para casa.

É como estar num baú de caminhão lotado com um globo de espelhos no alto. Tenho que me debater só para chegar até a porta, fico presa, impedida de dar mais um passo à frente pela multidão de corpos que lotam a casa noturna. Tem gente por todo lado, mais quente do que uma caldeira. Não importa para onde eu me mova, levo batidas, empurrões, cotoveladas e esbarrões para sair da frente. "O quê?", as pessoas gritam o tempo todo, a música estilo pancadas repetitivas enchendo a sala. "O que foi que você disse?"

O bar fica numa lateral do salão — dourado, brilhante, com garrafas de todos os tamanhos, formatos e cores enchendo as prateleiras do chão ao teto. Os atendentes do bar são absurdamente lindos, indo de um lado para o outro, pegando copos, abrindo as geladeiras e servindo drinques como se estivessem desfilando numa passarela com temática alcoólica. Os assentos ficam na parede oposta; pufes pretos baixos em torno de mesinhas cinza, com tampo de vidro fumê, separadas por divisórias forradas de couro, fervilhando de gente. Ouço uma menina dizer para a amiga que é proibido sentar naquelas mesas a não ser que você compre uma garrafa de champanhe de quinhentas libras ou uma de vodka de trezentas. Não admira tanta gente estar em pé no meio do salão, espremidas na passagem estreita entre os assentos e o bar. Nem mesmo penso em ir pegar um drinque. Em vez disso, abro caminho lentamente em direção ao outro lado do salão, onde consigo ver o final de uma escada. A subida é bloqueada por uma corda e controlada por dois brutamontes — deve ser o acesso para a área VIP.

— Jesus! — ouço, com uma gargalhada à minha direita. — Você não estava brincando sobre ir atrás do Alex Henri, não é? A tua cara de determinação!

Dou meia-volta. Minha amiga pneumática da fila olha de volta para mim.

— É a minha agente! — Ela cutuca a amiga, que dá uma risada como se fosse a coisa mais engraçada que já ouviu.

— Jasmine. — Ela estende a mão.

Eu a aperto.

— Sue. Obrigada, pelo que você fez lá fora. Foi muita gentileza.

Ela sorri.

— Sem problema. Se ele tivesse falado com a minha mãe do jeito como falou com você, eu largava a mão na cara dele. Que babaca grosseiro!

Sorrio de volta, incerta sobre como continuar a conversa, mas Jasmine se encarrega disso.

— Então... — Ela olha para a escada e para os seguranças. Eles mandavam um grupo de três meninas parcamente vestidas dar meia-volta. — Qual o seu plano para chegar no Alex?

Balanço a cabeça. Realmente não pensei nisso ao sair de Brighton. Supus que daria para falar com ele de algum jeito ou, pelo menos, mandar um recado, mas não dá nem para vê-lo. A escada leva para o mezanino em cima das nossas cabeças, mas, a não ser por alguns pares de pernas, não vejo nada além das balaustradas compridas. Nem ao menos sei se Alex Henri está lá em cima.

— Será que você pode me apresentar? — pergunto de volta para Jasmine.

— Eu? — Ela joga a cabeça para trás e ri como uma feirante. — Chuchu, se eu conhecesse o Alex, acha que eu estaria aqui, agora, conversando contigo? Sem ofensas.

— Não me ofendeu. Eu só... Quero dizer, você é muito glamorosa, poderia se passar por uma modelo e o segurança da entrada obviamente achou que você era mesmo um sucesso para ter uma agente, então...

— Você está me cantando? — Ela dá outra gargalhada, mas, ao ver alguém do outro lado do salão, agarra o braço da amiga freneticamente. — Você conhece aquele cara — diz, inclinando-se para ela. — O que eu estava te falando, que parece uma mistura de Andy Carroll e o Ben da série *Hollyoaks*? Cara, ele tá totalmente aqui!

Ela arrasta a amiga para longe e atravessa a multidão sem sequer um olhar para trás. Não me ofendo com sua partida brusca. Na verdade, estou absolutamente agradecida por ela ter me ajudado a entrar no lugar. Olho de novo para a escada. Vou entrar naquela área VIP nem que seja a última coisa que eu faça.

## Quinta-feira, 21 de maio de 1992

*Não acredito que fiquei sem escrever no meu diário por quase um ano. No princípio, escondi ele na mesa da máquina de costura porque não queria que James o encontrasse, e depois acho que simplesmente me esqueci dele até agora. Então, sim, quase um ano desde o último dia que escrevi — desde que me mudei para a casa de James. Gostaria de dizer que minha vida é maravilhosa, que estou mais magra, feliz e mais amada do que nunca, mas a verdade não poderia ser mais diferente.*

*Não sei como vim parar aqui. Eu me sinto numa armadilha, infeliz e mais solitária do que jamais me senti na vida. Sinto que minha vida entrou num ciclo — acordo, tomo banho, visto um jeans e uma camiseta (tamanho GG — engordei uns sete quilos desde que me mudei), tomo café com James e com a mãe dele (ela começou a aparecer três dias depois da minha mudança, quando o mau humor passou) e cumpro a lista de tarefas que ela me passa. Se tenho sorte, isso inclui uma ida ao supermercado e então consigo ver gente de verdade, mas, na maioria das vezes, tenho que fazer a faxina, ajudá-la com suas necessidades pessoais (a cuidadora, se é que algum dia existiu, nunca voltou das férias) e ficar sentada em silêncio na sala "para lhe fazer companhia" enquanto ela assiste novela atrás de novela. Acabei acompanhando as histórias também, principalmente para tentar bloquear aquele batik assustador pendurado na parede, que olha para mim com seus enormes olhos vazios do outro lado da sala. Pode parecer ridículo, mas recebo umas vibrações bem ruins dali. Está sempre me olhando, para onde quer que eu vá.*

*Diferente dos primeiros meses da minha mudança, James não entra mais correndo pela porta da frente no final do dia e me abraça. Não me chama mais de seu "anjo" ou de sua "gatinha". Mal parece me notar. Quanto ao sexo, mal consigo me lembrar da última que fizemos amor. Não dormimos mais nus, e, quando James sai do banheiro, diz "boa noite" e vira de costas para mim. Cinco minutos depois, está dormindo.*

*Comecei a achar que o problema sou eu. Não consigo parar de comer para me sentir melhor (chocolate, principalmente, no caminho de volta do supermercado. Não pego mais o ônibus, onde me sinto claustrofóbica) e achei que ele não me achava mais atraente. Tentei vestir um vestido em vez do uniforme normal de jeans e camiseta um dia, mas, quando James chegou em casa e olhou para mim, balançou a cabeça e disse que talvez fosse melhor eu experimentar um tamanho maior caso eu não quisesse exibir cada pneu e cada dobra. Corri para o quarto e chorei.*

*James ainda tenta cuidar da aparência. Todo domingo antes dos ensaios, e uma ou duas vezes durante a semana, ele passa mais de uma hora no banheiro e sai de lá envolto numa nuvem de desodorante e pós-barba, com uma toalha na cintura e passa mais dez minutos passando uma camisa, vinte minutos ajeitando o cabelo e então, depois de me perguntar se ele está bonito, vai embora. Tenho certeza de que está tendo um caso — possivelmente com Maggie — mas, se eu ouso dizer alguma coisa, ele se vira para mim e me acusa de estar flertando com os clientes no meu trabalho (tive que pegar um emprego no Tescos há seis meses, depois que Jess me mandou embora do bar). Eu queria voltar a dar aulas de inglês para estrangeiros de novo, mas James disse que não queria que eu fosse para o norte de Londres sozinha. Além disso, a mãe dele precisava de mim, disse, e eu poderia voltar rapidamente em caso de emergência se arrumasse um trabalho perto de casa. Eu não queria trabalhar no Tescos. Eu tenho um diploma. Eu era uma professora formada e costureira, não caixa de supermercado. James não ouviu. Em vez disso, distorceu minhas palavras e inventou que eu era uma esnobe, metida demais para me misturar com gente comum por uns dois meses enquanto voltava a me aprumar.*

*Fiquei ressentida com isso, mas ele pegou minhas mãos e disse que não tinha problema eu ter uma ambição — que o meu negócio com costura não iria decolar imediatamente e que eu precisava ter paciência. Eu teria achado graça se não me sentisse tão incrédula. Não tinha tocado na máquina de costura em meses — as demandas da mãe dele já me ocupavam o bastante.*

*Sinto tanta falta da minha mãe que chega a doer. Não vou visitá-la há séculos, pois não tive tempo, dinheiro ou chance. Liguei para ela algumas vezes, há uns meses, mas ela ficou chateada e confusa e aquilo me deixou arrasada, como se eu fosse a causa de seu sofrimento. Não liguei mais e fico consumida de culpa, morrendo de medo de ela achar que eu a abandonei.*

*Quase liguei para a Hels também, várias vezes, mas sempre botei o telefone de volta antes do tom de discagem. Não posso suportar ela me dizer "Eu te avisei" e lembrar de todo o tempo e dinheiro que ela e o Rupert gastaram tentando me ajudar a superar James, só para eu voltar para ele de novo. E, além disso, do que eu posso reclamar, realmente? Não passo fome, não apanho e não sou obrigada a dormir no galpão do jardim. Tenho um trabalho, comida, um teto em cima da cabeça e um corpo para esquentar a cama comigo. Às vezes, James e eu saímos — em geral para ir ao teatro, cinema ou um restaurante com a mãe dele (ela odeia ser deixada sozinha em casa) — e, quando ele está de bom humor, me apaixono por ele de novo. Ele pisca para mim na mesa, coloca a mão na minha perna e cochicha que quer me levar para o banheiro e me comer. Ele nunca faz isso, é claro, mas são momentos como esses — e quando de vez em quando ele me procura e me abraça de noite — que me mantêm aqui, que me fazem achar que ele ainda me ama. No fundo, nós só ficamos um pouco presos à rotina doméstica e precisamos dar uma sacudida nas coisas de novo para que ele volte a me ver como antes de morarmos juntos. Eu me meti nessa situação e preciso sair dela.*

*Não disse isso para James, mas comecei a guardar um pouco do meu salário do Tesco para poder arrumar um outro lugar para morar novamente. Não é muito, afinal eu pago duzentas libras de aluguel para ele e o mesmo pela comida todo mês (ele disse que só tinha concordado em me deixar morar lá de graça até que eu voltasse a ganhar dinheiro), mas o pequeno bolo de notas no fundo da minha mochila está começando a aumentar.*

*Provavelmente tenho duzentas libras, nem de longe o bastante para fazer um depósito de um mês de aluguel, mas estou chegando lá devagar. Mais uns seis meses, quem sabe? É o que tem me feito suportar isso, saber que há luz no fim do túnel. Quando eu tiver minha própria casa, vou poder trabalhar em horário integral no Tescos, pois não vou precisar ficar cuidando da mãe dele, e então posso começar a comer melhor e a perder peso. Posso até ficar amiga de algumas meninas do trabalho. Duas delas já sorriram para mim, mas fico com tanto medo de me acharem metida quando ouvirem a minha voz que eu raramente falo (James diz que sou tão articulada que as pessoas me acham uma esnobe). Eu costumava ser muito tagarela também. Penso no meu primeiro dia com os Abberley Players e no jeito como brinquei com todo mundo. Sinto falta daquela mulher que eu costumava ser. E não consigo não pensar que James também.*

## Capítulo 22

— Minha filha de 7 anos está em coma — digo, com a esperança de que a conversa que funcionou com a secretária de Steve Torrance pudesse funcionar também com o leão de chácara da Greys. — E o Alex Henri é o jogador favorito dela. Eu só queria que ele gravasse uma mensagem para ela dizendo "fique boa logo, Charlotte" e depois eu saio. Sinceramente, vai ser entrar e sair da área VIP.

O segurança cruza os braços, mas não olha para mim. Continua vigiando a multidão no bar.

— Por favor, ela está muito doente.

Ele finalmente olha para mim.

— Olha, minha querida, sua filha podia estar dando o último suspiro, e eu continuaria a não te deixar subir estas escadas. Se eu deixar você, vou ter que deixar todo mundo subir.

— Mas eles não têm filhas doentes. Por favor, eu conversei com a secretária do agente dele hoje cedo e ela me disse que não tinha problema eu me aproximar dele.

— Qual é o nome dela?

— Ela não falou.

Ele levanta uma sobrancelha.

— Muito engraçado.

Olho para seu colega, implorando. Ele usa uma aliança de casamento e tem o nome "Connor" tatuado no pescoço.

— Você parece um homem de família. Você tem filhos?

Ele não fala nada. Nem mesmo dá sinal de ver minha mão tocar seu braço de leve.

— Você faria qualquer coisa para proteger seus filhos, não faria? Qualquer coisa para deixá-los felizes, não? Saudáveis? Eu quero o mesmo para a minha filha. Quero que ela acorde e vou fazer o que for preciso para que isso aconteça. Você entende, não entende?

Seus olhos se voltam para mim. São escuros e sombrios, quase ocultos no meio de seu rosto redondo e cheio.

— Você faria *qualquer coisa*?

— Claro.

Ele me olha de cima a baixo e sorri. Um incisivo dourado brilha para mim.

— Daria uma chupada na minha pica?

Faço um barulho entre risada e espanto.

— Eu... — Não sei o que dizer. Não faço ideia se ele está falando sério ou não. — Eu...

— Quanto você vai pagar para ela te dar uma chupada? Ou ela é que está te pagando?

Um homem alto e louro, de camiseta branca, jeans escuros e um paletó preto de aparência cara está em pé atrás de mim. Ele me examina e depois encara o segurança e ri.

— Que negócio é esse, dar um pega na vovozinha? Pelo amor de Deus, Terry, seus padrões realmente caíram, não é?

Fico esperando o segurança acertá-lo no nariz, ou pelo menos mandá-lo sair da boate. Em vez disso, ele dá uma boa risada e abre a corda de veludo.

— Eu pego o que sobra para mim, Rob; de preferência, sem pagar.

— Com licença. — Chego para o lado e me coloco entre a corda e o "Rob" e me aprumo do alto do meu 1,56 metro. — Sou uma pessoa, sabe? Tenho ouvidos.

— Puta merda, ela tem ouvidos! — Ele olha para o grupo de pessoas atrás dele e solta uma gargalhada ruidosa. — Você é uma ranzinza, hein, minha flor? O que aconteceu? Deu azar no bingo?

— Você é sempre grosseiro assim ou é só com mulheres velhas demais para ficarem impressionadas com sua cara bonita e terno bem-cortado?

— Ah! — Seu rosto se ilumina, feliz pelo comprimento não intencional.
— Saquei. Você não curte os garotos bonitos, está mais para os durões, tipo o Terry aqui. — Ele aponta para o segurança com a cabeça.

— Na verdade, não estou interessada em nenhum de vocês dois. Estou aqui para falar com Alex Henri.

— Gosta dos franceses, então? Curte um gringo, né, vovó?

— Pare de me chamar assim, seu babaquinha metido! — As palavras saem da minha boca antes que minha cabeça tenha tempo para processá-las.

Terry dá um passo na minha direção e coloca uma mão de advertência no meu ombro, mas Rob faz sinal para ele se afastar.

— Deixa ela, Tez. — Ele me olha de cima a baixo e aperta os olhos. — Alex Henri, certo? É esse que você quer conhecer?

Concordo com a cabeça, sem dizer nada. Ele olha para o amigo.

— Será que o Alex já pegou uma piranha velha dessas?

Aperto o punho atrás de mim, controlando-me para não esbofetear o tal Rob no meio de sua cara presunçosa. O segurança dá de ombros, descomprometido.

— Deixa ela entrar. Isso vai ser engraçado. — Rob faz um sinal para Terry, que levanta a sobrancelha, mas dá um passo para trás, abrindo caminho para eu subir a escada. Dou um passo adiante.

— Vai lá, vovó. Deixa ele de quatro — diz atrás de mim enquanto subo a escada, dois degraus de cada vez. Quanto antes eu falar com Alex Henri e sair, melhor.

Tem uma coisa horrivelmente claustrofóbica neste lugar; o teto é muito baixo, tem gente demais e está quente demais também. Quando chego lá em cima, ocorre a mim que, se começar um incêndio, metade daquelas pessoas vai ficar presa numa armadilha fatal no meio da correria para sair pela portinhola da entrada. Reprimo essa ideia, sentindo um aperto no peito enquanto me espremo entre um grupo de louras do tipo da Jasmine, e me abaixo para desviar de dois sujeitos de nariz quebrado, parecendo boxeadores. A última coisa de que preciso agora é de um ataque de pânico.

A área VIP é ainda mais movimentada do que o andar de baixo e levo dez minutos para atravessar os corpos até os lugares sentados perto da parede do outro lado. Perco a conta do número de mulheres lindas com jeito de modelos e dos homens atléticos se enchendo de champanhe, dançando nas cadeiras e girando de encontro uns dos outros. Percebo mais de um olhar confuso para mim enquanto atravesso a multidão. Nunca me senti tão velha, feia, gorda e deslocada na minha vida, mas vou em frente de qualquer jeito.

— Alex Henri — solto seu nome num fôlego quando o vejo.

Eu não tinha certeza se o reconheceria de umas poucas fotos miúdas na internet e do pôster dele seminu na parede do quarto de Charlotte, mas não tem como se enganar com aqueles olhos castanho-claros e maçãs do rosto esculpidas.

— Com licença, com licença, por favor. — Esquivo-me e abro caminho com o cotovelo pelo meio da montoeira de corpos ao redor da mesa dele.

— Preciso falar com Alex.

Recebo incontáveis olhares atravessados, uma pancada na cintura e o que espero que seja uma dose de vinho branco nas costas do meu vestido, mas consigo atravessar e, de repente, estou a um metro dele. Apenas uma mesinha de vidro fumê com um balde de gelo em cima, garrafas de champanhe e copos me separam dele.

— Alex.

Ele sequer olha na minha direção. Tem uma morena de cabelos longos de um lado, uma loura voluptuosa do outro e um exército de homens e mulheres lindos sentados ao redor. É isso que os adolescentes aspiram, penso, pressionando a mesa com as pernas e o vinho branco escorrendo pelo vestido e pelas minhas costas, formando uma poça em cima da minha bunda. É por isso que eles querem crescer para se tornarem "ricos" ou "famosos", em vez de médicos, advogados ou comissários de bordo. Provavelmente deve ter mais de dez paparazzi apinhados na porta da frente agora mesmo, esperando pela sua cota da riqueza com a foto de um jogador saindo de mãos dadas com uma mulher que não é a esposa dele ou uma garota glamorosa despencando para dentro de um carro, deixando aparecer a virilha sem calcinha. Mas Charlotte não teria pensado em nada disso ao ser apresentada a Alex Henri. Sequer levaria em consideração o lado ruim deste estilo de vida — a superficialidade, as mentiras, os problemas com álcool e drogas e os bajuladores. Teria ficado deslumbrada com os sorrisos perfeitos, os cabelões, as roupas de designers e as carteiras recheadas. E quem poderia culpá-la? Isso tudo está a milhões de milhas de distância da vida que ela normalmente leva.

— Alex Henri!

Gritar seu nome faz com que reaja e ele levanta os olhos, mas também atrai a atenção de vários de seus amigos.

— Ei, Alex, passou da hora de dormir! — Um deles grita enquanto os outros explodem de rir.

— A mamãe está dizendo que você não pode mais brincar na rua — grita outro.

As pessoas entoam um coro de gargalhadas e urros. Alex também sorri, mas percebo pela maneira como torce as abotoaduras sem parar que está nervoso. Ele não sabe quem sou eu ou o que eu quero.

— Por favor, mamãe — diz ele, olhando-me nos olhos. — Posso ficar só mais uma hora? Prometo me comportar.

A morena à direita cospe o champanhe, explodindo numa gargalhada e um dos homens se debruça sobre a mesa para cumprimentar Alex.

— Preciso conversar com você sobre a minha filha — prossigo. — Meu nome é Sue Jackson. O nome da minha filha é Charlotte. Você a conheceu algumas semanas atrás. Vocês... ficaram algum tempo juntos.

— Você falou Charlotte? — Ele pega o celular dentro do casaco e aperta alguns botões. Seguro a respiração, meu coração batendo forte de apreensão. — Umas semanas atrás. Charlotte... — Ele levanta os olhos e balança a cabeça. — Nadinha, nenhuma menção sobre ter dado um pega em alguma gorduchinha inglesa aqui.

Por um segundo, não faço ideia do que ele está fazendo, mas então compreendo. Ele acha que Charlotte se parece comigo. Penso na minha linda e esbelta filha deitada na cama do hospital e meu peito ferve de raiva.

— O nome da minha filha é Charlotte Jackson — insisto. — Você a conheceu no dia nove de março. Ela é da mesma altura que eu, mas é jovem, loura e linda. Tem os olhos verdes mais brilhantes que você já deve ter visto. Ela se destaca pela beleza.

Alex dá de ombros.

— Eu conheço um monte de mulheres bonitas. — Ele desvia o olhar para a loura à sua esquerda e passa um braço relaxado ao seu redor. Ela se aconchega com gratidão, dando uma risadinha com alguma coisa que ele cochicha no seu ouvido. Seus amigos se viram, voltam a se entreter uns com os outros e com seus copos de champanhe. Fui uma distração por cinco segundos, até Alex decidir que estava na hora do show acabar.

— Você a levou para dentro do banheiro da boate, Alex.

O lugar silenciou. A loura olha para mim com ar surpreso, um homem com uma camiseta cinza e um colar com uma cruz de prata diz "já pra dentro, filho!", e Alex Henri me olha intrigado. Pelo canto do meu olho, vejo um homem careca de terno preto e gravata lilás lançar um olhar carrancudo e tentar chamar a atenção de Alex. Ele me parece familiar, mas não sei dizer por quê.

— Você a levou para o banheiro — repito. — Quero saber o que aconteceu.

— Que porra você acha que aconteceu?

— Quer que eu te mostre, vovó?

— Ele leu uma historinha para ela dormir, não foi, Alex?

Os comentários me atingem como tiros de morteiro. As risadas pararam e o ambiente está carregado de agressividade. Os parasitas acham que estou atacando seu anfitrião e estão na defensiva. Olho para o chão por apenas um segundo. Quando levanto os olhos de novo, estou coberta pelo manto invisível de uma armadura emocional. Eles continuam a gritar insultos, mas agora eu os descarto.

— Eu gostaria de falar com você a sós, por favor, Alex — digo com firmeza. — Minha filha está desesperadamente doente no hospital e acho que o que aconteceu aqui naquele sábado pode ter alguma coisa a ver com isso.

— Já chega. — Alex se levanta, a expressão carregada, sem qualquer sinal de diversão. Ele olha para o canto do salão e estala os dedos.

— Por favor — digo quando dois seguranças vêm na nossa direção. — Só preciso de cinco minutos do seu tempo. Não estou te acusando de nada. Preciso descobrir... umpf!

As palavras são interrompidas quando sou arrastada para trás, para fora do ajuntamento de corpos, para longe da mesa, para longe de Alex.

— Ela tinha 15 anos! — grito enquanto sou forçada a andar agachada na direção da escada. — Ela era menor de idade, Alex.

Continuo gritando enquanto sou meio empurrada e meio arrastada por dentro da boate.

— Só 15 anos! Alex Henri, ela tinha *15 anos*.

As pessoas param de falar e me olham. A música continua com seu tum-tum-tum incansável, mas o salão está ao mesmo tempo silencioso. Todos os olhos estão sobre mim. Uma garota próxima segura o riso.

— Sua mãe ficou zangadinha de novo — diz alguém. Um homem dá uma risada e cospe a cerveja.

Paro de gritar, vencida pela humilhação.

— Chega! — Enfio meus saltos no tapete e me sacudo de um lado para outro, tentando me soltar das mãos dos seguranças que me agarram pelos braços. — Já chega! Estou saindo. Vocês não precisam me jogar para fora.

Eles se entreolham e soltam meus braços com desconfiança.

A multidão se abre para a minha passagem, os dois me escoltando, e me dirijo para a saída. O porteiro com quem discuti antes toca num fone em seu ouvido e solta a corda.

— Não volte — sibila ele à minha saída. Não digo nada. Em vez disso, continuo andando, de cabeça erguida, passando pela fila, descendo a rua e dobrando a esquina. Só então meus joelhos fraquejam e eu me deixo cair na escada de uma portaria. Fico arriada no degrau, o rosto escondido nas mãos. Como é que cheguei a este ponto? Mentindo para o meu marido, sendo ridicularizada por estranhos, humilhando-me em público? O que aconteceu com a Susan Anne Jackson — a respeitável esposa de 43 anos de um político —, e quem é esta criatura desesperada, esta figura ridícula que tomou seu lugar? Posso ter saído do Greys de cabeça erguida, mas isso não me impediu de ver o horror e a repulsa nos olhos das pessoas pelas quais passei. O que aconteceu lá, Charlotte? Será que foi tão ruim quanto o que aconteceu comigo? Passo as mãos pelo rosto. Ou pior?

Sento e consulto o relógio. Passa da meia-noite. Se eu não me recompuser, vou perder o último trem para Brighton, e Brian vai querer saber por quê. Levanto devagar, aliso o vestido, penduro a bolsa no ombro e começo a seguir rua abaixo, o queixo apertado no peito, os braços cruzados devido ao frio. A cada dois minutos, faço sinal para um táxi, mas todos passam sem nem mesmo diminuir a velocidade. Só quando chego ao final da rua que me dou conta de que não faço a menor ideia se ao menos estou indo na direção certa. Olho em torno, procurando alguma referência, mas a única coisa que vejo é o brilho neon de uma estação de metrô no final de uma ruela estreita espremida entre dois enormes prédios vitorianos à minha direita. Sem os óculos, enxergo mal demais para discernir o nome da estação, mas acho que é South Kensington. Se eu correr, será que consigo pegar o metrô para Victoria? Um táxi vem depressa na minha direção, ofuscando-me com o farol, e estico a mão para fazer sinal, mas ele passa direto, espirrando água das poças, e desaparece na escuridão, o letreiro "Livre" se destacando no meio da noite. Olho de volta para a ruela, esfrego as mãos e os braços. O único jeito é o metrô.

Coloco-me a caminho, andando o mais rápido que consigo com aqueles saltos pela rua de paralelepípedos, os olhos fixos no brilho familiar da estação de metrô mais à frente. Vou pela calçada, colada ao prédio alto à minha direita. Já estou quase no meio da viela, e as luzes da rua e dos carros na rua principal ficaram para trás. Sombras compridas se avultam de lugar nenhum. Não há casas, nenhum brilho de TV ou luzes amareladas aquecendo o interior das cortinas. Em vez disso, barras, tábuas e persianas rangem e batem à minha passagem. Dou um pulo ao ouvir o som de uma lata rolando pela rua e olho para trás para ver de onde veio. Um homem apareceu na entrada da viela. Sua silhueta é visível contra o borrão dos carros na rua principal, uma forma escura, de ombros largos e quadril estreito vindo na minha direção. Não se trata de uma pessoa dando uma caminhada noturna pela madrugada londrina, mas sim de um homem tentando avançar rapidamente, sem no entanto chamar a atenção. Espero para ver se ele muda de rumo, se atravessa a rua para o outro lado da calçada — algo que a maioria dos homens faria para tranquilizar uma mulher sozinha no meio da noite para que não tenha medo —, mas, em vez disso, ele acelera o passo. Olho para a placa do metrô, duzentos metros até a segurança. Acelero o passo e começo a correr. O som dos meus saltos no concreto ecoa pela viela — clip-clop, clip-clop, clip-clop. Segundos depois, outro som surge — tump-tump-tump. O homem começou a correr. Está diminuindo a distância ente nós. Veste um casaco do exército, o capuz cobrindo o rosto abaixado, ainda assim consigo ver o formato do maxilar. Largo, estreitando na ponta do queixo forte, com uma covinha no meio.

Corro. O ar frio da noite açoita meu rosto e segura meu vestido, empurrando-me para trás, fazendo-me ir mais devagar, mesmo eu correndo o mais rápido que consigo, a estação de metrô está à vista. Uma mulher com um boné de beisebol e jaqueta jeans atravessa a rua e eu grito, esperando que ela se vire e me veja, tentando pedir socorro, mas nenhuma palavra sai da minha boca. O único som que ouço é o da minha respiração arranhando minha garganta e o tump-tump-tump dos tênis do meu perseguidor na calçada. Ele está se aproximando. Posso sentir a distância diminuindo — sinto que está me olhando, seus olhos atravessando minha nuca. Não falta muito, apenas uns cem metros e...

Não!

Um homem com uniforme amarelo de segurança fecha a grade de metal de um lado a outro da entrada do metrô.

Pare!

Tento gritar, pedir que espere, que me deixe entrar, mas ele entra por uma porta lateral e a fecha com uma batida. Irrompo para fora da viela na rua principal. Estou ofegando, minhas coxas ardem e começo a sentir cãibras, mas continuo a correr — à esquerda, atrás da mulher que eu vi ainda há pouco. Agora que estou mais perto, vejo que está com fones de ouvido por cima do boné. Não olha em torno. Uma asiática idosa do outro lado da rua me observa com curiosidade e depois desvia o olhar rapidamente quando nossos olhos se encontram. Coloco um pé na rua para ir atrás dela, mas um carro passa acelerado e sou obrigada a dar um pulo para trás e parar de correr.

— Sue.

Um homem diz meu nome ofegante e meu corpo para de funcionar. Não consigo me mexer. Não consigo falar. Não consigo respirar. Os carros passam depressa, e eu espero.

— Sue.

## Quarta-feira, 12 de agosto de 1992

*Preciso escrever isso depressa porque James deu uma saída até o hospital e não faço a mínima ideia de quando vai voltar. Ficou muito perigoso deixar meu diário escondido na minha sala de costura, então estou guardando debaixo de uma tábua solta do piso no corredor. Assim, se alguma coisa acontecer comigo e a polícia fizer uma busca na casa, vão achá-lo e a verdade sobre James e o que ele fez comigo será revelada.*

*Então vou dizer da maneira mais clara que posso — acho que ele vai me matar.*

*Não sei quando nem como, mas ele disse que prefere passar o resto da vida na cadeia a me imaginar "abrindo as pernas" para outro homem, e, considerando o que fez com o homem com quem eu dormi, não tenho motivos para não acreditar nele.*

*Esta é a primeira vez que ele me deixa sozinha desde domingo à noite, mas ele não está me dando nenhuma chance de escapar. Trancou-me dentro de casa e desligou o telefone para eu não poder pedir ajuda para ninguém. Também não adianta eu bater na parede, porque o casal que mora do outro lado viajou de férias, e não há ninguém do outro lado. Já verifiquei todas as janelas — duas vezes. Estão fechadas e trancadas, e a porta dos fundos tem duas camadas isolantes, de forma que não tenho como arrombá-la com os ombros, mesmo que pudesse. Há uma hora, gritei pela caixa de correio para uma mulher empurrando um carrinho de bebê pela rua, mas ela nem mesmo parou. Só posso supor que o barulho do tráfego está me abafando ou a casa fica muito recuada na calçada e meus gritos não chegam até o outro lado.*

*Nem mesmo posso pedir ajuda para a senhora Evans — não que ela fosse me ajudar —, porque ela não está aqui. Sofreu um ataque cardíaco enquanto eu estava em York, visitando minha mãe. Foi por isso que James foi ao hospital, para visitá-la. E estou presa, sem nada que possa fazer a não ser escrever.*

*Voltei de York no domingo, de manhã cedo, de ótimo humor. Finalmente tinha ido visitar mamãe graças às cinquenta libras que James me deu para a passagem de trem (acho que ele queria que eu saísse para poder passar o fim de semana com quem quer que ele esteja transando), e o humor de mamãe estava mais animado do que na última vez que a visitei.*

*Mamãe me perguntou como eu estava e eu não tive coragem de contar a verdade para ela. Contei que James e eu éramos incrivelmente felizes e que estávamos noivos (ela chorou quando mostrei meu anel de noivado e disse que gostaria que papai estivesse aqui para me levar ao altar) e que eu estava fazendo um sucesso incrível com minha empresa de figurinos. Minha historinha foi tão convincente que eu mesma comecei a acreditar nela e, ao me acomodar no banco do trem para a volta, estava exultante. Mal podia esperar para chegar em casa e contar a James sobre a visita, talvez até mesmo conseguir um tempinho para arrumar meus tecidos enquanto a senhora Evans tirava seu cochilo diário. Era como se sair de Londres tivesse removido a névoa cinzenta da minha mente. Eu não estava sendo negligenciada e posta de lado. Apenas tinha ficado um pouco deprimida depois de tudo que aconteceu. Além disso, eu tinha quase trezentas libras guardadas. Com a lata de bolo que mamãe tinha posto nas minhas mãos antes de eu sair (com quase duzentas libras em dinheiro trocado), eu já tinha quase o suficiente para o depósito para alugar um conjugado e o primeiro mês de aluguel. Talvez, pensei enquanto o trem chegava à estação de King's Cross, eu não precise trabalhar no Tesco em horário integral, afinal. Se eu continuar morando com James e a mãe dele por mais dois ou três meses e meu negócio decolar, só terei que trabalhar meio expediente para cobrir o aluguel.*

*— James — chamei quando abri a porta da frente e entrei no vestíbulo escuro. — James, você está em casa? Tive um fim de semana maravilhoso.*

*A luz da secretária eletrônica estava piscando na penumbra, mas não dei muita atenção para ela. Larguei minha mala, troquei os sapatos pelos chinelos macios e fui para a sala de estar. A máscara negra olhava maliciosamente para mim. Olhei em volta, mas, além dela, a sala estava vazia.*

— James?

— James? Senhora Evans?

*Consultei o relógio, sete e meia da noite. Era bem possível que James tivesse resolvido ficar no teatro para beber depois do ensaio, mas, ainda assim, sua mãe deveria estar em casa. Normalmente ela assistia a um programa de música sacra da BBC, Words of Praise, na sala domingo à noite. Estaria no banheiro? Ou cochilando no quarto? A casa estava estranhamente silenciosa, e me senti como um ladrão, andando na ponta dos pés, quase sem respirar para não perturbar a paz.*

— Senhora Evans? — *A porta do banheiro estava aberta e então eu bati, nervosa, na porta do quarto.* — Senhora Evans, está tudo bem?

*Ninguém respondeu, então enfiei a cabeça para dentro do quarto. A cama estava feita, as cortinas estavam puxadas e tudo parecia normal, a não ser... Eu me aproximei da penteadeira. A escova de madrepérola da mãe de Margaret não estava lá. Nem a bolsa de couro com o conjunto de manicure e a caixinha de joias onde ela guardava o anel de noivado e a aliança de casamento. Aonde tinham ido parar? Ela não dirigia; ficava apavorada se saísse de casa e quando encontrava as amigas — o que era tão raro que eu só me lembro de duas vezes em todos os meses que morei lá —, eram elas que iam visitá-la.*

*Dei de ombros e fui para a minha sala de costura. Se James e a senhora Evans tinham saído, que melhor desculpa eu teria para começar a organizar meus tecidos? Tudo ainda estava dentro das caixas, e eu tinha certeza de que as peças de seda precisariam ser passadas a ferro frio antes de eu pendurá-las, para não falar no lin...*

— Ah, meu Deus! — *Pus as mãos na boca quando abri a porta do quarto extra. Minha mesa de costura estava jogada no chão. A meio metro dela est va a máquina de costura, a marca escura de um pé no meio dela, as delicadas guias das linhas, reguladores de tensão e retrós arrancados e retorcidos, o pedal de controle jogado do outro lado do quarto. As caixas de tecido que eu tinha empilhado com tanto cuidado no canto estavam esmagadas de cabeça para baixo, os tecidos espalhados — rasgados, triturados e manchados com o que parecia tinta vermelha. Um manequim encostado na parede do fundo como se estivesse bêbado, a tesoura de cabo preto enfiada no peito. O chão era uma confusão de cores — linhas, fitas, botões, presilhas, fechos, elásticos, tudo coberto com a mesma tinta vermelha. As cortinas haviam sido arrancadas da janela, o espelho estava em pedaços, e o encosto da cadeira, que eu tinha estofado com tanto cuidado antes de me mudar, estava rasgado no meio, com o enchimento branco para fora como se brotassem dali cogumelos. Os pés da cadeira estavam completamente arrancados*

Recuei para fora, as mãos ainda apertando a boca, com a certeza de que tínhamos sido roubados e o ladrão ainda estava dentro da casa. Por que outro motivo o meu quarto teria sido destruído e as coisas de Margaret, desaparecido? Mas onde estava ela? A imagem da minha sogra amarrada e apavorada apareceu na minha mente, e um arrepio gelado me atravessou inteira. Fui andando pelo corredor o mais silenciosamente que pude — calcanhar, dedos, calcanhar, dedos — tentando evitar os rangidos do piso. O sangue martelava nos meus ouvidos enquanto eu passava pela porta do nosso quarto. Será que ela estava presa lá? Parei a meio passo, um calcanhar no chão, os dedos para o alto. Estava com todos os sentidos alertas em antecipação, então, quando uma tábua rangeu atrás de mim, disparei pelo corredor, desci a escada pulando os degraus e corri em direção à porta da casa. Pulei por cima da minha bolsa, passei correndo pelos sapatos. Já estava com uma mão na maçaneta da porta quando ela se abriu e fui agarrada pelo pescoço.

— Não! — Estapeei meu agressor enquanto era empurrada para trás, para longe da luz da liberdade e de volta para o corredor escuro.

— Piranha!

Reconheci a voz imediatamente.

— James, pare! — Tropecei na bolsa enquanto ele vinha com tudo na minha direção e caí no chão. — Sou eu. Suzy. — Estiquei minhas mãos na direção dele, certa de que me ajudaria a levantar quando se desse conta do engano. — James, sou eu, Suzy.

*Ele se curvou e olhou para mim, suas pupilas escuras como abismo em meio à penumbra. Os dedos tocaram minha cabeça, e ele afastou o cabelo da testa.*

*— James — levantei a mão e toquei seu rosto —, uma coisa horrível aconteceu. Minha sala de costura... está destroçada. Todo o meu trabalho suado foi destruído. Por que alguém faria uma coisa dessas?*

*A pressão da mão de James na minha cabeça se alterou, e ele começou a passar os dedos pelo cabelo, as pontas pressionando meu crânio.*

*— Ai! — Envolvi sua mão na minha e tentei diminuir a pressão. — Você pode ser um pouco mais delicado?*

*— Eu não sei. Será que você poderia ser um pouco mais confiável? — Ele se levantou de repente, puxando-me pelo cabelo.*

*Foi como se meu couro cabeludo fosse arrancado inteiro do crânio. Gritei e me debati, mal tinha conseguido me apoiar nos pés quando James foi me arrastando a passos largos para a sala, comigo aos gritos pelo corredor atrás dele. A cada passo que dava, minha cabeça queimava como se estivesse pegando fogo. Quando eu achei que estava prestes a desmaiar de dor, ele me soltou e me jogou para o outro lado da sala. Cobri o rosto com os braços indo de encontro à cristaleira, que se espatifou com o impacto. Caí no meio de uma chuva de milhares de cacos de vidro. Fiquei imóvel, atordoada demais para me mover, e James me pegou de novo.*

*— Dormindo durante o trabalho de novo, não é, sua puta?*

*Ele me agarrou pelo tornozelo e me arrastou pela sala, em direção à porta. Então, me botou de pé.*

*— Fale a verdade! — gritou no meu rosto, acertando minha bochecha com um soco que me fez cair de volta no chão.*

*— Por favor! — Tentei me levantar, os dedos pressionando o rosto. — Por favor, James, pelo menos me diga o que eu fiz de errado. Vamos conversar sobre isso, vamos...*

*PÁ!, James me acertou no ombro com a bota. Ergueu-se sobre mim, o rosto distorcido como uma máscara de ódio, os olhos negros faiscando. Levantou a bota como se fosse me chutar de novo...*

*Prim-prim, prim-prim.*

*James olhou para a porta da sala.*

*Prim-prim, prim-prim.*

*Olhou de volta para mim.*

*Prim-prim, prim-prim.*

*Bip! Aqui é 0207 4563 2983. Por favor, deixe um recado após o sinal.*

*A secretária eletrônica atendeu.*

— Alô? Susan, é o Jake, dos Abberley Players. Desculpe ligar de novo, mas realmente preciso falar contigo. Steve e James brigaram. Steve está no hospital, mas não sabemos onde o James está. Estamos preocupados com ele. E com você. Ele estava falando umas... umas coisas estranhas. Você pode me ligar quando ouvir esse recado, por favor? Meu telefone é 0208 9823 7456. Obrigado.

*Olhei para James. Tinha um hematoma no rosto dele que eu não havia visto no escuro do corredor, e o canto de sua boca estava cortado, com sangue seco acumulado. Também havia sangue em seu pescoço e nos punhos. Eu não sabia se era do Steve ou meu.*

*Ele me viu olhando para ele, e o olhar de apreensão se transformou em nojo.*

— Levanta.

*Eu me levantei lentamente do chão.*

— Tire a roupa.

*Fiz o que ele me ordenou, lenta e dolorosamente, soltando os botões da blusa antes de tirá-la — me contraí quando ela passou pelo ombro direito machucado —, e a deixei cair no chão. Soltei o jeans, empurrei pela cintura e tirei a calça pelos pés.*

— E a roupa de baixo.

— James, por favor. A gente não estava saindo quando o Steve e eu... quando a gente... foi tudo um terrível engano. Eu não gostei e não senti nada. Na verdade, só me fez sentir mais falta de você e...

— A roupa de baixo.

*Empurrei a calcinha para o chão e depois botei as mãos para trás para abrir o sutiã. Forcei o ombro e gemi de dor, mas tinha mais medo do que James faria se eu não obedecesse, então soltei o fecho e o sutiã caiu no chão também.*

*Eu me encolhi quando ele deu um passo na minha direção, mas, em vez de me bater, passou pelo meu lado e foi até a janela, abriu a cortina e a escancarou.*

— *Suba aqui, Susan.*

*Hesitei. Havia uma fila de casas do outro lado, separadas de nós pela rua movimentada abaixo, e assim como podíamos vê-los com seus interiores iluminados numa noite escura, eles também podiam nos ver.*

— *A janela, Suzy.*

*Andei para a frente como uma sonâmbula, vivendo o meu pior pesadelo.*

— *Isso mesmo, vá direto para a janela. Quero que todo mundo veja a piranha nojenta, gorda e suja que você realmente é.*

*Agarrei o parapeito e olhei para fora, os carros passando ali embaixo. Talvez se algum deles me visse, perceberia que havia algo errado e chamaria a polícia. Desisti da ideia quase que na mesma hora em que ela passou pela minha cabeça. Não, ninguém faria isso. Estávamos em Londres. Ninguém se importava a ponto de chamar a polícia. Ouvi um barulho atrás de mim e me virei, certa de que James estava prestes a me empurrar para a morte. Ele se aproximava com uma luminária, a lâmpada apontada para cima, ofuscando minha visão.*

— *Vire-se de volta para lá* — *disse James.* — *Quero que o mundo veja como você é feia e podre. Quero que vejam como você é cheia de pneus, celulite, estrias e gordura. Quero que vejam os seus peitos caídos e essas coxas enormes, quero que se perguntem como é que alguém poderia ter estômago para ir para cama com você. Como alguém poderia ter amado uma coisa dessas.* — *Ele me cutucou.*

*Fiz força para segurar as lágrimas, mas não disse nada. Se esta era a punição de James por eu ter dormido com o Steve, que fosse. Havia coisas piores do que a humilhação pública* — *bem piores.*

— *Você já se perguntou por que eu parei de transar com você, Suzy?* — *Ele fez uma pausa, esperando uma reação, então continuou assim mesmo.* — *Quando você começou a ficar desse jeito. Faz ideia de como um corpo como o seu é broxante para um homem?*

*Uma lágrima escapou pelo meu rosto. Que babaca. Quando tudo aquilo acabasse, quando ele finalmente encerrasse o meu suplício, eu iria fugir para tão longe que ele jamais me encontraria novamente.*

— *E pensar que eu me senti culpado por ter voltado para as prostitutas.* — *Ele abafou uma risada e me dei conta de que eu devia ter reagido com surpresa. — Eu simplesmente não aguento mais transar com uma obesa estúpida. E você nunca soube chupar muito bem.*

*O sofá rangeu quando ele se levantou e a sala subitamente escureceu. Devia ter desligado a lâmpada.*

*— Certo. Já chega de diversão. Quero saber por que você deu para o Steve, quantas vezes ele te comeu, como é que foi e se — ele agarrou meu cabelo e me puxou para trás — ficou rindo de mim enquanto trepava.*

*— James, não! — Eu virei e lutei, batendo e arranhando e chutando enquanto ele me arrastava pela sala e me colocava curvada sobre a mesa no canto. — Me solte, por favor.*

*— Soltar você? — Ouvi ele abrindo o zíper e depois sinto o peso de seu peito nas minhas costas e ele sussurrando no meu ouvido. — Suzy, eu nunca vou te soltar. Nunca. Você é uma piranha suja, mas é a minha piranha. Além disso — ele levantou a minha cabeça e depois a esmagou contra o vidro de novo —, quero que você se desculpe com a minha mãe. Ela teve um ataque cardíaco quando viu o que eu tinha feito com o seu quartinho, o que você me fez fazer com o seu quartinho. Quero que você passe o resto da vida se desculpando, para nós dois. Agora — ele abriu minhas pernas com força e pressionou o pênis no meu ânus — o Steve meteu em você aqui?*

*Olhei para o outro lado, para o batik pendurado na parede e me deixei hipnotizar por aqueles olhos brancos. Minha cabeça se esvaziou à medida que mergulhei naquela boca negra e desapareci.*

## Capítulo 23

— Sue, entra.

Olho em torno, esperando me deparar com os olhos frios e cinzentos do meu ex-namorado, mas não tem ninguém atrás de mim.

— Sue Jackson?

Um Mercedes preto com janelas escuras para ao meu lado, e um homem acena de uma das janelas de passageiros. Ele me parece familiar, mas não consigo me lembrar de onde...

— Steve Torrance. — Um sorriso elétrico se acende, e o reconheço pelo branco ofuscante dos dentes. O agente de Alex Henri. Vi a foto na internet. Ele desaparece para dentro do carro e a porta se abre. — Entra.

Olho para trás de novo, mas não tem ninguém. A viela também está vazia. Não posso ter imaginado James correndo atrás de mim. Ele estava lá; vi seu rosto. Para onde foi? Será que o carro de Steve fez com que se escondesse nas sombras? Estará esperando o carro ir embora antes de fazer o próximo movimento?

— Olha, Sue — o rosto de Steve aparece na porta aberta —, sou um homem muito ocupado. Entre ou me mande à merda, mas faça isso logo.

Hesito. Tentar pegar um táxi até Victoria Station e arriscar que James reapareça ou entrar num carro com um homem que eu nunca vi antes?

O sorriso de Steve se abre ainda mais quando abro a porta. Ele chega para o lado, liberando o assento mais perto de mim. Olho ao redor uma vez mais — a rua continua vazia, e me afasto da porta.

— Podemos ir então? Rápido. Vamos!

O motorista, um homem mais velho com um quepe baixo cobrindo os olhos, se vira:

— Quem você pensa que é? Robert de Niro? Estamos no West End, querida, não naquela bosta de Nova York.

Ele olha para Steve Torrance, que levanta uma sobrancelha e depois se vira para mim, o sorriso fixo no mesmo lugar.

— Para onde você quer ir, Sue?

— Victoria Station. — Puxo minha bolsa para perto, ainda de olho na rua. Continuo esperando que James escancare a porta e me puxe para fora.

O motorista dá de ombros, toca no quepe com o indicador e arrancamos. A rua está bloqueada pelo tráfego, e levamos uma vida para chegar até o final. Só quando entramos numa rua sem pedestres é que me permito relaxar.

Steve Torrance levanta os olhos do BlackBerry.

— Quanto?

Não digo nada, supondo que está falando com o motorista.

— Quanto? — repete, olhando para mim rapidamente antes de voltar a olhar para o telefone.

Aperto a bolsa contra o peito.

— Quanto o quê?

— Para ficar quieta.

— Como?

— Olha, Sue... — Ele relaxa de volta para o encosto do assento e enfia o celular no bolso interno do paletó. — Vamos parar de enrolar. Sua apresentação grandiosa de música e dança na boate chamou a atenção, parabéns. Vamos apenas torcer para que nenhum jornalista estivesse lá filmando com o celular; caso contrário, isso vai fazer um estrago tão grande quanto o rombo que Rob Diamond deixou no Barclays Bank, e esta conversa será uma absoluta perda de tempo. — Ele ri da própria piada. — Então, vamos lá, quanto é que vai custar para que você não fale com os jornais?

Preciso de alguns segundos até a ficha cair e eu entender do que ele está falando.

— Você acha que esse foi o motivo? Que eu confrontei Alex Henri porque eu queria dinheiro?

— Não quer?

— Não, claro que não! — Ajusto o cinto de segurança para poder olhá-lo de frente. Ele pode ser muito mais alto do que eu, mas a pança e a falta de pescoço o deixam largo. Além disso, sua careca está brilhando. — Não sou esse tipo de mulher. Meu marido é Brian Jackson, membro do parlamento por Brighton.

— Ótimo. — Ele enfia a mão no bolso interno, tira um lenço e seca a testa. — Era tudo o que faltava, merda. A porra do governo se metendo na história só porque o Henri não consegue manter as calças fechadas.

— Então ele fez sexo com a minha filha? — pergunto de forma tão casual quanto consigo, mesmo com o coração dando cambalhotas no peito.

Ele para de se enxugar e olha para mim.

— Espera aí, cacete. Para mim e para todos aqueles babacas com ouvidos que estavam lá pareceu que você estava acusando meu cliente de ter feito sexo com uma menor de idade. Está dizendo que ele não fez?

— Não o acusei de nada. Pedi que viesse conversar comigo.

— Pare o carro! — Ele se inclina para frente e levanta a mão. — Para a porra deste carro agora!

Os pneus cantam, alguém buzina e o carro para com um solavanco. Vejo um parque à esquerda, com uma cerca enorme ao redor, e à direita, uma fileira de albergues. Os postes de luz de cada lado lançam círculos luminosos acusatórios sobre latas de cerveja, pontas de cigarro e um cocô de cachorro sujando a calçada. Se já chegamos em Victoria, não foi na parte legal.

— Fora. — Steve se estica sobre mim e abre a minha porta. — Pra fora do meu carro!

— Não — digo e fecho a porta.

— Que merda você quer dizer com não? — O rosto dele está a centímetros do meu. Chego a ver os poros dilatados e as veias rompidas no nariz; sinto o seu hálito de champanhe e curry.

— Não vou sair até você me dizer o que aconteceu.

— Quando?

— Quando Charlotte e Alex Henri foram juntos para o banheiro.

— Você está perguntando para o homem errado, querida, porque eu não estava lá.

— Então eu sugiro que você descubra.

— E por que eu faria isso? — O lábio superior se entorta numa expressão de escárnio. — Você não vai falar com a imprensa, você mesma disse.

— Não, mas eu posso ir à polícia. — O sorriso desaparece imediatamente. — Minha filha de 15 anos está em coma, e eu tenho bons motivos para achar que o que aconteceu com seu cliente é o que pode ter causado isso.

— Ei! — Ele levanta as palmas. — Quem foi que falou alguma coisa sobre coma?

— Acabei de falar.

— E que porra é essa? — Steve vê o motorista olhando para ele e acena para que ligue o motor. Segundos depois, começamos a andar.

Steve se inclina na minha direção e baixa a voz.

— Se você estiver acusando meu cliente de ter ferido sua filha, é melhor ter provas muito boas, porque...

— Não estou acusando ninguém de nada. Só quero saber o que aconteceu quando eles estiveram juntos.

Ele se senta de volta.

— Já te disse, eu não estava lá. Estava em Nova Jersey a trabalho.

O carro faz uma curva, e surge ao longe uma placa para Victoria Station. Consulto o relógio: quinze minutos para o último trem.

Olho de volta para Steve.

— Você pode conseguir que eu converse com Alex só para perguntar para ele o que realmente aconteceu?

— Eu não acho que essa seja uma boa ideia, e você?

— Na verdade, eu acho que...

— Aqui. — Ele tira o celular do bolso de dentro do paletó e estica para mim. — Escreva seu número aqui. Eu falo com o Alex e te ligo depois.

Teclo o número do meu celular mesmo sem a menor ideia de se posso confiar nele ou não. Ele ganha a vida colocando seus clientes sob as melhores luzes e, se Alex contar alguma coisa realmente sórdida, é pouco provável que repasse para mim. Na verdade, eu não ficaria nada surpresa se ele me ligasse para dizer que Alex não tem qualquer registro de ter conhecido Charlotte. Se é que vai mesmo me ligar.

— Tudo bem? — Ele olha para o número e enfia o celular de volta no bolso.

O carro dá a volta numa esquina e diminui a velocidade, para parar.

— Victoria — diz o motorista.

Steve se inclina sobre o espaço entre nós e estende a mão.

— Eu entro em contato — diz durante o cumprimento. Então, recosta-se de volta no assento e pega o BlackBerry. Eu abro a porta do carro.

## *Sexta-feira, 23 de outubro de 1992*

*James me manteve cativa por seis semanas, saindo apenas para visitar a mãe no hospital. Antes de sair, desconectava o telefone e verificava se todas as portas e janelas estavam trancadas. Passada uma semana, minha supervisora da Tesco ligou, pedindo para falar comigo. Sentada no sofá, ouvi James dizer para ela que eu tinha me mudado para York porque minha mãe tinha piorado. Ninguém mais ligou.*

*Dei-me conta então de que James poderia me matar quando quisesse e ninguém sentiria minha falta. Meu objetivo a cada manhã passou a ser chegar viva ao final do dia. Não que James tenha voltado a me tocar — bom, a não ser quando me pegou acenando pela janela do quarto de costura, tentando chamar a atenção de uma senhora que vinha mancando pela rua ali embaixo, e me deixou coberta de hematomas. Em vez disso, ficava me dando ordens, mandando-me sentar ali, ficar em pé lá, sair do seu caminho, preparar sua comida, ou então me ignorando completamente. Não me deixava ler um livro, assistir a um filme ou arrumar meu quarto de costura. Eu podia apenas cumprir as tarefas domésticas ou ficar sentada em silêncio no meio do corredor, onde ele podia me ver do sofá da sala.*

*Três semanas depois que James me estuprou, disse a ele que precisava ir ao médico. Ele riu da minha cara e disse que eu deveria ter me preocupado com gonorreia antes de me deitar com o Steve.*

— Não — respondi —, *minha menstruação está uma semana atrasada. Preciso fazer um teste de gravidez.*

*Eu estava apavorada quando me sentei na tampa da privada, o potinho de urina e o palito branco na beirada da banheira ao meu lado. Dois anos antes eu estaria na lua se James me engravidasse, mas agora eu tremia de medo. Ainda estava me agarrando desesperadamente à esperança de que a lembrança da minha "infidelidade" com Steve fosse se apagar e James acabasse se aborrecendo comigo por perto e por fim me deixasse ir embora. Mas não se eu estivesse grávida. Se eu estivesse carregando uma criança dele, iria me manter prisioneira por mais nove meses pelo menos.*

— *Então?*— *Ele irrompeu no banheiro. Eu não tinha fechado a porta; era inútil.*

*Entreguei o teste para ele e não disse nada.*

— *Dois traços azuis?* — *Ele franziu a testa.* — *E o que isso significa?*

— *Que estou grávida.*

*Dei andamento à minha intenção de fugir na próxima vez que ele saísse de casa. A primeira coisa que eu fiz foi rasgar o anúncio de uma clínica de aborto das Páginas Amarelas e guardar no único lugar que James não tinha destruído quando atacou meu quarto de costura — a gaveta secreta na minha mesa. Guardei o anúncio lá, com meu diário e minhas economias e fui procurar uma maneira de sair da casa, abrindo cada gaveta, cada lata, cada armário em busca de alguma coisa, qualquer coisa que pudesse me ajudar. Passaram-se cinco dias até eu encontrar o casaco de mink amarrotado no fundo do armário de Margaret. Mal pude respirar quando meus dedos tocaram em um objeto pequeno e metálico num dos bolsos. Uma chave. De uma porta. Fazia anos que ela não saía de casa sozinha, mas talvez, em algum lugar, houvesse alguém sorrindo para a minha sorte e aquela chave fosse da porta da frente. Não tive chance de testar porque a porta de entrada se abriu e eu apertei a chave na mão. Em pânico, me escondi dentro do armário, o máximo que consegui atrás do casaco de pele. Os passos de James subindo a escada reverberaram pela casa.*

— *Suzy?* — *gritou ele.* — *Suzy, cadê você? Não estou sentindo o cheiro do jantar. Você ficou vendo TV o dia inteiro, sua vaca preguiçosa?*

*As tábuas do piso do corredor rangeram quando ele foi na direção do quarto de costura e depois voltou.*

*— Suzy?*

*Os passos ficaram mais altos. Estava no mesmo quarto que eu. Segurei a respiração, certa de que as batidas do meu coração me entregariam.*

*— Suzy? — O grito de James estava mais baixo, ele tinha descido a escada de novo.*

*Esgueirei-me para fora do armário, enfiando a chave dentro da meia antes de sair, e corri para a escada.*

*James olhou para cima, surpreso, quando entrei na sala.*

*— Onde é que você se enfiou? Eu te procurei lá em cima. Você não estava lá.*

*— No sótão. — Mostrei a poeira no meu rosto (de uma das caixas de sapato no armário de Margaret). — Lembrei que sua mãe disse que tinha guardado suas roupas de bebê lá em cima e fui dar uma olhada.*

*— Você fez o quê?*

*— Me desculpe. — Apertei minha barriga de grávida inexistente com a mão. — Eu só queria arrumar as coisas direitinho para o bebê. Achei que poderíamos transformar meu quarto de costura, quero dizer, o quarto extra, no quartinho do bebê. Achei que isso seria uma coisa boa.*

*— Mas... — O rosto de James voltou a ficar com a cor normal e seu queixo relaxou, ainda que ligeiramente. — Não vi a escada, e o alçapão estava fechado.*

*— Eu fechei — respondi, a mão ainda na barriga. — Não queria arriscar tropeçar e cair lá de cima. Não queria que nada acontecesse com o bichinho.*

*Eu me senti nauseada falando desse jeito, como se todos fôssemos brincar de família feliz e caminhar valsando rumo ao nosso perfeito e rosado futuro. O "bebê" era o único ponto fraco de James.*

*Ele olhou para mim por um segundo, os olhos indo e voltando do meu rosto para a minha barriga. Sabia que eu estava mentindo, mas queria desesperadamente acreditar.*

*— Não faça isso de novo. — Ele acenou com a mão ao sair da sala. — O que tem no sótão não é da sua conta. Se o bebê precisar de alguma coisa, eu vou providenciar.*

— Certo. — Senti a pressão da chave no meu calcanhar, sólida e reconfortante quando me virei para sair. — Então vou preparar um chá, pode ser? Hoje temos peru frito para o jantar.

Fui embora no dia seguinte. Observei pela janela do quarto extra, com as cortinas abertas só por um milímetro, James sair para o trabalho, atravessar a rua e parar no ponto de ônibus. Fiquei aterrorizada quando olhou para a casa, mas ele desviou o olhar em seguida, para a rua. Trinta segundos depois, subiu no ônibus número 13 e partiu.

Voei pela casa, juntando roupas, artigos de toalete, uma camisola, uma toalha e comida numa bolsa. Não fazia ideia de quanto tempo levava um aborto particular, ou por quanto tempo eu teria que ficar na clínica. Não conhecia ninguém que já tivesse feito um e não sabia quanto ia custar, muito menos o que fariam, mas não quis pensar muito nisso. Eu já estava me odiando pelo que planejava fazer. Quanto ao custo, só esperava que seiscentas libras fossem o suficiente para pagar por aquilo e ainda sobrar alguma coisa para uma passagem barata para o exterior porque, se James descobrisse algum dia o que eu tinha feito, eu precisaria estar o mais longe possível.

Eu estava no quarto de costura, o diário e o anúncio numa mão, uma pilha de notas na outra, quando ouvi — o som de um punho batendo no vidro. Joguei meus bens secretos na bolsa e a cobri com um pedaço de pano manchado de tinta. Silenciosamente, saí para o corredor e me encostei no corrimão. Será que James tinha voltado mais cedo? Deitei de barriga e fui me movendo milimetricamente pelo corredor. Se conseguisse chegar até o alto da escada, poderia conseguir ver.

Fui me movendo lentamente, congelando a cada nova batida. Estava quase lá quando o barulho metálico da caixa de correio me fez dar um pulo. Olhei para baixo da escada. Havia um cartão branco no tapetinho da entrada. A mensagem de "estivemos aqui" do homem da companhia de gás.

Trinta segundos depois, eu já estava novamente de pé, desta vez com a bolsa numa mão, a chave na outra e descendo a escada às pressas.

— Por favor — pedi ao encostar a ponta da chave na fechadura. — Por favor, encaixe, por favor...

*A porta se abriu.*

*Saí correndo pela calçada ao longo da rua e não olhei para trás. Não com os olhos brancos do batik pendurado na porta queimando a minha nunca. Não quando uma janela do andar de cima se fechou com uma batida em protesto pela minha fuga. E não quando a vaga lembrança de um pedaço de papel amarelo voando para o chão do quarto de costura quando eu havia enfiado o diário na bolsa passou pela minha mente para logo desaparecer.*

# Capítulo 24

— A noite foi boa?

Brian me olha com cara de sono quando o alarme na mesa de cabeceira ao lado dele faz bipe-bipe-bipe, às seis da manhã.

— Perfeita, obrigada.

Ele boceja e estica os braços acima da cabeça.

— Que horas você chegou?

Considero a possibilidade de uma mentira, mas não faço ideia da hora que ele foi dormir e por isso não posso inventar que entrei na cama ao lado dele.

— Foi depois das duas.

Ele levanta uma sobrancelha.

— Você não esteve bebendo, não é? Acho que você não pode ingerir álcool com esses comprimidos que você está tomando.

— Claro que não. Tinha um ótimo café aberto logo na esquina do teatro e eu e Jane ficamos lá botando a conversa em dia. E aí perdemos a noção da hora, só isso.

Brian se ajeita na cama para me olhar melhor. Sinto um frio na barriga e desvio o olhar, rezando para que ele não me examine mais de perto.

— Desde que você tenha tido uma noite agradável, querida. — Sinto seus lábios na minha bochecha e uma lufada de ar gelado quando ele afasta a coberta e se senta. O colchão range quando ele se levanta, uma tábua do assoalho geme com seus passos saindo, e o quarto fica em silêncio.

Pego seu travesseiro e o abraço com força contra meu peito. Estou cada vez mais próxima de descobrir o que aconteceu com Charlotte, mas me sinto muito cansada. Quero virar para o lado, dormir por um milhão de anos e só acordar quando tudo isso tiver terminado, mas não posso. Não posso fazer mais nada enquanto o coma estiver roubando a saúde de Charlotte, suas capacidades mentais e, possivelmente, sua vida.

Mas o que mais eu posso fazer além de esperar? O caminho só vai até Steve Torrance, e não há o que fazer até que ele ligue para mim.

Tiro a coberta de cima de mim e sento.

Sim, há sim.

— Sue? — Danny olha para mim de trás da porta com cara de sono, os olhos apertados, piscando. — São oito da manhã de domingo.

— Eu sei.

Eu também não quero estar ali. Quero ir para o hospital ficar com minha filha, e é o que vou fazer após conversarmos. Mas primeiro preciso descobrir o que ele está escondendo.

— Como você conseguiu meu endereço? — Ele passa a mão pelos cabelos louros desgrenhados e o roupão branco se abre.

— Liguei para o Oli. — Que também não gostou muito de ser acordado cedo.

— Certo. — Danny boceja e olha para dentro do apartamento. — Então, o que posso fazer por você, Sue?

— Eu gostaria de entrar, se possível.

— Hm... — Ele fecha o roupão. — Na verdade, não é uma hora muito boa.

— A Keisha está aí, não é? Tudo bem, posso falar na frente dela.

Danny muda de um pé para outro.

— Ela não está aqui.

— Ah. — Tem um par de sapatos pretos de salto agulha espalhados no corredor da entrada do apartamento. Danny se vira para ver o que eu estou olhando.

— Não é o que você... — Ele balança a cabeça. — O que é tão importante, afinal?

— Você mentiu — digo — sobre não ter ido à boate Greys com a Charlotte e a Ella. Eu sei que você estava lá.

— Sue, eu juro. — Ele levanta as mãos com as palmas para frente, como um homem inocente se rendendo. — Juro que eu não estava lá. Tem muita gente ruim em Brighton, e se alguém andou dizendo que…

— Danny.

— Sim?

Ele está sorrindo, as sobrancelhas levantadas numa expressão simpática, os polegares enfiados nos bolsos do roupão. Assim como James, ele é um perfeito profissional quando se trata de mentir. Eu me pergunto o que terá dito para a mulher na sua cama agora — que o relacionamento com Keisha chegou ao fim, que era apenas algo casual, que eles tinham um relacionamento aberto? E quanto a Keisha? Que mentira terá contado para que ela não suspeite de que ele anda dormindo com outras por aí?

— Ninguém me contou coisa alguma, Danny. A polícia teve acesso às filmagens do circuito interno de TV do Greys daquela noite. Eu vi você entrar na boate.

— A polícia… — Ele examina meu rosto, mas eu mantenho a compostura. Mentir é um jogo para dois.

— É só contar para mim o que aconteceu, Danny.

Ele recua um passo para dentro do apartamento.

— É melhor você entrar.

Quinze minutos mais tarde estou de volta à porta, desta vez me despedindo.

— Não foi minha culpa — repete Danny. — Ella me ouviu conversando com a Keish sobre irmos ao Greys e as duas apareceram no mesmo trem que a gente no sábado à noite. Tentei dizer para elas voltarem para Brighton, mas Ella disse que…

— Ela ia te denunciar para a polícia por deixar meninas menores de idade beberem no Breeze. — Ele já tinha me dito isso. Inúmeras vezes.

— Exatamente. — Danny cruza os braços, enfiando as mãos sob as axilas.

— Mas por que o Greys? Por que elas te seguiram para lá?

— Porque é glamoroso? — Ele dá de ombros. — Porque todos os jornais mostram fotos do lugar transbordando de celebridades? Porque a Ella é a fim de mim?

— A fim?

— É isso aí. A Charlotte contou para a Keisha. Acho que isso foi parte do motivo para elas irem, porque a Ella me ouviu conversando com um colega sobre ir ao Greys e ficou com a impressão de que Keisha não iria e que então, se ela aparecesse lá com um vestido minúsculo e com a cara cheia de maquiagem... — ele dá um risinho — ... iria ficar comigo.

Olho novamente para o par de sapatos de salto alto na entrada do apartamento. Que idade terá a mulher que está na cama dele?

— E ficou?

— Com a Ella? Você está de gozação com a minha cara?

— Você deixou ela entrar na sua boate.

— Olha, Sue — ele levanta as mãos abertas —, deixei as meninas entrarem porque Charlotte é a irmã mais nova do meu melhor amigo; é como se fosse da família.

— Então você estimularia sua irmã a beber se ela fosse menor de idade?

— Não, claro que não... — Ele assume uma postura comportada e para de se mexer. É como se uma cortina caísse sobre seu rosto. — Você pode me culpar pelo que aconteceu com a Charlotte o quanto quiser, mas ela não é a minha filha. Onde você acha que ela estava até as duas ou três da manhã? Brincando de amarelinha? Que tipo de mãe não sabe onde a filha está a essa hora da noite?

Fico atordoada, como se tivesse levado um tapa.

— Me desculpe, mas não vou deixar você me pintar como uma espécie de pedófilo só por eu ter deixado a irmã mais nova do meu amigo e a melhor amiga dela entrarem na minha boate.

Fico sem palavras, abalada demais pelo comentário anterior para conseguir responder.

Ele está certo. Odeio admitir, mas está. Onde eu achava que Charlotte estaria numa noite de sábado?

Sei exatamente o que eu achava — que ela estava em Londres, num hostel superfaturado com as colegas e diversos professores da escola.

— Você se encontrou com ele? — pergunto. — Você se encontrou com Alex Henri?

Ele balança a cabeça.

— Eu não fui à área VIP. Não fiquei tanto tempo assim. Charlotte, Keisha e Ella se desentenderam e começaram a discutir. Keisha estava aos gritos, me acusando de dar em cima de Ella às escondidas, dizendo que eu a tinha convidado para um *ménage à trois*. O que era uma idiotice, na verdade. — Ele dá de ombros. — Então eu dei o fora.

— Você deixou todas as três lá na boate?

— Sim. Keisha não é mais criança, e achei que, se as outras duas tinham idade bastante para pegar um trem para Londres, poderiam pegar outro para voltar. Como eu disse, não convidei ninguém para vir junto.

— Mas elas só tinham 15 anos, num clube com homens com o dobro da idade delas.

— E eu lá tenho cara de babá, porra?

— Danny, eu não acho que... — Sou interrompida pelo som da campainha de um telefone. — Só um segundo.

Tiro o celular no fundo da minha bolsa. Não reconheço o número.

— Alô, aqui é Sue Jackson.

— Olá, Sue, é o Steve. Steve Torrance.

Por uma fração de segundo, não faço ideia de com quem estou falando, mas então me lembro.

— Como vai?

— Então, conversei com o Al...

Eu me encolho, esperando pela inevitável negação.

— Ele disse que foi para o banheiro com a sua filha, mas que não aconteceu nada. A ideia era ela fazer um boquete nele, só que ela travou. Começou a chorar e disse que não podia fazer aquilo. Contou ao Alex que estava sendo chantageada por um sujeito. Aí ele disse que ela começou a surtar. Ele não sabia o que fazer, então deixou ela lá, no banheiro feminino, e voltou para os amigos dele. Depois disso, não a viu mais.

— Ela... — Cambaleio para trás, tentando respirar, mas não tem nada em que me segurar, nenhum lugar onde me firmar. — Ela estava sendo chantageada?

— Foi isso o que ele me falou. — Ouço um suspiro. — Olha, minha querida, não sei como é a relação entre você e sua filha, mas se fosse a minha, eu não iria deixar que andasse com cafetões e prostitutas. Não se ela não quisesse se passar por puta também.

— Prostituta? — Faço força para manter minha voz firme. Danny está olhando para mim de olhos arregalados de curiosidade, mas não me importo. Sinto-me como se estivesse no teatro, dizendo as falas de outra pessoa. — Minha filha foi confundida com uma prostituta por Alex Henri?

— Ninguém disse nada sobre o Alex ficar com prostitutas, está me ouvindo? Não houve nenhuma troca de dinheiro entre Charlotte e Al, e se você tentar vender essa história de que ele levou uma piranha para o banheiro do Greys para os jornais, vou abrir um processo contra você mais rápido do que aquele pangaré do Red Rum virou comida de cachorro.

Danny franze a testa e cruza os braços sobre o peito.

— Como elas eram? — pergunto. — Essas... pessoas... com quem ela estava?

— Como é que eu vou saber? — Steve boceja alto no telefone. — O que é que você está querendo? A porra de um retrato falado? Al só falou alguma coisa sobre um cara e uma negra bonita.

— Ele mencionou o nome de algum deles?

— Tico e Teco. Eu não faço a menor ideia. Ele não falou e eu não perguntei. Olha, minha querida — seu tom de voz fica mais duro —, estou adorando esta nossa conversinha, mas sou um homem ocupado. A gente fez um acordo e eu cumpri a minha parte. A pergunta é: e você?

— O quê?

— Vai falar com a polícia? Não que você tenha muita base para isso, pois, como o meu cliente disse, ele não botou nem um dedo na sua filha.

— Não — respondo. — Não vou.

O telefone fica mudo.

— Você está bem, Sue? — pergunta Danny.

— Com quem você está falando, Dan? — Um rosto em forma de coração, emoldurado por uma juba de cachos louros, aparece atrás de uma porta no meio do corredor. — Volta para cama, estou ficando com frio — Seus olhos encontram os meus. — Ah, cara, é a sua mãe?

— Não é o que você está pensando... — Danny começa a dizer depois que ela desaparece de volta para o quarto, mas faço uma advertência com a mão.

— Não me importo com quem você está indo para a cama, Danny.

— Beleza.

— Só mais uma coisa antes de eu ir embora.

— Fala.

Eu poderia confrontá-lo. Poderia dizer que, a menos que me contasse a verdade sobre o que aconteceu na boate naquela noite, eu diria à polícia que ele era um cafetão, mas havia uma maneira mais rápida de descobrir o que eu queria saber.

— Gostaria que você me desse o endereço da sua namorada, por favor.

## Capítulo 25

— Keisha? — Forço a tampa da caixa de correio com os dedos para abrir. — Keisha, você está aí?

Uma sombra cruza a parede no fundo do apartamento de subsolo na rua da praia e uma gaivota grita lá no alto.

— Keisha, é Sue Jackson, a mãe da Charlotte. Preciso muito falar com você.

A sombra se alonga.

— Keisha?

Ouço uma tábua ranger e uma voz:

— Você está sozinha?

— Sim.

Um pé aparece das sombras, as unhas pintadas de rosa, um cordão prateado brilhando em torno do tornozelo, e então Keisha aparece por inteiro. Veste um pijama curto, cor-de-rosa, com um desenho da Disney na frente e um penhoar fino cinza pendendo dos ombros. O cabelo está desfeito e arrepiado, e, sem maquiagem, ela parece absurdamente jovem. Solto a caixa de correio quando ela se aproxima e me ponho de pé. A porta se abre em seguida.

— Sue! O que você está fazendo aqui?

— Danny me deu seu endereço. Eu só queria saber como você está.

— Ah... — Ela parece encantada e preocupada ao mesmo tempo. — Muito gentil. Entre.

Sigo-a até a sala, e, quando ela me diz para sentar, me acomodo numa poltrona preta de couro. Keisha vai até a janela do outro lado da sala e pega as cortinas. Por um momento, penso que ela vai abrir a persiana — está um lindo dia lá fora —, mas em vez disso ela afasta duas ripas com os dedos e olha para fora.

— Alguém te viu, Sue? Vindo para cá, quero dizer.

— Não que eu tenha percebido. Por quê?

— Não importa.

Ela solta a persiana, dá um pulo quando as duas folhas se juntam com um estalo e esfrega as mãos nos braços. Ela parece estar com frio, mas o piso do apartamento está fervendo. Já tirei meu casaco e cardigã.

— Aceita uma xícara de chá, Sue?

— Não, obrigada. Eu só... — Mas ela já foi, andando pelo tapete até a diminuta cozinha do outro lado do apartamento.

— Keisha, está tudo bem? — Ando atrás dela.

Ela olha em direção à porta da frente e faz um sinal para eu entrar na cozinha, fechando a porta atrás de mim. Ao me virar, ouço as cortinas se fechando e o cômodo escurecer.

— Keisha, o que foi?

Ela se afasta das cortinas, vai até o balcão, enche a chaleira de água e liga o botão. Vai até o armário e começa a mexer em algumas coisas.

— Cadê a porcaria do chá? Acho bom a Ester não ter acabado com ele.

Fico parada em silêncio junto à porta enquanto ela mexe em potes e pacotes de um lado para outro do armário e começa a enfileirar tudo em cima do balcão.

— Está tudo bem — digo, à medida que seus movimentos ficam mais nervosos. — Não precisa ser chá, café está ótimo.

— Merda!

Um pote despenca do armário, acerta um copo que rola pelo balcão e se estilhaça no chão; uma chuva de cacos minúsculos caindo sobre os pés descalços de Keisha.

— Merda! — Ela dá um pulo para trás, mas não tem para onde escapar numa cozinha tão pequena, e um caco de vidro maior entra no seu calcanhar.

— Você tem uma caixa de primeiros socorros? — pergunto enquanto ela olha horrorizada para a poça de sangue que está se formando em torno do pé.

Ela balança a cabeça.

— Um pano de prato limpo?

Ela aponta para uma gaveta à direita da pia.

— Antisséptico?

— Pode ser que tenha um pouco no armário do banheiro.

Quinze minutos depois, voltamos para a sala. Keisha na poltrona, o pé machucado coberto da melhor maneira que consegui com um guardanapo com o logo de uma série, apoiado em duas caixas empilhadas da Amazon que encontrei no jardim dos fundos.

— Fico muito agradecida pela ajuda, Sue — diz ela, comigo agachada ao seu lado —, mas não vou para o pronto-socorro.

— Mas é um corte profundo. — Penso na poça de sangue que enxuguei na cozinha, na laceração profunda na sola de seu pé esquerdo. — Você pode precisar de pontos. Já parou de sangrar, mas, assim que você botar o pé no chão, a circulação vai voltar e você pode ficar com um problema sério.

— Já fiquei.

— Como?

Ela olha para o lado.

— Nada.

— Estou de carro. — Aponto para a janela e para a rua lá fora. — Não vai ser problema algum. Só vai levar...

— Eu já falei, estou bem.

— Keisha, não vou me perdoar se eu te deixar aqui e...

— Eu não vou para a merda do hospital!

Ficamos as duas sem falar nada por algum tempo. Torço as mãos no colo e olho em torno da sala — para o aquecedor feio, o vaso com rosas murchas em cima dele, a montanha de DVDs empilhados junto à televisão ao lado do retrato emoldurado de uma mulher que não reconheço, parada na frente do palácio de Buckingham. Será a colega com quem ela divide o apartamento?

— Me desculpe, Sue. — Keisha levanta o rosto e olha para mim. — Você não merece me ouvir xingar desse jeito. — Ela olha para as persianas e se abaixa um pouco mais na cadeira.

— Está tudo bem? — Olho para a janela, mas não vejo nada. — Você parece meio assustada hoje.

— Pareço? — Ela ri. — Sou apenas um pouco desastrada, só isso. Pergunta só para o Danny. Estou o tempo todo deixando as coisas caírem e quebrarem. É surpreendente que eu ainda não tenha quebrado a cabeça.

— Enfim... — Ela tira o cabelo do rosto. — Como você está, Sue?

— Estou bem. — Ponho meu cardigã no colo. Sem uma xícara de chá como desculpa, preciso de alguma outra coisa para fazer com as mãos. — Keisha, por que alguém te acusaria de ser uma prostituta?

Fico esperando por uma reação indignada. Em vez disso, ela acende um cigarro. Traga profundamente, mas as mãos não param de tremer.

— Ele sabe? — Ela fala tão baixo que quase não consigo ouvir.

— Quem?

— O Danny. — Ela olha para mim, os olhos grandes e belos cheios de lágrimas. — Você contou para ele?

— Danny? — Balanço a cabeça. — Eu... Eu não entendo. Achei que ele fosse o seu cafetão.

— Meu cafetão? Você está de brincadeira, né? — Ela ri de leve. — Danny acha que eu sou um anjo. É disso que ele me chama: seu anjo perfeito e precioso. Dá para imaginar do que ele me chamaria se soubesse o que eu faço? — Ela se cobre. — O que eu *fazia*.

— Fazia?

— Eu parei com tudo quando fiquei com ele. Não quero trabalhar atrás do balcão da boate, mas é o único jeito de eu pagar meu aluguel desde...

— Desde o quê?

— Nada.

— Não é nada. — Olho para o cigarro tremendo entre seus dedos. — O que aconteceu? Por que você estava com tanto medo de abrir a porta ainda agora? E por que ficou tão nervosa lá fora da boate na outra noite?

Ela olha para as mãos. Os pulsos estão machucados. Ela percebe meu olhar.

— Não foi o Danny, se é o que você está pensando.

Levanto-me do sofá e me agacho ao lado dela. Os machucados estão roxos, na forma exata de pontas de dedos. Quem quer que a tenha atacado, segurava com muita força.

— Quem fez isso? Um cliente? Seu cafetão?

— Já te falei. — Ela me olha, furiosa. — Não estou mais no jogo. Amo o Danny e morreria se ele descobrisse. Se ele me deixar, não sei o que vou fazer. Não sou nada sem ele.

Ela parece falar como eu, vinte anos atrás.

— Sinto muito, Keisha. — Ela se encolhe quando toco seu braço de leve. — Eu não queria te deixar chateada, mas alguém te machucou e precisa ser impedido de fazer isso de novo. Você foi à polícia?

Ela balança a cabeça.

— Você gostaria que eu fosse com você? — O mero pensamento de entrar numa delegacia me deixa nauseada, mas ela precisa do meu apoio, mesmo que eu só possa ajudá-la a ir até a entrada.

— Não.

— Mas você vai? Sozinha, se precisar?

— Não, não posso ir à polícia.

— Por quê?

— Não importa.

Ela tenta se levantar, gemendo quando o pé machucado encosta no tapete. Tento ajudá-la, mas ela me afasta com um gesto e vai mancando até a cozinha, eu a seguindo, e abre a geladeira.

— Vinho?

Balanço a cabeça e ela pega uma garrafa, tira a tampa, dá dois goles e tira um copo enorme do secador ao lado da pia.

— Não quero que você se envolva, Sue — diz ela, esvaziando a garrafa no copo. — Eu já te contei coisa demais.

— Você não me contou nada.

— Melhor assim.

— Keisha —, digo enquanto voltamos para a sala e ela se acomoda na poltrona com a perna por cima do braço da cadeira —, se você não está mais no jogo, por que alguém me diria que você estava no Greys com o seu cafetão?

Ela fica me olhando por alguns segundos, como se estivesse decidindo o que dizer.

— Quem foi que te disse que eu sou uma prostituta? — pergunta, afinal.
— Steve Torrance. O agente de Alex Henri.

Ela levanta uma sobrancelha.

— Faz sentido.

— O que você quer dizer?

— Eu andei com alguns jogadores de futebol.

— Andou?

— Transei. — Ela me olha direto nos olhos. — Por dinheiro. Quando eu era uma puta e morava em Londres.

Não sei o que dizer. Apesar do tom agressivo, ela parece constrangida, e eu ainda não estou nem perto de entender o que aconteceu com Charlotte. Não quero magoar Keisha ainda mais do que ela já está sofrendo, mas não posso ir embora daqui sem descobrir a verdade.

— Não entendo. — Balanço a cabeça. — Danny me disse que ele foi embora da boate antes de você e Charlotte se encontrarem com o Alex Henri, o que sugere que ele não foi para a área VIP.

— Isso mesmo.

— Então quem é que Steve Torrance acha que é seu cafetão?

Keisha olha novamente para a janela.

— O que foi? Você não sabe ou não quer me dizer?

Ela não diz nada.

Olho para ela, apreciando o lindo desenho amendoado de seus olhos, sua boca cheia e sensual e o corpo esguio e sinuoso, e me pergunto que trauma tão terrível a forçou a se vender para sobreviver. Ela é tão linda que poderia ser uma modelo ou apresentadora de TV; ainda assim, se desvaloriza tanto que entrega o corpo para qualquer um com dinheiro e para um homem que não a ama de verdade, mas que roubou seu coração. Eu poderia repetir centenas de vezes que ela vale muito mais do que aquilo tudo, mas ela não acreditaria em mim.

— Alguma vez você já foi chantageada, Sue? — Seu tom de voz não passa de um sussurro.

Balanço a cabeça.

— É isso que está acontecendo com você? Alguém que sabe que você já foi uma prostituta está ameaçando contar para as pessoas? Contar para o Danny.

Ela concorda com a cabeça e uma lágrima solitária escorre pelo seu rosto.

— O que te obrigaram a fazer, Keisha?

Ela balança a cabeça.

— Alguma coisa sexual?

Ela concorda muito levemente.

Chego um pouco para frente e fico sentada bem na beira do sofá.

— Foi um cliente?

Ela concorda de novo.

— Qual o nome dele?

Olho para seus lábios que pronunciam um nome sem que ela fale.

— Mike.

— Mike de quê? Você sabe o sobrenome dele?

— Não.

— O que ele queria em troca de manter o seu segredo, Keisha?

— Não posso te contar. — Ela cobre o rosto com as mãos e começa a chorar.

— Charlotte — digo, e é como se alguém tivesse injetado gelo nas minhas veias. — Teve alguma coisa a ver com a Charlotte?

Keisha geme em agonia.

— Me diga! — Seguro suas mãos e as afasto delicadamente de seu rosto. — Diz para mim o que você fez. Me conta o que ele te obrigou a fazer.

— Não! — Ela solta minhas mãos com um safanão e cobre o rosto novamente, com força. — Não, não, não, não, não. Não posso. Não posso.

— Keisha, por favor.

Ela sabe. Ela sabe o que aconteceu com Charlotte.

— Não posso! — Mal consigo entender suas palavras entre os soluços. — Ele vai me matar. Disse que se eu suspirasse uma palavra para qualquer pessoa, viria atrás de mim e...

Ela é interrompida pelo som do meu telefone tocando. Tiro ele da bolsa, pronta para encerrar a ligação sem nem mesmo atender, mas é da casa de repouso de mamãe.

— Alô? — Apoio a outra mão no ombro de Keisha, em parte para tranquilizá-la, em parte para que saiba que não vou deixar o assunto morrer. — Aqui é Sue Jackson.

— Oi, Sue — diz a voz do outro lado da linha. — É a Mary. É sobre sua mãe. Receio não ter notícias muito boas.

## Capítulo 26

— Eu tinha que estar lá. — Desmancho-me em lágrimas, o rosto enfiado no pescoço de Brian. É a terceira vez nesta manhã que eu desabo, e ainda nem passou das nove. — Era eu que tinha que estar lá segurando sua mão, não uma pessoa estranha.

Brian passa um braço pelo meu ombro e me puxa para perto.

— Não era uma pessoa estranha; era a Mary. Ela cuidou da sua mãe por muito tempo.

— Mas eu sou a filha dela. — Mal consigo reconhecer o som da minha própria voz, tão fina e baixa. — E eu não estava lá com ela quando mais precisou de mim.

— Shhh. — Ele afaga meus cabelos e me deixa chorar em seu ombro. — Shhh, shhh, shhh.

Os soluços continuam a me sacudir, mas me acalmo com a pressão de sua mão na minha cabeça e o tom delicado de sua voz no meu ouvido. Isso me faz lembrar de quando eu pegava Charlotte pequena no colo, depois de ela ter levado um tombo ou uma batida. Eu a apertava até secar suas lágrimas.

— Já chega — diz Brian enquanto me mexo entre seus braços para poder assoar o nariz com um lenço de papel. — Não queremos deixar a Charlotte chateada, não é?

Estamos no hospital. Pedi para Brian me levar direto para cá depois que fui à casa de repouso. Estava apavorada com a ideia de deixar Charlotte sozinha, caso ela morresse também.

— Não havia nada que você pudesse ter feito — diz Brian, ajudando-me a sentar na cadeira ao lado de Charlotte e colocando uma caixa de lenços de papel no meu colo. —Mary falou que foi muito repentino.

Ela me disse a mesma coisa. Uma hora a mamãe estava ótima, indo do refeitório para o quarto, com Mary ao seu lado segurando-a pelo cotovelo, e de repente estava no chão.

— Ela simplesmente caiu — disse Mary. Não houve qualquer sinal, nenhum aviso. Simplesmente caiu.

Chamaram o médico e, mesmo ele chegando em dez minutos, já era tarde. Ela já havia partido.

Eu não podia, não queria acreditar naquilo. Mamãe estava deitada no acolchoado, vestindo saia xadrez cinza, blusa branca e casaquinho bege. Assustei-me quando toquei seu rosto de leve, pois ainda estava quente.

— Rápido! — Olhei para Mary. — Chame o médico de volta. Ele se enganou. Ela ainda está quente. — Eu me levantei e coloquei a mão sobre o peito de mamãe. — Você sabe primeiros socorros? Pode não ser tarde demais.

— Sue. — Mary colocou a mão no meu ombro. — Ela está morta. Sinto muito.

— Mas... — Olhei para o rosto de mamãe, esperando que se mexesse no meio do sono, e procurei por um fio de saliva escorrendo de sua boca aberta e descendo pelo maxilar, mas não vi nada. Estava absolutamente imóvel. Só então aceitei que estava morta. Não porque sua boca estava fechada e as mãos cruzadas sobre o peito, mas porque o quarto estava muito silencioso, sem movimento, mesmo comigo e Mary conversando. Eu jamais tinha visto mamãe tão em paz.

— Ela continuará quente por mais algum tempo — disse Mary com delicadeza. — O corpo só esfria depois de cerca de oito horas após o falecimento.

— Posso segurar a mão dela?

Ela concordou com a cabeça, e levantei a mão de minha mãe do acolchoado, apoiando seu peso de passarinho.

— Vou te deixar sozinha — disse Mary. — Estarei no escritório se você precisar de alguma coisa. — E saiu do quarto.

Não sei por quanto tempo fiquei naquele quarto — dez minutos ou dez horas — mas nunca era o bastante. Mesmo após eu fazer minhas despedidas, mesmo depois de eu dizer para minha mãe tudo o que eu gostaria de ter dito enquanto ela ainda estava viva, mesmo depois de eu ficar sem ter mais nada o que dizer e me sentar com a cabeça deitada ao seu lado, ainda segurando sua mão, mesmo assim não foi o suficiente. Queria ficar ali para sempre — sabia que, no instante em que eu saísse daquele quartinho de oito por seis metros, jamais a veria novamente.

Em algum momento, Mary apareceu com uma xícara de chá. Colocou-a nas minhas mãos sem dizer nada e fez menção de sair de novo, mas eu a chamei.

— Sim. — Ela se virou de volta.

— Ela não teve nenhum visitante, não é? A mamãe. O... sobrinho dela não voltou depois da última vez?

Ela balançou a cabeça.

— Sua mãe não recebeu nenhuma outra visita desde a última vez que você veio aqui. Você estava esperando alguém?

Fui tomada de alívio.

— Não, ninguém.

— Você contou para ela? — Brian me entrega uma xícara de plástico e olha para Charlotte. — Sobre a avó dela?

— Não. — Tomo um gole do chá fervendo, os olhos pousados no rosto adormecido de minha filha. — Quero que ela acorde achando que o mundo é um lugar bonito e seguro, não um lugar escuro e triste.

— Não é só escuridão e tristeza — diz Brian. — Até entendo você dizer isso depois do que aconteceu, mas o mundo não precisa ser...

Paro de ouvir. Charlotte está com muito medo de acordar. Sei que está. Eu tive certeza desde que me contaram do acidente e agora sei por quê. Eu estava *tão* perto de descobrir sobre o chantagista ontem, mas Mary ligou e eu saí em disparada de carro, deixando Keisha espiando por entre as persianas da sala. Não deu para perceber se ela ficou aliviada ou assustada com minha partida.

Enviei quatro torpedos e liguei duas vezes para ela desde a hora que fui embora, mas não houve resposta. Tentei de novo há cerca de cinco minutos, mas o telefone agora cai direto na caixa postal. Estou certa de que há uma explicação racional — o calcanhar, uma ida mais demorada ao hospital, ter mudado de ideia em relação à polícia —, mas pouco importa a desculpa que eu dê para mim mesma. Ainda não consegui desfazer o nó no estômago. Alguma coisa aconteceu. Alguma coisa horrível.

— E então?

Dou um pulo com a voz de Brian.

— Você não está mais se culpando pelo que aconteceu com sua mãe, não é?

Balanço a cabeça, mas fico atônita com sua perspicácia. O sentimento certo, mas com a pessoa errada.

— Preciso ir — digo. — Tem uma coisa muito importante que preciso fazer.

Brian concorda com a cabeça e pega o jornal.

— Sua mãe ficaria orgulhosa de você, Sue.

— E você tem certeza — digo ao telefone enquanto estaciono do lado de fora do apartamento de Keisha e desligo o motor. — Tem certeza de que ela foi para a Irlanda?

— Você é que tem que me dizer. — Danny parece irritado. — Você foi a última a vê-la. Que diabos você falou?

Não consigo identificar se ele está realmente preocupado com ela ou com medo de eu ter contado sobre sua infidelidade com a loura.

— Nada.

— Você me prometeu, Sue. Quando eu te dei o endereço da Keisha, você prometeu que não iria falar nada.

— Eu sei; não falei. — E não foi por algum senso deslocado de fidelidade a ele. — Como ela estava na última vez que vocês se falaram?

— A gente não conversou. Ela me mandou uma mensagem ontem à noite dizendo que estava voltando para a Irlanda por um tempo porque estava com saudade. Eu estava dormindo e só vi a mensagem hoje de manhã. Tentei ligar para ela, mas ela não atende. Liguei mais três vezes desde... — Ele hesita. — Tentei com o gerente do bar, com os colegas dela e com a menina com quem ela divide o apartamento, mas ninguém sabe de nada. Nenhum deles a viu depois de você. Você tem certeza de que não comentou nada acidentalmente?

— Não. — A resposta sai mais curta do que eu pretendia. — A gente nem mencionou seu nome, Danny.

É mentira, mas não vou contar logo para *ele* o motivo pelo qual Keisha falou dele e em relação a quê.

As luzes do apartamento estão apagadas, e as persianas da sala continuam baixadas. Eu me agacho, apoiada num vaso de plantas junto à porta e espio por dentro da caixa de correio. Meus joelhos doem no concreto.

— Mas... — diz Danny.

— Tenho certeza de que ela vai entrar em contato — respondo ao ver uma sombra passar pelo corredor e meu coração bate aliviado. — E se eu souber dela, aviso a você.

— Avisa mesmo? — A voz parece realmente desesperada. — Eu ficaria muito grato.

Enfio o telefone de volta na bolsa e olho através dos vidros foscos da janela da porta.

— Keisha? — Bato com força. — Keisha, sou eu, Sue, de novo.

Ninguém responde.

Espero alguns segundos e bato de novo. Estou prestes a gritar pela caixa de correio quando uma fresta se abre na porta e o rosto de uma pessoa que não conheço olha para mim.

— Pois não? — diz uma mulher com um cabelo vermelho-vivo e franja grossa. Imediatamente a reconheço da foto na sala. Ela me olha com seus grandes olhos verdes, críticos, as unhas compridas cor de tangerina aparecem segurando a porta. — Posso ajudar?

— Você deve ser a colega de apartamento da Keisha. — Olho para dentro do corredor. — Ela está?

A moça balança a cabeça.

— Ela foi embora.

Detecto algo incomum em seu sotaque, uma entonação que não é inglesa. Polonesa, talvez.

— Você sabe para onde?

— Irlanda.

Talvez Danny estivesse certo. Talvez ela tenha resolvido desaparecer.

— Você sabe quando ela saiu?

A colega de Keisha balança a cabeça.

— Não. Ela deixou um bilhete. Na geladeira. Só diz "Fui para Dublin", só isso.

— Você se incomoda se eu desse uma olhada no quarto dela antes de eu ir embora? — digo quando um pensamento atravessa minha cabeça. — Preciso urgentemente de um livro que emprestei para ela.

Ela me olha, desconfiada.

— Me diz o nome, eu pego para você.

— Mas é que eu também preciso... — Não sei o que dizer. Tenho que entrar no quarto de Keisha. Não sei o que espero encontrar lá, mas, não importa quantas pessoas me digam que ela foi embora de volta para a Irlanda, não consigo me livrar do sentimento de que alguma coisa aconteceu com ela. — Preciso procurar outro livro — completo, hesitante. — Um que ela me recomendou, só que não me lembro do título. Mas ela descreveu para mim, tenho certeza de que vou encontrá-lo facilmente. Entro e saio em menos de um minuto, eu juro.

A moça me olha de cima abaixo.

— Quem é você?

— Sue. Sue Jackson.

Ela balança a cabeça e fecha um pouco mais a porta.

— Keisha nunca me falou de você antes.

— Deve ser por que só ficamos amigas há pouco tempo. Ela conhece minha filha melhor. Charlotte. Talvez você já a tenha conhecido.

— A Charlotte? — Seu rosto se ilumina. — A Charlotte bonitinha que foi atropelada por um ônibus?

— Sim — respondo. — É a minha filha.

— Caramba! — A compaixão toma conta de seu rosto e ela abre a porta toda. — Claro que você pode entrar. Se houver alguma coisa que eu possa fazer, pode me chamar.

À primeira vista, o quarto de Keisha não parece nada diferente do de Charlotte. Fotos de homens seminus nas paredes, o tampo da cômoda lotado de frascos de perfume, produtos para o cabelo e maquiagem, roupas espalhadas por todas as superfícies possíveis. Mas diferente de

Charlotte, ela tem um secador de roupas decorado com suas roupas de baixo — sutiãs, calcinhas, corpetes e cintas-liga — de todos os tecidos, cores e cortes imagináveis. Faz minha gaveta de pacotes de seis calcinhas e sutiãs de renda pretos e brancos parecerem irremediavelmente ultrapassados.

— Ela é tão bagunçada! — Sua amiga, que se apresentou como Ester há cinco minutos, comenta de trás de mim. — Nunca lava a louça, deixa todos os copos e pratos pela sala... mas gosto de morar com ela.

O quarto de Keisha parece a explosão de uma fábrica de roupas, mas tem uma mala e várias bolsas de viagem enfiadas em cima do armário, e sua escova de cabelo, desodorante, perfumes e o estojo de maquiagem de cetim preto — estufado com lápis, batons e bases — disputam o espaço em cima do gaveteiro.

Olho para Ester.

— A escova de dentes dela ainda está no banheiro?

Ela levanta as sobrancelhas.

— Você quer pegar emprestado também?

— Não, mas parece que a Keisha não levou nada na sua viagem para casa e eu fiquei curiosa para saber se deixou a escova de dentes.

A expressão de Ester muda, de divertida para preocupada.

— Vou olhar no banheiro.

Enquanto ela está fora, vou até o gaveteiro, pisando em revistas, contas, extratos bancários e roupas pelo chão. Olho de volta para o corredor e abro a primeira gaveta. Mais papelada e contas. Afasto tudo para o lado e encontro um vibrador em forma de coelho, vários colares embaralhados, um relógio quebrado, uma chapinha de cabelo. Sinto-me como uma ladra saqueando suas coisas, mas eu preciso... Ah! Tiro uma coisa marrom de couro, aparecendo por baixo de um cartão de Natal.

— O que você está fazendo? — Ester olha para mim da porta, uma escova de dentes azul na mão e uma expressão horrorizada no rosto.

— É o passaporte dela. — Tiro o livreto da gaveta e folheio suas páginas, observando a data dos carimbos e a foto e então mostrando para Ester. — Olha, só vence daqui a três anos. Como ela quer voltar para a

Irlanda sem isso? Não dá para cruzar a fronteira só com uma carteira de motorista hoje em dia.

— Mas... — Ela balança a cabeça. — Por que ela diria então que foi para casa no bilhete?

— Não sei. — Olho para a escova de dentes na mão dela. — Mas, para onde quer que tenha ido, foi com muita pressa.

# Capítulo 27

— Tudo bem, senhora Jackson. — Ella não parece nem um pouco surpresa de me ver ao abrir a porta da frente. — Mamãe está nos fundos. Quer que eu vá chamá-la?

Balanço a cabeça.

— Na verdade era com você mesmo que eu esperava falar. Tem algum lugar aonde a gente possa ir?

— Vamos até o parque. — Ela olha de volta para o interior. — Só vou pegar meu casaco.

A porta de entrada se fecha e a ouço gritar qualquer coisa sobre ir à loja da esquina. Em seguida, reaparece na minha frente, uma nota nova de dez libras na mão.

Sorri.

— Mamãe me pediu para aproveitar que eu ia sair e trazer cigarros para ela.

— Se é sobre o telefone — diz Ella quando nos sentamos num velho banco na beira do Queen's Park —, então você está errada se acha que eu roubei ele. Não foi isso. Só estava com ele porque eu e a Charlotte brigamos na escola, na hora de trocar de sala depois de uma aula sobre jogos. Foi uns dois dias antes de ela… você sabe…

- Do acidente?

— Isso. Ela esqueceu no banco quando me chamou de vaca ciumenta e saiu bufando. Resolvi ficar com ele um pouco para deixar ela surtada, achando que tinha perdido, mas aí ela foi atropelada por um ônibus. — Ela tira o celofane do maço de Marlboro Light da mãe, abre o papel e pinça um cigarro para fora com as unhas. — Não quis te entregar porque todo mundo pensaria que eu tinha roubado ele, então fiquei na minha. Mas aquelas coisas que você falou fizeram com que eu me sentisse muito culpada então, você sabe...

— Colocou na nossa caixa de correio?

— Foi.

— Obrigada, Ella. — Sorrio. — De verdade, muito obrigada por me contar a verdade e por devolver o telefone. Mas não é por isso que estou aqui.

Ela levanta as sobrancelhas.

— É mesmo?

— Sim, preciso saber quem é Mike.

— Mike? — Ela pisca quando o vento muda de direção e joga a fumaça do cigarro de volta no seu rosto. — Como foi que você soube dele?

— Keisha me falou.

— Ah... — Ela revira os olhos. — Faz sentido.

— O que isso significa?

— Nada. — Ela põe o cigarro nos lábios novamente e dá uma tragada. Fuma como uma avó de 50 anos que consome dois maços por dia.

— Vamos lá, Ella, não é nada.

Ela inclina a cabeça para trás e solta uma baforada.

— São babacas, só isso. Os dois. Não me admira andarem juntos.

Olho para ela, preocupada.

— Ele é amigo dela?

— Isso... ou guarda-costas dela. — Ela ri. — A única hora em que não estão juntos é quando Keisha está com Danny, e isso porque Danny se recusa a ficar em qualquer lugar onde ele esteja. Acha que o Mike é um gay bizarro, o que é verdade.

— Gay? — Imagino que ela se refira apenas depreciativamente.

— É. — Ela olha para mim. — Sabe, ele gosta de homens.

O quê? Isso contradiz o que Keisha me contou ontem à noite. Como o Mike pode ter ficado com uma prostituta e ser um homossexual? Não faz sentido. Olho para o maço de cigarros na mão de Ella. O que eu mais queria agora era acender um. Em vez disso, cruzo os braços para me proteger do vento, enfiando as mãos nas axilas.

— Charlotte o conhecia bem?

— Bem pra caramba! — Ela me olha de lado. — Você sabe, não sabe? É isso o que você está fazendo? Fingindo que não sabe de nada, só que, na verdade, está querendo me pegar.

— Mais ou menos isso... — digo, hesitante, sabendo que minha mentira pode ser descoberta num piscar de olhos.

— Ah, graças a Deus! — Ela joga a ponta de cigarro no chão atrás do banco. — Pensei em te contar, depois das coisas sobre o que conversamos na última vez que você apareceu aqui, mas a Charlotte me fez jurar que eu não ia contar para ninguém. Quer dizer, sei que a gente não é mais amiga, mas não sou nenhuma dedo-duro.

— Acho que é uma situação especial, não é, Ella? Entregar alguém para os pais fica um pouco diferente se a pessoa está sobrevivendo com ajuda de aparelhos, certo?

— Verdade. — Ela baixa a cabeça e mexe nos botões do casaco.

— Me conte o que você sabe — peço com delicadeza.

— Nenhuma de nós duas gostou do Mike na primeira vez que a Keisha nos apresentou a ele — diz. — Era velho e amigável demais, além de ter um jeito de olhar muito suspeito.

Concordo com a cabeça, para que ela continue.

— Mas depois que a Keisha foi atrás do Danny, Mike se ofereceu para nos pagar alguma bebida. A gente achou que ele tivesse grana, um ricaço escroto, e resolvemos pedir os drinques mais caros na conta dele antes de a gente dar um calote. Eu bebi um... — Ela descarta o pensamento com um aceno. — Não importa o que eu bebi, mas enquanto a gente estava lá, bebendo, Mike começou a nos contar que tinha acabado de chegar em Brighton. Disse que tinha se mudado de Londres para começar uma vida nova com seu namorado, depois que sua sobrinha, Martha, morreu de câncer. Disse que amava muito ela, que era como uma filha para ele e que a Charlotte lembrava ela. Achei isso meio sinistro, mas Charlotte achou meigo.

Esta é minha filha: sempre pensando o melhor das pessoas.

— Então — Ella umedece os lábios com a língua e bota outro cigarro na boca —, depois que a gente terminou os drinques, olhei para Charlotte tipo "vamos dar o fora daqui", mas ela me ignorou e continuou conversando com Mike. Ele nos pagou mais bebida e eles continuaram conversando sobre a sobrinha dele e seu trabalho como fotógrafo, que a Charlotte achou muito maneiro, por horas. Pensei que a gente fosse passar o resto da noite de papo com vossa Bicheza Real. — Ela olha para mim. — Desculpe, mas ele nem olhou para a minha cara, só queria ficar falando com ela. De qualquer modo, só consegui arrastá-la de lá quando começou a tocar "Love It When You Lie" e a gente foi dançar.

— Você o viu de novo?

Ela balança a cabeça.

— Não, naquela noite não. Mas ele estava lá na outra vez que a gente foi. A Keisha não estava naquela noite, e ele só passou pela gente e disse "oi".

— Então a Charlotte e o Mike ficaram amigos?

— Foi. — Ela dá de ombros. — Esse foi um dos motivos por que a gente brigou, o fato de ela estar arrumando todos esses amigos novos e se metendo com o jogadores famosos no Greys. Eu me senti como se não fosse mais boa o suficiente para ela, como se ela tivesse subido de vida. Eu falei isso para Charlotte, mas ela disse que só estava vivendo a própria vida e que era maneiro ter um amigo gay e que o Mike era engraçado e dava bons conselhos sobre roupas e tudo.

— Roupas? — Sinto-me mal ao imaginar minha filha no trocador de uma loja, desfilando seminua na frente de um homem que ela mal conhece. — O que você quer dizer com bons conselhos sobre roupas?

— Ele levou a Charlotte para fazer compras. — Ella faz uma careta. — Eu sei, eu estava morrendo de ciúmes, nem vou mentir. Ele deve ter gastado centenas de libras com ela, comprando um monte de roupa de marca e tudo; não aquelas porcarias de sobras do TK Maxx. E não foi só roupa: óculos escuros, CDs, DVDs, um monte de bagulho. Disse que isso o deixava feliz, como se ainda estivesse comprando coisas para a Martha.

A expressão de Ella se anima, continuando a descrever, em detalhes minuciosos, tudo o que o "Mike" comprou para a minha filha. Reconheço algumas coisas pela descrição — vi no quarto de Charlotte e embarquei na versão dela de que eram falsificadas, de um camelô na rua, ou provas de amor de Liam —, mas outras, eu nunca vi. A história é bastante plausível: um gay de luto numa cidade onde não conhece ninguém fica amigo de uma menina igual à sobrinha falecida e a cobre de presentes em troca de companhia. Ainda assim, por que será que eu sinto como se a temperatura acabasse de despencar vinte graus?

— Me descreve esse Mike, Ella.

Ela encolhe os ombros.

— Velho.

— Que idade? Da minha?

Ella aperta os olhos e me examina.

— É, provavelmente.

— Que mais?

— Era um coroa, um cara velho de cabelo branco, como qualquer outro coroa da rua.

— Pense... por favor, é importante. Qual a altura dele? Era gordo ou magro? Que tipo de roupa vestia? Usava alguma joia? Como eram seus sapatos? Tinha bigode, barba, óculos?

— Como eu disse — ela se mexe no banco e olha para um bando de adolescentes do outro lado do parque, balançando-se de um lado para o outro nos balanços das crianças —, era um cara normal, só alto, bem alto. — Ela olha de novo para mim. — Mais ou menos da mesma altura do meu pai.

Então tinha cerca de 1,85 metro.

— Que mais?

— Estava sempre bem-vestido, com calças e camisas escuras, esse tipo de roupa. Nunca o vi usando jeans. Não me lembro dos sapatos. — Ela volta a olhar para os adolescentes. — Tinha um relógio, acho.

— E o corpo?

Ela suspira.

— Médio. Não era gordo nem magro. Não usava óculos, nem tinha bigode, nem barba. Ah, é... — Ela põe os pés no banco e abraça os joelhos.

— Os olhos dele tinham uma cor bem estranha, meio cinza, e um nariz bem grande e um sotaque esquisito. Birmingham? Liverpool? Não entendo nada de sotaques, mas com certeza não era daqui de perto. Tudo bem?

Ela olha de volta para mim, mas não consigo encará-la. Não consigo tirar os olhos dos adolescentes do outro lado do parque. Ela acaba de descrever James, vinte anos depois da última vez que pus os olhos nele.

— Sue? — Com a visão periférica, vejo Ella soltando as pernas. — Você está bem? Está esquisita.

Eu me enganei em relação ao professor Jamie Evans, mas agora não estou errada. Sinto nos ossos, na medula, uma certeza profunda de que, em algum lugar entre Brighton e Hove, meu ex-namorado está assistindo e rindo, orgulhoso de seu mais novo papel — gay de luto —, encantado por ter conseguido se meter na vida da minha filha bem debaixo do meu nariz.

— Ele chegou a tocar nela? — Me viro bruscamente para olhar para ela. — Ele machucou a Charlotte de algum jeito?

— Por que faria isso? Acabei de te falar, ele comprou um monte de coisa para ela. A tratava como uma princesa.

— Como é que ele estava chantageando ela?

— Chantageando? — Ela balança a cabeça. — Charlotte nunca me disse nada sobre isso. Mike agia como se adorasse o chão que ela pisava. A senhorita "minha sobrinha morta".

— Você tem o telefone dele? Ou o endereço?

— Não. Mas o Liam tem.

— Liam?

— É. — Ela olha para a minha expressão surpresa e ri. — A Charlotte não ia transar sozinha no apartamento do Mike, né?

# Capítulo 28

— Sue? — Percebo a preocupação na voz de Brian. — Onde você se meteu? Faz horas que saiu.

— Me desculpe. — Desligo o motor. As cortinas estão todas abertas na casa de Liam, mas não há movimento algum atrás das janelas. — Fiquei presa na funerária.

— É mesmo? — A mudança de tom na voz dele é imediata. — Então foi por isso que eles ligaram para dar as condolências e perguntar quando gostaríamos de ir lá?

— Eu... — Meu cérebro trabalha para encontrar uma saída. — Ainda não fui lá.

— Obviamente.

— Fui dar uma caminhada na praia em vez disso. Para clarear a cabeça.

— Por três horas?

— Sim, três horas. — Alguma coisa me irrita no seu tom de voz. — Minha mãe acaba de morrer, pelo amor de Deus, Brian! Tem um limite de tempo para o luto? O Parlamento aprovou algum decreto para isso que você não me contou?

É injusto, mas é mais fácil descontar nele do que mentir, mesmo que ele não mereça isso. E eu estou tão perto de descobrir o que aconteceu com Charlotte.

Brian fica calado por um longo tempo, e estou prestes a tirar o telefone do ouvido para verificar se ele desligou quando...

— Me fala onde você está e eu vou aí te buscar.

Ele poderia perfeitamente ter me oferecido a outra face também.

— Não precisa. Verdade. Estou de carro.

— Então vou te encontrar. A gente toma um café. Conversa.

Alguém tosse ao meu lado e lembro que não estou sozinha. Ella está digitando loucamente no celular como se sua vida dependesse disso, mas posso ver pelos seus ombros caídos e pelo fato de seu corpo estar quase de costas para mim que ela acha toda essa situação absurdamente constrangedora. E quem haverá de culpá-la? Pedi que viesse comigo para convencer Liam a me contar a verdade, não para ser testemunha dos meus problemas conjugais.

— Não quero nenhuma companhia, Brian — digo e logo me dou conta de que é exatamente por isso que ele está me ligando. Não está tentando me controlar; está preocupado. Minha mãe acabou de falecer, ele acha que estou sofrendo de ansiedade depressiva e estresse pós-traumático e eu fico insistindo para que ele me deixe sozinha. Provavelmente deve achar que vou bancar a Sylvia Plath e caminhar para dentro do mar. — Me desculpe — falo num tom mais suave. — Sei que você só está querendo cuidar de mim, mas essa é uma coisa que preciso enfrentar sozinha e...

— Mas...

— Não é para sempre, é só hoje. Eu só quero ficar um dia sozinha. Volto logo mais. Por favor, Brian. Por favor, confie em mim.

— Claro que confio em você, Sue. Só não quero que você...

— Não vou fazer nenhuma coisa idiota — digo, mesmo sabendo que existe uma boa chance de eu fazer exatamente o contrário, dependendo do que Liam tiver a dizer. Mas não me sinto idiota. Sinto-me como se estivesse recuperando o controle da minha vida, com vinte anos de atraso. — Por favor, Brian, eu preciso fazer isso.

— Certo — diz ele. — Eu entendo. Só... por favor, não fique fora até tarde. Não me deixe ficar preocupado sem necessidade.

Sinto um aperto no peito. Ele é um homem bom. Apesar de tudo, é um homem bom, e tenho sorte por fazer parte da minha vida.

— Amo você, Brian.

Ella se contorce no banco, mas não me importo.

— Também te amo, Sue. Cuide-se, está bem? Te vejo mais tarde.

Desligo o telefone, mas não me viro imediatamente para Ella. Em vez disso, olho para fora da janela, para a linha fina do mar no horizonte, e faço uma pequena oração. Não para Deus, para o Universo, nem para nada em particular, mas peço força, coragem e proteção para a minha família. Peço que um pesadelo de vinte anos chegue ao fim.

— Posso ligar o rádio? — pergunta Ella, levando a mão até o tocador de CD. — Já que você só vai ficar sentada aí toda esquisita. Não suporto quando fica tudo em silêncio.

Sorrio.

— Não precisa. Vamos lá falar com o Liam agora, e espero que você puxe a conversa.

Se a irmã mais velha de Liam se surpreende ao ver a mãe da namorada dele e a ex-melhor amiga dela na porta, não deixa transparecer. Em vez disso, aponta na direção da rua Road e nos diz que ele foi com ensaiar com a Last Fight, a banda dele. Ela não sabe a hora que vai acabar, mas sugere que esperemos no The Gladstone, o pub do outro lado da esquina, para onde eles sempre vão depois.

— Você não precisa me pagar uma Coca zero — resmunga Ella quando nos sentamos numa das mesas de madeira nos fundos do pub. — Eu tenho uma identidade, sabe?

Eu levanto uma sobrancelha.

— Você acha que eu deveria saber disso?

Ela sorri e eu me dou conta de como ela está diferente da primeira vez que conversamos depois do acidente de Charlotte. A insegurança, a raiva, a mágoa — tudo isso desapareceu. Parece uma garotinha de novo, como a querida colega de escola que Charlotte levava para nossa casa, para fazer bolos e decorá-los com asas de fadas e brilho.

— Lá está ele! — Ela aponta para o outro lado do salão.

Liam, cercado por jovens de cabelos escuros, vestidos do mesmo jeito, entra no pub, o case da guitarra pendurada no ombro. Ele nos olha duas vezes quando se depara com a gente.

— Liam! — Levanto a mão e aceno para ele.

Ele nos cumprimenta com a cabeça e se vira para os colegas, diz alguma coisa que não consigo ouvir e se separa do grupo.

— Senhora Jackson. — Ele olha para Ella e franze a testa, intrigado.

— Ella.

— Ela sabe. — Ela se encosta na cadeira e abre os olhos um pouco mais — Sobre você e a Charlotte indo transar na casa do Mike.

— O quê? — Ele empalidece.

— Mas ela não está brava — completa Ella em seguida, puxando a cadeira debaixo dela. — A senhora Jackson só quer saber mais sobre o Mike. Ela acha que ele pode saber de algo que ajude Charlotte a acordar.

Liam olha para os colegas da banda, rindo e bebendo, amontoados em torno de uma mesa do outro lado do salão.

— Por favor. — Forço um sorriso. — Não estou zangada. Juro. Só preciso te fazer algumas perguntas.

— Certo. — Ele pega a cadeira ao meu lado com a mão hesitante. — Não posso ficar muito tempo, tenho que resolver coisas com a banda.

Antes mesmo de eu respirar, ele diz:

— Foi ideia da Charlotte. Foi ela que ficou insistindo para a gente transar. Eu queria esperar até ela fazer 16 anos e não ser ilegal.

Não acredito nisso nem por um segundo, mas o que Oli me contou sobre o quarto de hotel sugere que Charlotte estava tão disposta quanto Liam, se não mais.

— Foi ela que sugeriu que vocês fossem transar na casa do Mike?

— Não. — Ele olha para as nossas bebidas. — Não diretamente.

— O que você quer dizer?

— Ela me falou que tinha conhecido esse cara, um gay velho e rico, no Breeze que achava ela parecida com a sobrinha morta e queria comprar umas coisas para ela. Achei aquilo esquisito. — Ele esfrega a barba com a mão. — Mas Charlotte disse que Mike talvez pudesse me comprar coisas também... e minha guitarra estava velha e aí... — Ele para.

— Ele te comprou uma guitarra nova?

— Comprou. — Ele olha para o case da guitarra encostado na parede ao seu lado. Não conheço muito de música, mas até eu sei que uma guitarra Les Paul não é barata. — Eu falei para ela não pedir para ele comprar uma para mim, mas ela achou que seria engraçado. Ela disse que se ele tinha dinheiro, podia gastar do jeito que bem entendesse e que, além disso... — ele tira o anúncio de papel da bandejinha de mesa e faz uma bola — ... comprar presentes para a gente, para *ela*, parecia deixá-lo feliz; então, por que não?

Um arrepio percorre minha espinha quando penso na minha filha sendo tão maquiavélica. Achei que a tinha educado melhor do que isso. Não tenho certeza se quero ouvir mais.

— Então como é que vocês dois acabaram indo transar na casa dele?

— Mike sugeriu isso uma noite em que a Charlotte estava bêbada. Ela ficou falando um monte de coisa, dizendo para ele que era uma merda ser adolescente hoje em dia, que se a pessoa quisesse perder a virgindade tinha que ser no campo da escola ou no carro de alguém. Foi aí que ele sugeriu que a gente fosse no apartamento dele. — Ele baixa os olhos. — Disse que ia estar fora no fim de semana, encontrar alguns amigos em Londres e que trocaria a roupa de cama, deixaria comida na geladeira e a gente poderia tratar a casa como se fosse nossa por dois dias.

Dá para entender porque dois adolescentes se agarrariam a essa proposta.

— E aí vocês aceitaram a oferta?

Ele não levanta o rosto.

— Foi.

— E?

— E nada. — Ele empurra a cadeira para trás, apoia a mão no case da guitarra. — Posso ir agora?

— Mike não apareceu enquanto vocês estavam lá? Não aconteceu nada de ruim? Nada fora do comum?

— Não. — Ele balança a cabeça, o rosto corando levemente. — Foi legal.

Ele já está na beirada da cadeira quando me dou conta de que vou perdê-lo. Por quanto tempo achei que o ex-namorado da minha filha ia ficar conversando comigo sobre sexo? Até mesmo Ella, do outro lado da mesa, olha para o cardápio de drinques como se fosse a coisa mais fascinante que já tivesse lido.

— Então, por que o Mike chantagearia a Charlotte?

— O quê? — Ele olha para mim, a testa franzida.

— Keisha me contou que Mike estava chantageando a Charlotte com alguma coisa. Você sabe o que era?

— Não. — Ele balança a cabeça com uma expressão de incredulidade. — Ela nunca me falou nada sobre... — Olha para Ella. — Você sabia disso?

Ela tira os olhos do cardápio.

— Não.

— Ela não deu nenhum sinal? — Olho de um para o outro. — Nada?

A resposta são duas caras inexpressivas.

— E se eu contar para vocês que ela escreveu "guardar este segredo está me matando" no diário dela, vocês não saberiam do que ela estava falando?

Eles parecem chocados, mas balançam as cabeças.

— Liam. — Eu também me levanto. — Só mais uma coisa antes de você voltar para sua banda.

Ele dá de ombros.

— Claro, o que é?

— Me mostra onde o Mike mora.

## Capítulo 29

Liam e eu estamos sozinhos no carro. A mãe de Ella ligou quando estávamos saindo do pub perguntando onde estava a porcaria dos cigarros dela, então a deixei em casa. Não a levei pra casa apenas porque sua mãe estava desconfiada; eu a queria em segurança. Agora que estamos na frente do número dezessete da Highgate, preciso ter certeza de que Liam também está.

— Esta é a casa, com certeza? — pergunto.

— É, sim. — Ele concorda com a cabeça no banco do carona. — Eu a reconheceria em qualquer lugar.

— Obrigada, Liam. — Olho pelo retrovisor e ligo a seta. — Vou te levar de volta para o Gladstone agora.

— Nada a ver. — Ele balança a cabeça. — Vou ficar aqui. Se você vai confrontar aquele bicha filho da puta, eu também vou. Quero acertar no meio da cara dele.

É bastante ousado para um garoto de 17 anos, mas não o encorajo. Liam não faz ideia do perigo em que se meteria caso olhasse torto para James.

— Não vai, não. — Eu arranco para a rua, ignorando seus protestos. — Não queremos duas pessoas no hospital.

Liam ri, lisonjeado por eu achar que ele seria capaz de mandar um homem adulto para o hospital. Nem tento corrigi-lo.

Quinze minutos depois, estou de volta, parada diante da casa. Ela parece bastante inofensiva — porta da frente pintada de azul-marinho, maçaneta de bronze, janelas salientes com as cortinas ligeiramente entreabertas —, mesmo assim tenho dificuldades em abrir a porta do carro. Meu cérebro insiste para que eu vá, bata na porta e enfrente o homem que vem aterrorizando meus pesadelos há vinte anos, mas meu corpo agarra-se com força, recusando-se a se mover. Olho para minha mão direita, para o anel de diamante que Brian comprou para mim nas férias de reconciliação em Rhodes, depois do caso dele. Recusei-me a usá-lo — seu presente de desculpas — por um longo tempo. Então, um dia, em nosso aniversário de quinze anos, a traição já uma lembrança distante, o anel me pareceu um símbolo positivo, um novo começo, e passei a usá-lo. Tento tirar a mão do volante para abrir a porta.

A mão se recusa a se mexer.

Olho de volta para a casa.

Talvez confrontar James seja mais do que uma temeridade ou uma estupidez: pode ser realmente perigoso. E se eu cometi o mesmo erro novamente — e se o tal cara rico e gay chamado Mike for realmente o cara rico e gay chamado Mike? E se eu ligar para Brian, ou para a polícia, ou para qualquer pessoa, e contar que o meu ex-namorado psicopata me rastreou até Brighton, se fingiu de amigo da minha filha e começou a chantageá-la, e estiver enganada? Quantas vezes a gente pode gritar fogo até que os homens de jaleco branco tragam um belo jaleco branco para a própria pessoa vestir? Ela descreveu alguém que poderia ser James passados vinte anos, mas eu achei que a descrição do professor da escola, Jamie Evans, também correspondia. Já me enganei uma vez, posso me enganar novamente. Preciso de uma prova. Uma prova concreta.

Os dedos da mão direita formigam no volante e sei que a porta do motorista está se abrindo.

De algum jeito, consigo passar da rua para a calçada e da calçada para o portão. Não paro de olhar para a porta e para a janela em busca de sinais de vida, de perigo, por algum sinal que me diga CORRA, mas, quando piso com os sapatos no caminho da entrada e tento ir em direção à casa, é como se tivesse entrado num campo magnético. O corpo se inclina para frente, mas algo o puxa de volta. Volte. Volte. O ar está pesado, carregado, protegendo a casa, advertindo-me para que eu vá embora. Volte. Volte. Dou outro passo em frente. As chaves do carro apertadas na minha mão. Só desejo espreitar pela fresta nas cortinas. Só uma olhadinha. Dou outro passo, congelando quando uma gaivota grasna no céu. Não há luzes acesas na sala de estar, não há brilho tremeluzente de uma TV. Faço um acordo com Deus. Quando eu olhar pelas cortinas, peço, não deixe James olhar de volta.

Dou outro passo à frente e depois mais um. Estou tão perto agora que só preciso avançar uns poucos centímetros para a esquerda para poder ver através da fresta das cortinas. Solto o ar o mais silenciosamente possível. A rua está quieta agora. Não há gaivotas, nem carros, nem crianças gritando ou brincando. Há apenas eu, esta casa e o tum-tum-tum do meu coração.

Mantenho-me muito silenciosa e devagar, devagar, inclino a cabeça para a esquerda, em direção à abertura nas cortinas, rumo à janela, para dentro da vida de James.

Não sei o que espero ver — uma réplica exata do quarto dele de vinte anos atrás, talvez —, mas não o cômodo comum atrás das cortinas. Uma única poltrona de couro preto com uma banqueta combinando, um sofá de couro, o mesmo tecido, uma mesa de canto de pinho, um tapete bege junto à lareira, manchado com o que parece ser café, um suporte de parede com uma grande televisão de tela plana e um DVD player. E é isso. Nenhum livro, nenhum roteiro, nem xícaras de café, nem sapatos, sem enfeites ou fotografias. Poderia ser um cômodo de exposição, um projeto limpo para atrair um homem solteiro moderno, despido de personalidade, cor e aconchego. No entanto... Coloco uma mão sobre o coração, disparado dentro do peito... Tem uma coisa que faz com que este quarto deixe de ser completamente impessoal.

Um batik pendurado na parede em cima da lareira.

# Capítulo 30

Minhas mãos tremem quando puxo a bolsa do banco do carona para o meu colo. Eu estava certa o tempo todo. Não imaginei os cartões e pacotes que foram deixados em nossa casa e não fui perseguida pela rua por uma sombra lá em Londres. James Evans foi o responsável pelo acidente de Charlotte. Eu estava certa o tempo todo.

Confiro se todas as portas ainda estão trancadas e se a rua continua vazia e então procuro dentro da minha bolsa. Encontro minha carteira, meu caderno de endereços, minha nécessaire e um punhado de comprovantes de compras, mas não meu celular. Sacudo a bolsa de ponta-cabeça. O conteúdo cai em meu colo, e minha escova de cabelo acerta a chave do carro, que estava na ignição, ao cair. Encaro como se dançassem para frente e para trás. Talvez seja um sinal. Eu devo ir embora. Ligar para Brian de algum lugar seguro. Sim, é o que vou fazer. Meus dedos tocam algo macio e com botões quando varro a sujeira da bolsa do meu colo.

Meu telefone.

Pego o aparelho e pressiono o botão de ligar.

Nada acontece.

Deslizo o dedo para a base da tela. Aperto os botões em desespero. Pressiono o botão de ligar novamente.

Nada. Nada. Nada.

Sacudo e bato com o aparelho no volante, aperto o botão novamente, mas nada funciona. Está sem bateria.

Por favor, rezo enquanto giro a chave na ignição. Por favor, que Brian esteja em casa.

Nunca me senti tão aliviada ao ver o carro do meu marido na entrada da garagem. Toco a buzina e estaciono ao lado dele, olhando para casa em busca de sinais de vida.

Não há nenhuma luz acesa na cozinha nem no andar de cima. Ele provavelmente está no escritório.

Milly se joga contra mim no segundo em que chego à porta da varanda. Lambe freneticamente o meu rosto, o rabo peludo chicoteando o ar.

— Oi, garota. — Acaricio sua cabeça e a empurro gentilmente para baixo. — Desculpa, preciso encontrar o papai.

Ignoro seus ganidos de protesto e entro na cozinha, deixando-a para trás na varanda.

— Brian! — chamo, procurando-o da porta da sala.

Está vazia, exatamente como eu deixei.

— Brian? — chamo novamente, subindo a escada, passando pelo corredor e abrindo a porta do escritório. — Brian, precisamos chamar a polícia.

O lugar está vazio; o notebook, fechado; a cadeira, junto à mesa; a papelada, organizada em três pilhas ao lado do telefone.

Vou para o quarto. Ele talvez tenha resolvido tirar um cochilo.

— Brian, você...

Mas o quarto também está vazio.

Não faz sentido. Como o carro dele pode estar na frente da garagem e ele não estar em casa? Se o carro está lá, onde ele está?

Vou de um cômodo para outro, examinando o chão, as paredes e o teto à procura de sinais de luta, ou de qualquer — sinto um nó no estômago tão forte que penso que vou vomitar — sinal de um ataque, mas está tudo em ordem. Não há enfeites quebrados, nenhum móvel derrubado, nenhum vidro espalhado, nenhum sangue.

Saio da sala e vou para a cozinha automaticamente, o terror substituído por confusão. Não há nenhum bilhete na mesa, nenhum aviso de "Fui ao pub" no quadro branco sobre o micro-ondas. Talvez Brian tenha me mandado um torpedo e eu não tenha visto porque o celular está descarregado. Vou até o carregador e o conecto perto da chaleira quando ouço um barulho de arranhões que me faz dar um pulo e cair no chão.

— Milly! — Ela me empurra com o focinho e lambe meu rosto. Empurro-a gentilmente para longe e olho para a porta da cozinha. Está escancarada. Eu não devo ter fechado direito.

Levanto-me desajeitadamente e vou até a porta. Estou prestes a fechá-la quando vejo o envelope na caixa de correio. Tiro-o de lá. Meu nome e endereço escritos à mão com uma letra elegante que eu não vejo há vinte anos.

— Milly, rápido! — Pego-a pela coleira, abro a porta da frente com força e vou aos trancos até o carro.

Dez minutos depois, estamos no estacionamento da Marina. Já é tarde, a praia está vazia e silenciosa. O único som é o barulho raivoso das ondas quebrando nos seixos incessantemente. A luz de um poste banha o carro com uma luminosidade perturbadora, deixando o pacote branco na minha mão com uma tonalidade vermelho-alaranjada, parecida com sangue. Eu não deveria abri-lo. Deveria levá-lo direto para a polícia e contar o que sei sobre James Evans, mas não posso. Não posso correr o risco de isso ser algum tipo de piada de mau gosto, um item de cozinha, um brinquedinho ou qualquer outra coisa igualmente inócua que me faria ser objeto de riso dos policiais.

Tiro um lenço de papel da caixinha dentro do porta-luvas e protejo os dedos antes de remover o selo do envelope. Não quero arriscar apagar as digitais de James, caso estejam ali. É trabalhoso e levo um tempo enorme até conseguir abrir, mas finalmente consigo abrir um pouco e espio o interior do pacote. Está muito escuro para distinguir o conteúdo e não quero colocar a mão lá dentro, então mando Milly para o banco de trás e viro o pacote no banco do carona.

Um par de lindos sapatinhos de bebê cai lá de dentro. Tricotados com a mais fina lã em pontos delicados, enfeitados de renda e com uma fita no calcanhar, exatamente o tipo de sapatinho caro e impraticável que eu desejava para Charlotte quando ela era bebê. Pego um deles, tomada de lembranças e o coloco junto ao rosto. Não tenho certeza do que acontece em seguida — se o cheiro metálico chega ao fundo da minha garganta ou se o líquido viscoso escorre pela minha mão e cobre meu antebraço —, mas dou um grito e atiro o sapatinho para longe. Ele se choca com o para-brisa e cai diante do banco do carona.

Mesmo sob a morna luminosidade âmbar da luz do poste, sei o que é aquilo, grudando nos meus dedos, sujando o vidro do carro, encharcando a fina lã cor de marfim dos sapatinhos. Sangue.

Uma calma fria se abate sobre mim. James sabe. Ele sabe o segredo que carrego comigo há vinte anos. Já posso parar de ter medo agora. Ele sabe. Posso parar.

Pego o cartão que ficou junto ao outro sapatinho, limpo o sangue com o lenço de papel para poder ler a mensagem escrita com a mesma letra do envelope.

> *"Vida por vida, olho por olho, dente por dente."*
> DEUTERONÔMIO 19:21

Viro o cartão,

> *Uma vida por um coma? Não parece certo.*
> *Temos alguns negócios a serem acertados,*
> *Charlotte e eu.*

O cartão escorre dos meus dedos em câmera lenta, descendo em arcos para frente e para trás até pousar junto ao meu pé.

Tenho que chegar ao hospital antes de James.

# Capítulo 31

Corro do estacionamento para as portas duplas da entrada do hospital, mas não sinto o vento no rosto. Não ouço a voz metálica avisar que as portas estão se abrindo ao entrar no elevador, o cheiro penetrante de antisséptico quando espirro o higienizador nas mãos na entrada da enfermaria. Não vejo nada, não ouço nada, não sinto nada, não toco em nada nem sinto qualquer gosto. Estou num limbo, correndo dentro de um pesadelo, perseguindo o espectro da minha filha adormecida. Ela paira diante de mim, a milímetros dos meus dedos para sumir em seguida, disparando para longe do meu alcance.

Ela vai morrer a não ser que eu a alcance. Sei disso com uma certeza que vai além dos meus ossos, carne ou pensamento. Daria minha vida por isso. Minha própria vida. James não vai pegá-la. Pode ficar comigo. Farei com que fique comigo. Não lhe darei escolha.

Vejo a porta do quarto mais além no corredor. Está escancarada, a luz se espalhando para fora. Alguém está lá com ela. Corro, mas agora estou atravessando um pântano, me afundando mais a cada passo, me movendo cada vez mais devagar.

Tirei o bebê de James porque sabia que eu jamais escaparia se aquela criança nascesse. E não seria um filho — seria uma coleira no meu pescoço para ser puxada por ele sempre que quisesse me controlar, sempre que quisesse abusar de mim, sempre que quisesse me punir.

Meus olhos estavam secos quando entrei na clínica. Tomei o comprimido sem sequer um momento de hesitação, deitei na cama sem pensar duas vezes e me segurei estoicamente, em silêncio, quando começaram as contrações. Não chorei nem mesmo quando o sangue escorreu pela minha perna e corri para o banheiro e senti a vida escorrer para fora de mim e para dentro da privada. Só quando, meia hora mais tarde, eu estava encolhida na cama e uma enfermeira veio e disse "Você é muito forte, não? Nem mesmo tomou um paracetamol para a dor", foi que solucei como se o mundo estivesse à beira do fim.

Forte? Eu era absurdamente fraca. Tinha passado quatro anos da minha vida com um monstro de homem, torturada por um ódio travestido de amor. Fui humilhada, diminuída, ofendida e depreciada. Fui julgada, ignorada, criticada e rejeitada. Isolei-me de meus amigos e da minha família, perdi meu emprego e tive que escolher entre o sonho da minha vida e meu amor por James. E não fui embora. Tentei várias vezes, mas fui fraca. Ele sempre conseguia que eu o aceitasse de volta em minha vida e no meu coração. Ser forte não era ficar deitada em silêncio na cama de um hospital, abortando o filho dele para que eu pudesse ser livre. Forte teria sido sair direto pela porta do clube World Headquarters, em Camden, três anos, 270 dias antes quando ele, aos risos, me chamou de puta. Forte teria sido recusar até mesmo voltar a vê-lo na noite em que se recusou a dormir na minha cama porque outro homem tinha estado lá primeiro. Forte teria sido denunciá-lo à polícia na noite em que me estuprou. Forte teria sido impedi-lo de fazer a mesma coisa com outra mulher algum dia novamente.

Não chorei pelo bebê que abortei naquele dia, mas sim em todos os anos seguintes, no aniversário. Chorei porque ele não merecia ter perdido a vida, chorei porque sentia raiva de James ter me forçado àquela situação. Principalmente, eu me sentia culpada — se eu não tivesse sido tão fraca quando o deixei — se tivesse me sobrado um mínimo de determinação —, talvez eu pudesse tê-lo levado para a Grécia comigo, talvez pudesse ter conseguido trabalhar como professora de inglês para estrangeiros e ter sido mãe.

Achei que seria punida pelo que tinha feito. Achei que jamais poderia conceber novamente, mas então Charlotte, nosso bebê milagroso, apareceu um ano depois de eu me casar com Brian. Senti-me abençoada, redimida, como se um novo capítulo da vida tivesse se aberto, como se eu estivesse realmente livre. E então tentamos dar-lhe um irmão e eu sofri quatro abortos naturais em três anos.

Meu bebê milagroso.

Coloco a mão na porta e empurro.

Charlotte está prostrada na cama sem coberta, uma máscara de oxigênio cobre sua boca, seu peito pontilhado com eletrodos multicores. O monitor cardíaco no canto do quarto apita, bipe-bipe-bipe, marcando a passagem do tempo como um metrônomo médico e eu fecho os olhos.

— Sue? — Uma mão aparece no meu ombro, pesada. — Quer uma xícara de chá?

— Brian? — Pisco inúmeras vezes.

— Sue? — Ele olha para mim com a testa contraída, mas não faço ideia do que está pensando. — Sue, você está bem?

— Tudo bem, mãe? — Me surpreendo com a palavra "mãe", mas não é Charlotte falando. É Oli, sentado ao lado da cama dela. Está com uma pilha de revistas *National Geographic* no colo e minha melhor tesoura de cortar cabelo na mão. Há uma pilha de recortes na mesa de cabeceira de Charlotte.

— Mãe? — repete ele.

Não consigo me lembrar da última vez que ele me chamou assim.

— Eu... — Olho de um para o outro. O que estão fazendo aqui? É como se meu mundo tivesse mudado de um pesadelo tecnicolor hiperreal para a realidade mais monocromática. Por que estão bebendo chá? Não percebem o perigo que Charlotte está correndo? Olho para Brian, confusa.

Ele sorri, a mão ainda no meu ombro.

— Oli apareceu para buscar as revistas dele e disse que gostaria de ver Charlotte antes de voltar para a universidade. Viemos no carro dele.

— Você veio no carro do Oli...

— Sim. O meu ainda está em casa. Não deu a partida; está com algum tipo de problema no duto de combustível, eu acho. Quanto antes eu comprar um carro elétrico para mim, melhor. — Ele aperta meu ombro. — Esperamos você voltar da praia para vir com a gente, mas quando você disse que queria ficar sozinha, achei... — Ele se interrompe. — Eu deveria ter deixado um bilhete, mas, nisso de pegar o casaco e sair de casa, acabei esquecendo.

Oli ri.

— Como se você não fosse esquecido, pai.

Olho para os dois. Estão rindo e se divertindo, mas no banco do carona do meu carro estão dois sapatinhos de bebê ensanguentados e um cartão ameaçando a vida da nossa filha.

— Você parece um pouco pálida. — Brian me conduz para a cadeira vazia à esquerda de Charlotte e se agacha ao meu lado.

Ninguém diz nada por vários minutos, até que ele inspira ruidosamente pelo nariz. Está tomando coragem para dizer alguma coisa importante.

— Achei isso. — Ele tira alguma coisa do bolso da calça e me mostra dois pequenos comprimidos brancos quando abre os dedos. — Estava arrumando um pouco as coisas. Achei que você gostaria depois de tudo o que aconteceu, mas — ele olha para os achados que descobriu — fiquei pensando se não teria alguma coisa que você quisesse me contar, Sue.

— Sim. — Eu me endireito repentinamente na cadeira, fazendo com que ele chegue para trás, surpreso. — Charlotte está correndo perigo. James me encontrou. Não estou imaginando desta vez, Brian. Tenho provas. Estão no meu carro. Sapatinhos de bebê ensanguentados. Ele sabe sobre o aborto e está tentando se vingar através de Charlotte. Ele a chantageou, é por isso que ela está em coma. Foi o que a levou a entrar na frente do ônibus naquele sábado à tarde. Mas não foi o bastante para ele que ela se machucasse. — Seguro o pulso de Brian. — Ele a quer morta. Ele vai matá-la.

Olho para o seu rosto esperando ver uma expressão de raiva, de violência ou de ímpetos assassinos, mas não vejo nada, a não ser um rápido olhar para Oli.

— Brian. — Aperto seu pulso. — Você acredita em mim, não acredita? Olha para as minhas mãos, elas estão... — Mas minhas mãos não têm o menor sinal de sangue. — Limpas, mas só porque eu passei o higienizador quando entrei. Se a gente for até o carro, te mostro os sapatinhos e o... — Tento me levantar, mas Brian me puxa de volta para a cadeira. — Brian, por favor! Por que você está me olhando assim?

Ele olha para Oli e assente com a cabeça novamente. Três segundos depois, está ao meu lado com um copo de plástico na mão.

— Sue. — Brian solta meus dedos do pulso dele. — Eu gostaria que você tomasse esses dois comprimidos.

— Não! — Imploro para Oli com o olhar, mas ele desvia os olhos para o chão. — Não tem nada errado comigo. Eu só fui ao médico porque cometi um erro com aquele professor da escola, mas desta vez eu tenho provas. Não cometi outro erro. Por favor! Vamos até o carro e eu mostro para vocês.

— Sue. — Brian empurra os comprimidos para a minha boca. Eles pressionam meu lábio inferior. — Tome estes comprimidos e aí a gente conversa.

— Não! — Tento me levantar, mas ele coloca a mão no meu ombro. A pressão é suave, mas insistente. Ele não vai me deixar levantar.

— Por favor, mãe. — Oli se aproxima de mim, segurando o copo plástico como se fosse o cálice sagrado. — Dê um gole, vai ajudar a engolir os comprimidos.

— Oliver, não.

— É só água.

— Não me importa o que é. Eu não vou...

— Mãe, por favor! Estamos preocupados com você. Já faz algum tempo. Você... — ele olha para longe, incapaz de sustentar o olhar — ...não tem sido você mesma desde o acidente da Charlotte. Toda aquela conversa sobre a Keisha e a Charlotte e quem era a melhor amiga de quem e pedindo o telefone e o endereço do Danny e... bem, achei tudo meio esquisito, mas não teria dito nada se o papai não tivesse achado os comprimidos enfiados no lado do sofá.

A névoa que tomou conta de mim quando entrei no quarto clareia e olho para o meu marido e o meu enteado como se os visse pela primeira vez. Eles acham que estou com algum problema mental. Vejo isso em suas sobrancelhas apertadas, nos ombros curvados, nas vozes sussurrantes. Eles somaram um mais um e o resultado foi "louca", e nada do que eu diga ou faça vai convencê-los do contrário. O que posso dizer? Que passei mais tempo com os amigos de Charlotte recentemente do que com minha própria filha? Que fui a uma boate em Londres e entrei num carro de vidros escuros com o agente de um jogador de futebol? Que andei espiando pelas janelas da frente da casa de estranhos? Eles não acreditariam numa única palavra. Pior do que isso, pensariam que tudo era parte dos delírios. E é claro que estou delirante — não tomei os remédios, afinal, não é?

Eu poderia mostrar para eles o que está no banco do carona do carro, mas eles provavelmente achariam que eu mesma coloquei lá, para chamar atenção ou porque estou transtornada. Brian olharia para os sapatinhos sujos de sangue e pegaria o telefone para ligar para a médica antes que alguém pudesse dizer "unidade psiquiátrica". Só me resta uma única opção. Uma única coisa que posso fazer.

Olho para os comprimidos entre os dedos de Brian.

— Se eu tomar isso aí — digo com firmeza —, você vai me ouvir?

Um sorriso lento se forma em seu rosto.

— Claro que vou, minha querida.

## Capítulo 32

— Então vamos para o Millets.

— Não vamos demorar.

— Só precisamos de algumas coisas para a próxima viagem do Oli.

— Preciso de um casaco que seja realmente impermeável. Estamos falando de um verdadeiro dilúvio de Lake District, não de um chuvisco qualquer.

— Uma barraca para duas pessoas.

— Meias para caminhada.

— Colchão térmico.

Meu marido e meu enteado estão falando comigo. Suas bocas se abrem e se fecham, as sobrancelhas se contraem e se mexem, os olhos se arregalam e se contraem, mas nada faz sentido. Ouço as palavras, muitas palavras, derramando-se umas por cima das outras, como ondas de som que se quebram juntas sobre minha cabeça, mas não consigo distinguir uma da outra e, quando abro a boca para perguntar do que estão falando, não consigo articular quase nada. Após duas tentativas, desisto e me entrego à sensação que toma conta dos meus ossos para que me entregue de volta à cadeira, a cabeça apoiada na parede, os olhos atraídos para a faixa de luz no teto. A luz treme, pulsa e zumbe e me lembro de Charlotte, aos 3 anos, deitada no carrinho, olhando para o quebra-luz azul e cinza que compramos para a sala, arregalando os olhos, maravilhada.

— Uma hora.

— Uma hora e meia, no máximo.

— A gente vem te buscar depois. Oli vai voltar para a universidade e eu fico com o carro dele para voltarmos juntos para casa.

— Você parece um pouco mais relaxada.

— Isso é um sorriso? Não lembro quando foi a última vez...

Meus olhos se movem na direção deles e tenho uma vaga consciência da minha boca se mexer e algumas palavras saírem de dentro dela. Os sons não fazem sentido na minha cabeça, mas Brian e Oli sorriem e concordam e parece que eu disse algo que os tranquilizou sobre eu ficar aqui sozinha, pois a próxima coisa de que tenho consciência são os lábios no meu rosto, um aperto no ombro, um afago na cabeça e eles se vão.

Sem o rugido e o bater de suas vozes, resta apenas um zumbido surdo no silêncio do quarto que fere meus ouvidos e então...

Bipe-bipe-bipe.

Identifico o som do monitor cardíaco no canto do quarto. O metrônomo médico — a companhia constante de Charlotte, e agora minha também.

Tique-tique-tique. Bipe-bipe-bipe. Tique-tique-tique.

Estamos na sala. Eu, deitada no sofá, Charlotte, sentada no chão. Ela pega um tijolo de plástico, joga meio metro para longe, engatinha até ele e arremessa de novo. Seu rosto é a imagem da alegria e do orgulho — conquistou o arremesso e o engatinhar, agora já pode conquistar o mundo. Meu desejo é congelar a cena e revivê-la de novo e de novo.

Olho para minha filha, adormecida na cama do hospital, e toco seu cabelo. Surpreendo-me por não sentir os cachos finos e sedosos de um cabelo de bebê, mas continuo a acariciá-la assim mesmo, os folículos dos macios e suaves fios de seu cabelo sob a ponta dos meus dedos.

Eu estava com medo. Uma lembrança se revolve na minha mente, mas é efêmera, transitória, e se vai quando tento fixá-la para exame. Sinto a pressão dos lábios de Brian ainda no meu rosto, a mão de Oli na minha cabeça. Minha vida é perfeita. Eu fui abençoada.

Ouço um rangido, uma interrupção no meu devaneio, e tomo consciência da porta se abrindo. Será que Brian e Oli a deixaram fechada quando saíram? Não percebi. Uma figura — um homem de terno preto — passa por mim rapidamente. Para junto à janela, de costas para mim, olhando para fora.

O médico-chefe.

A palavra pula na minha cabeça e eu sorrio. Ele veio me dar boas notícias, dizer que Charlotte vai acordar logo, que eu posso tirá-la da incubadora, aconchegá-la no colo e levá-la para casa.

— Doutor Arnold? — Levanto-me sem esforço, como num sonho, e dou um passo na direção dele. — Minha bebê vai ficar bem?

Alguma coisa no formato da nuca do médico me faz interromper o passo; paro no meio do quarto. Um ponto negro aparece no colorido tecnicolor do meu devaneio de felicidade e, ao examinar a largura dos ombros e sua posição desigual, ele se espalha como tinta negra sobre uma aquarela úmida. Meus dedos se contraem ao meu lado, como se tivessem criado alfinetes e agulhas após horas sentada sobre minhas mãos. As coxas, os ombros, as batatas das pernas, tudo começa a formigar. Meu corpo está despertando enquanto a mente continua sonolenta, e sinto uma súbita compulsão de sair correndo. Mas por que eu faria isso? Minha filha está aqui. Ela precisa de mim.

— Dr. Arnold? — digo novamente. — São más notícias? É por isso que o senhor não está falando comigo?

Sim — pressenti que o que quer que ele esteja prestes a me dizer são más notícias. Meu corpo se prepara para o pior, tentando sacudir este torpor soporífico para longe.

Por alguns segundos, o médico não faz nada e parece não ter me ouvido, mas seus ombros então se levantam quando ele respira fundo e se vira para olhar para mim. De imediato, não reconheço os olhos cinzentos rajados de azul, o nariz grande e largo, a boca fina, pois sou despistada pelos cabelos grisalhos, as rugas profundas ao redor da boca e a barba cerrada que cobre o lábio superior, o queixo e o pescoço.

— Olá, Suzy-Sue.

Um arrepio toma conta de mim e me atravessa da cabeça aos pés, para explodir de volta e me fazer tremer violentamente, como se a temperatura tivesse caído quarenta graus.

Achei que estivesse pronta para este momento. Achei que já estivesse madura, forte e resiliente o bastante para não ser afetada pelo sonoro timbre de sua voz, mas é como se eu houvesse entrado numa máquina do tempo e voltasse a ter 23 anos novamente, escondida no armário, tremendo com os passos dele de um cômodo para outro, chamando meu nome. Dou um passo para trás, instintivamente apertando a barriga com a mão, para esconder meu segredo, proteger aquilo que não está mais no me ventre. James percebe, e a expressão vazia de antes se transforma em alguma outra coisa. Os lábios se curvam para cima, com desprezo, os olhos se apertam e as narinas se dilatam, mas a repulsa desaparece e, num átimo, é substituída por um sorriso largo e natural. Pisco várias vezes.

— Olá, Sue. — Ele dá um passo à frente. — Como está Charlotte?

A menção do nome de minha filha é tudo o que eu preciso para sair do torpor gelado, e pulo para o lado dela, a mão em seu ombro, meus olhos em James, que se move para o pé da cama, pega seu prontuário e começa a examiná-lo, soltando alguns *hms* e *ahams* ao folhear as páginas. Na última, aperta os lábios e balança a cabeça.

— Não sou nenhum médico, mas, mesmo para mim, o prognóstico não me parece bom. A não ser que esteja muito enganado, sua filha está a poucos minutos da morte.

— Saia daqui — digo, o mais calma e segura que consigo e aponto para a porta. — Saia ou eu…

— Vai apertar este botão? — James se aproxima rapidamente do outro lado da cama e bate no botão de emergência com o punho. — Ah, querida, parece que está quebrado. O ministério da saúde até que se esforça, mas, sinceramente, o equipamento não é…

— Vou gritar, então.

— Você pode gritar. — Ele coloca a mão sobre o pescoço branco de Charlotte e tamborila lenta e cuidadosamente sobre sua pele. — Mas ela já vai estar morta no momento em que você parar para respirar.

A pilha de revistas *National Geographic* de Oliver está na mesa ao lado dele, com minha melhor tesoura de cabelo em cima. Se eu me jogar por cima de Charlotte, posso pegá-la, mas James mesmo assim chegaria primeiro.

— Lá vai você — diz, interpretando meu silêncio. — Não há motivo para drama. Nada de gritaria inútil, nada de heroísmos. Não que você possa ser rápida o bastante para algum ato heroico. — Ele afasta a mão do pescoço de minha filha e faz um gesto como se estivesse segurando uma bola no ar. — Você sempre foi do tipo gordinha, mas está realmente uma matrona hoje em dia.

    Ele olha para minha filha e eu me contenho para resistir ao impulso de pular por cima da cama e arrancar seus olhos.

    — Foi por causa do parto, não é? Carregar este seu filhote horroroso por nove meses transformou você numa vaca gorda ou você costuma se entupir de bolo e manteiga?

    James ri, e eu acho bom que tenha partido para a agressão verbal. Meu medo era que ele me despistasse sendo charmoso e começasse a dar desculpas. Mesmo assim, não digo nada. Espero pelo som de passos ou de vozes no corredor para poder gritar por socorro, mas aquela ala está inusitadamente silenciosa — não há sequer o rangido da roda de um carrinho ou uma porta batendo.

    — Ela não é nenhuma baleia como você, mas é só uma questão de tempo. — Seus olhos ainda estão voltados para Charlotte. — Eu ainda fico arrepiado quando me lembro daquelas montanhas de banha penduradas nas suas costas, barriga, coxas… Não consigo nem imaginar como conseguiu arrumar outra pessoa que suportasse fazer amor com você.

    — É disso que chamam estupro hoje em dia?

    — Estupro? — Seus olhos mortiços se desviam para mim. — Estupro significa tirar algum tipo de virtude de alguém inocente, mas você nunca foi inocente; não é, Suzy-Sue? Você já era uma piranha que se fazia de inocente há anos.

    — Não era, não. Eu era uma mulher normal de 20 e poucos anos que já tinha tido alguns namorados e encontros. Não era uma garota de programa nem uma mercadoria usada ou qualquer outra das porcarias de que você me chamou.

    — A verdade dói, Suzy-Sue.

    — Mas não é a verdade. — As palavras saem pela minha boca e não há nada que eu possa fazer para impedi-las. Por vinte anos, esses pensamentos purgaram e me corroeram por dentro, ávidos para sair. Tentei bloqueá-los, mas, quanto mais os ignorava, mais fortes se tornavam. Não admira terem contaminado meus sonhos. — *Nada disso* é verdade. Você tentou fazer com que eu sentisse vergonha, James. Tentou fazer com que eu me arrependesse da vida que eu tinha porque não era capaz de aceitar que eu tivesse tido uma vida antes de você. Mas a maioria das mulheres de mais de 20 anos não são uma página em branco, James, não importa quanto você quisesse isso. São o que são *por causa* de seu passado.

Ele balança a cabeça.

— Ainda continua orgulhosa de ser uma vagabunda, pelo jeito. Vinte anos e você ainda não aprendeu.

— Você me amou, James?

Ele estremece, parecendo mentalmente desarmado pela pergunta, mas logo se refaz, piscando devagar.

— Claro que amei. Você foi o amor da minha vida.

— Não, James. — Abro a primeira gaveta da mesa de cabeceira disfarçadamente e enfio a mão lá dentro, à procura de uma caneta, um abridor de cartas, uma seringa, qualquer coisa afiada que possa usar como arma, mas encontro apenas uma caixa aberta de lenços de papel e alguma outra coisa lisa e quadrada, parecendo de couro. — Não fui, não. Se realmente me amasse, teria aceitado meu passado. Em vez disso, você me fez sofrer porque eu não estava à altura da mulher idealizada que você queria que eu fosse.

Ele aperta a boca em desgosto.

— Você me enganou, Suzy. Me deixou pensar que era diferente. Especial, um anjo lindo... Mas era igual. Igual a qualquer outra vagabunda de Londres. Não era especial o bastante para mim.

Ele se aproxima ligeiramente de Charlotte, passa as costas do indicador pelo rosto dela e toca o alto da cabeça, começando a percorrer seu cabelo da raiz à ponta. Repete o gesto. Tem um olhar intenso, respira profundamente e com força, o ar entrando e saindo pelo nariz.

— Foi isso que sua mãe te disse? — digo enquanto ele põe a ponta do indicador num dos olhos fechados de Charlotte. — Que seu garotinho especial merecia uma menina boazinha? Que Deus enviaria um anjo para o Jamie, que se guardaria especialmente para ele?

— Eu me guardei para *você*. — Seus olhos se desviaram do rosto de Charlotte e ele me ataca por cima da cama. Dou um pulo para trás e seus dedos arranham meu pescoço, mas volto para a frente. Se não tenho como conseguir ajuda, preciso afastá-lo da minha filha; fazer-me de isca.

— Não se guardou, não, James. Você perdeu a virgindade com uma prostituta.

— E você acha que eu me orgulho muito disso, não? Uma coisa que deveria ter sido um lindo encontro de almas acabou sendo um equívoco torpe com uma puta.

— Não por culpa minha.

— Não. — Seus olhos se enchem de lágrimas, ele pega a mão de Charlotte e a pressiona contra os lábios, de cabeça baixa. — Não foi. — Uma lágrima solitária escorre por seu rosto. — Sinto muito, Suzy. Sinto muito mesmo pelo que eu fiz você passar. Você não é uma puta, nem uma vagabunda. Você é uma mulher linda, gentil e de bom coração. Nunca me senti merecedor de você. Por isso fui cruel contigo. Eu estava tentando te afastar.

Olho para ele, atônita, vendo outra lágrima seguir a primeira, e depois outra e mais outra. Olhamos um para o outro sem dizer uma palavra, até o silêncio ser quebrado pelo som das vozes de duas mulheres conversando no corredor. Olho para a porta. Devo gritar? Correr? Mas se eu correr, deixo Charlotte com James. Seria muito perigoso. O jeito é gritar, então. Abro a boca e...

TEC! Um som desagradável, como um osso de galinha sendo mastigado por um cão e eu me viro rapidamente. James segura a mão direita de Charlotte pelo pulso. O mindinho dobrado num ângulo de noventa graus, a unha encostada nas costas da mão.

— Oi, mamãe. — Ele diz com uma voz de menininha, balançando a mão de minha filha para mim, fingindo um aceno, o dedo balançando frouxo de um lado para outro. — Olha o meu dedinho molenguinha.

— Deixe-a em paz! — Eu me jogo na direção dele, subindo na cama com um joelho enquanto me atiro contra ele, tentando derrubá-lo para longe da minha filha, mas ele é muito rápido e me joga para o lado, fazendo com que eu caia por cima dela. Tento me ajeitar, mas James torce meu antebraço direito, que fica atravessado sobre o pescoço de Charlotte, tirando a máscara de oxigênio de sua boca. O peito dela solta um ronco profundo e ela se esforça para respirar.

— Deixar ela em paz? — diz James, afundando os dedos no meu braço, o rosto a milímetros do meu, meu queixo pressionado contra o tórax de

Charlotte. — Como você deixou minha mãe? Ela morreu, Sue. Não, você não sabia disso, não é? Não sabia porque fugiu e deixou que ela apodrecesse numa enfermaria de hospital. Você não abandonou apenas a mim. Você também a abandonou.

— Eu não sabia — murmuro. — Não fazia ide...

— Cala a boca. Não aguento mais o som da sua voz resmungando. Mais um barulho e vou quebrar o resto dos dedos de Charlotte, um por um, enquanto você assiste, depois vou torcer seu pescoço. Está entendendo?

Concordo, em silêncio.

— Agora, levante.

Tento levantar, mas James me agarra pelo cabelo. Arrasta-me e faz com que eu me curve na direção dos pés de Charlotte, depois me puxa em torno da cama de forma a me deixar curvada diante dele. Uma descarga de medo me atravessa quando ele segura meu cabelo com mais força e puxa minha cabeça para baixo até me colocar de joelhos.

Nada acontece por vários segundos. O único som no quarto é o bipe-bipe-bipe do monitor cardíaco no canto e a respiração rascante e profunda de Charlotte sem o auxílio do respirador. Fecho os olhos e me contraio, esperando receber um murro, um chute ou coisa pior, mas nada acontece. Finalmente, ouço o barulho das pernas da cadeira arrastadas pelo chão e a voz de James.

— Fiquei de coração partido quando percebi aonde você tinha ido — diz ele em voz baixa, quase sussurrando. Arrisco olhar para ele através do meu cabelo. Está sentado na cadeira ao lado de Charlotte, a cabeça nas mãos. — Eu tinha ido à loja de flores na hora do almoço para comprar um arranjo para você e então, a caminho de casa voltando do trabalho, vi uma loja de roupas infantis na High Street em que eu nunca tinha reparado antes. A vitrine me chamou a atenção, e não pude resistir a entrar. Sabe o que eu comprei?

Não movo um músculo.

— Sabe o que eu comprei, Suzy-Sue?

Balanço a cabeça.

— Um vestido. Um lindo vestido vermelho com pequenas margaridas bordadas na saia. Era minúsculo, Suzy. Para um bebê de até 3 meses. Eu nunca tinha visto nada tão lindo na minha vida e mal podia esperar para te mostrar. Eu sabia que você ficaria tão animada quanto eu. — Ele limpa a garganta. — Eu te falei que eu sempre quis uma filha, não falei?

Eu concordo.

— Me senti na lua quando você me disse que estava grávida.

Mordo o lábio. James não ficou encantado quando eu lhe disse que estava grávida. Acusou-me de tê-lo traído e passou três horas gritando comigo na cozinha, exigindo saber de quem era aquele bebê, enquanto eu me encolhia como uma bola no chão, soluçando com a cabeça entre os joelhos.

— Foi a coisa mais linda deste mundo o fato de você estar carregando minha criança linda e inocente. Pensei que eu ia explodir de orgulho. Finalmente eu poderia amar alguém sem qualquer restrição, dor ou medo. Eu amaria e seria amado em retribuição. Para sempre.

A respiração de Charlotte ficou irregular agora, o som rascante substituído por um assobio agudo. Preciso colocar a máscara de volta o quanto antes. Sem oxigênio suficiente para seu cérebro... Fecho os olhos e faço uma oração rápida pela segunda vez desde o acidente. Não estou certa se alguém ouviu da primeira vez.

— E assim eu voltei para casa, tomado de amor e felicidade, cheio de esperança, com um buquê de flores nos braços e um lindo vestido, e você não estava em lugar nenhum. — O tom de voz de James se altera e eu fico tensa. — Não conseguia descobrir para onde você tinha ido, principalmente porque eu tinha certeza de que tinha deixado a porta trancada quando saí. Eu me senti perdido, Suzy, tão terrivelmente perdido sem você ali para me receber em casa. E então senti raiva. Como você ousava estragar minha surpresa sendo tão egoísta e fugindo covardemente daquele jeito?

Há um espaço sob a cama de Charlotte onde eu poderia entrar. Se eu ficar com a barriga no chão talvez possa me arrastar até a porta. James vai sair do lado de Charlotte e tentar ir atrás de mim, mas, se eu gritar, alguém vai chegar aqui antes que ele possa fazer qualquer coisa.

— Você achou que era muito inteligente, não foi? Escapando e me deixando sozinho sem nem mesmo um beijo no rosto, depois de tudo pelo que passamos. Mas eu fui mais inteligente, Suzy.

Apoio a mão no linóleo e me inclino para a direita. Tenho que ser rápida, ou James vai segurar meu tornozelo e me puxar para trás.

— Fui até seu quarto de costura e achei um pedaço de papel no chão. Um pedaço de papel arrancado das Páginas Amarelas. — Ele balança a cabeça. — Eu sabia que você era um monte de coisas, Susan, mas jamais suspeitei, jamais... — sua voz treme — ... podia imaginar que você seria capaz de assassinar uma criança.

Solto um grito quando James ataca, a mão na minha boca, um braço atravessado pelo meu pescoço.

— Levanta, sua vaca assassina de bebês.

Ele me ergue sobre meus pés e me joga na direção da cama de Charlotte. Bato com o quadril no estrado de metal e, quando estico a mão direita para me segurar, James a pega e coloca sobre a boca e o nariz de Charlotte.

— Você a ama, não ama? — Ele assopra em meu ouvido. — Acha que ela é linda e pura e inocente, não acha?

— Por favor — balbucio contra sua mão —, não faça isso. Ela não fez nada contra você.

— Porque ela não é inocente, Suzy-Sue, você sabe disso, não sabe? Eu a ouvi gemendo como uma porca empalada quando estava dando para o namorado no meu quarto de hóspedes. Eu a vi fodendo de quatro como uma profissional suja, e, quando ela estiver morta, vou te fazer assistir também.

— Não. — Tento me contorcer, afastar-me dele, tirar a mão do rosto da minha filha, mas James me segura firme. Sinto a sucção na palma da mão quando ela tenta e não consegue inalar, e um ronco estranho enche o ar.

— Você me tirou uma coisa linda e preciosa. Você matou minha filha e agora vai matar a sua.

Ele apoia o peso com tanta força sobre minha mão que o nariz de Charlotte solta um estalo horrível e na mesma hora sei que está quebrado. O monitor cardíaco começa a tocar em tom de alarme, e a linha vermelha que costumava ondular para cima e para baixo em ondas suaves, oscila erraticamente enquanto a cor desaparece do rosto de minha filha e seus olhos giram descontrolados sob as pálpebras fechadas.

— Não vai demorar — sussurra James no meu ouvido, e o corpo de Charlotte começa a sofrer convulsões, as mãos se agitando do lado. Ele olha para a taxa cardíaca do monitor e desliga o botão. — Não queremos alertar a cavalaria quando ela ficar imóvel, não é?

— Não! — Contorço-me desesperadamente enquanto ele me arrasta para longe, para o outro lado do quarto, minha mão esquerda se debatendo desesperadamente enquanto golpeio sua cabeça, mão, quadril. Meus golpes resvalam nele, mas então, quando acerto a mesa de cabeceira, duas coisas acontecem simultaneamente — a cama é coberta por uma chuva de recortes da *National Geographic* e meus dedos tocam a tesoura de cabelo. Levanto-a bem alto e, com toda a força que consigo reunir, viro para a esquerda e afundo a tesoura profundamente na coxa de James. Ele uiva e cai no chão, encolhendo a perna.

— Socorro! — grito, me inclinando sobre o corpo de Charlotte. Seus lábios estão azuis e ela quase não está respirando. — Alguém me socorra! Por favor!

Tento empurrar a cama para fora do quarto, mas as rodinhas estão travadas, e não consigo liberá-las por mais chutes que eu dê.

— Alguém, por favor... — As palavras são impedidas de sair e estou presa em cima de Charlotte, a cabeça virada para a direita, as mãos segurando meu cabelo. Vejo James sobre mim, a tesoura ensanguentada na mão direita, os olhos escurecidos de ódio. Fecho os olhos quando ele levanta a tesoura no ar e rezo para que, mesmo sendo muito tarde para mim, alguém ouça o tumulto e venha salvar Charlotte antes que ele possa matá-la também e então...

— Não!

A cama é sacudida violentamente, sinto um peso nos ombros e ouço um baque atrás de mim, como corpos caindo no chão, e o barulho de homens grunhindo e de metal raspando pela pintura da parede. Tento me levantar, liberar Charlotte do peso do meu corpo, mas sinto uma dor aguda no braço direito e então tudo fica escuro.

# Capítulo 33

— Você reconhece essa mulher? — A advogada Gillian Matthews me entrega a foto de uma mulher ligeiramente acima do peso, cabelos escuros, olhos castanhos e um lindo sorriso.

Balanço a cabeça e empurro a foto pela mesa até Brian.

— Não, eu deveria?

— Não, a não ser que você estivesse assistindo ao noticiário vinte...

Brian se espanta, e nós duas nos viramos para ele.

— O que foi? — pergunto.

— Você não está vendo?

Balanço a cabeça.

— Vendo o quê?

— A semelhança. Ela é a sua cara, da época em que nos conhecemos.

Há uma vaga semelhança. O cabelo com certeza é muito parecido, e nossas bocas tem um formato similar, mas seus olhos são mais bonitos do que os meus, e a maçã do rosto é mais alta.

— Interessante você dizer isso, senhor Jackson. — A doutora Matthews pega a foto e guarda de volta na pasta de papéis diante dela.

— Por quê? Quem é ela?

Ela apoia o peso no antebraço e me olha diretamente nos olhos.

— A prostituta que James Evans matou há vinte anos.

Olho para ela sem acreditar.

— O quê?

— Meu Deus. — Brian passa um braço confortador pelas minhas costas, e eu me encolho quando sua mão toca meu ombro. Estou com o braço engessado há 72 horas, mas já tomei o equivalente a uma semana de analgésicos. — Você disse que ele era perigoso e eu não acreditei...

— James matou uma pessoa? — Não consigo parar de olhar para a pasta diante da advogada. O que mais tem lá dentro? Uma fotocópia do cartão que ele mandou junto com os sapatinhos? Fotos do quarto ensanguentado de Charlotte? Uma foto da artéria seccionada na perna dele? — Quando? Quem era ela?

Ela abre o notebook ao lado da pasta.

— Sarah Jane Thompson. A autópsia diz que sua morte ocorreu em 2 de outubro de 1992.

— Três semanas depois de eu deixá-lo.

— Sim. — Ela olha para suas anotações. — A polícia disse que tentaram entrar em contato com a senhora, mas ninguém sabia onde estava, e existem muitas Susan Maslins no registro eleitoral. A busca foi interrompida após algumas semanas, e ele foi a julgamento de qualquer modo. Evans se declarou inocente, mas a polícia tinha provas suficientes para a condenação. Aparentemente, ele passou algum tempo procurando por uma prostituta que se encaixasse em seus parâmetros exatos. — Ela olha de novo para mim. — Alguém que fosse parecida com você, pelo jeito.

— Mas ele foi solto. — Balanço a cabeça. — Como isso pôde acontecer? Como ele pôde matar uma pessoa e ser solto vinte anos depois para vir atrás de mim? Como isso sequer é possível?

Ela balança a cabeça.

— Ele cumpriu a pena e atendeu as condições necessárias para a libertação, apresentando-se semanalmente para o encarregado de custódia. Chegou até mesmo a conseguir um emprego — ela olha o caderno de novo —, trabalhando numa boate em Chelsea. Greys. Aparentemente, era muito popular, especialmente entre VIPs.

— Keisha! — digo. — Como está ela?

Um passeador de cachorros a encontrou nua, ensanguentada, espancada e quase irreconhecível num parque perto de Devil's Dyke. Ela não conseguiu contar muita coisa para a polícia, mas o que falou foi o suficiente para juntar as peças do que aconteceu.

James descobriu que eu tinha me casado com Brian e estava morando em Brighton com uma busca no Google — foi fácil. Depois de descobrir meu sobrenome e a cidade onde eu estava morando, foi fácil me rastrear pelo perfil que Charlotte me obrigou a criar no Facebook um ano atrás para provar que eu não estava vivendo na "era das trevas". Não abri aquilo durante meses, então não me surpreendi quando a polícia me disse que minhas configurações de segurança eram tão fracas que James tinha acessado todas as minhas atualizações, fotos e, pior de tudo, o link para o perfil da minha filha. A página dela era tão pública quanto a minha, e, quando ele descobriu o time favorito dela, usou-o como a ligação de que precisava para encontrar o caminho para entrar na vida dela. Ele já conhecia Keisha, tendo sido um de seus clientes na época em que ela fazia programas com os jogadores e astros do rock que frequentavam o Greys, e ela gostou dele o bastante para contar que estava deixando Londres porque tinha conhecido um cara em Brighton, dono de uma boate chamada Breeze. Ele visitou o lugar se fazendo de amigo de Keisha, mas, quando viu Charlotte e Ella, e Keisha lhe contou que Ella tinha uma queda pelo namorado dela, ele fez sua jogada — disse para Keisha que, a não ser que o apresentasse para elas e ficasse de boca fechada, ele contaria para Danny sobre seu passado. Ela achou que era só isso, e foi assim por algum tempo, enquanto James conhecia Charlotte melhor, até emprestar a casa para que ela e Liam perdessem suas virgindades. Ela não tinha ideia de que James usaria o momento mais íntimo de sua vida para chantageá-la.

— Keisha não está ótima. — A doutora Matthews fechou o caderno. — Mas está estável. Vinte e quatro horas mais tarde e ela não teria conseguido.

— Meu Deus! — Aperto meus antebraços com as mãos, mas o calor das palmas pouco adianta para evitar o arrepio que percorre minha pele.

— Precisamos ir vê-la. — Olho para Brian. — Se ela não tivesse me contado aquelas coisas, se ela não tivesse me dito...

— Shh... — Ele me puxa para perto dele novamente, mas desta vez não reclamo da dor no ombro.

— Quando a gravação será destruída? — pergunta ele para a advogada, com um tom ansioso. — Se a Charlotte acordar, queremos poder dizer para ela que não existe mais.

— Quando? — pergunto.

Ontem suas pálpebras tremeram quando lhe contei que ela não precisava mais ter medo do "Mike". Os médicos dizem que não devo supor nada, não quando ela acabou de sair de uma operação para consertar o nariz e o dedo mindinho, mas sei que é um sinal. Ela está tentando voltar para nós. Está lutando com mais forças agora que sabe que está segura.

— Gravação? — A advogada franze o rosto para Brian. — A fita dela fazendo sexo, o senhor diz.

Ele reage incomodado com a descrição.

— Isso.

— Receio que a polícia terá que ficar com ela, como prova. Evans estava ameaçando enviá-la para os jornais e publicar na internet. Se ele tivesse feito isso, teria ido além de manchar a reputação de Charlotte. — Ela olha para Brian. — Teria destruído sua carreira também.

— Mas por que fazê-la se passar por uma prostituta? — pergunta ele.

— É isso que não entendo.

Ela balança a cabeça.

— Tudo parte do plano para se vingar da senhora Jackson, eu diria. Quando falei com o detetive Carter, ele disse que a ideia inicial de Evans era seduzir Charlotte e convencê-la a fugir com ele, mas então se deu conta de que a maioria das meninas de 15 anos não olharia duas vezes para um homem de 43 e resolveu encenar a história do homem gay e conquistar a amizade dela assim. Quando ela já confiava o bastante nele para ir à casa dele, ele a chantageou com a fita e forçou Keisha a fazê-la se passar por prostituta no Greys. Não sabemos o que faria com isso depois, embora eu tenha uma boa ideia de que não seria nada muito... — Ela aperta os lábios, deixando implícita a linha de pensamento.

— Meu Deus. — Respiro fundo quando me dou conta do impacto geral daquela situação. — Não admira que Charlotte tenha feito o que fez. Ela rompeu com Liam, brigou com Ella e não podia mais confiar em Keisha. Não tinha mais ninguém com quem falar, e aí... — As palavras ficam presas na minha garganta enquanto olho para o meu marido. — Brian, a Charlotte tentou se matar porque não podia confiar em nós.

— Não. — Ele aperta minha mão com mais força. — Ela fez isso porque estava tentando nos proteger. Sabia o que aconteceria se Evans divulgasse a gravação. A história sairia em todos os jornais: "Filha menor de idade de político envolvida em escândalo sexual." Charlotte era muito sensível; não tinha como ela desejar me colocar nessa posição.

— Mas nada disso teria acontecido se não fosse por mim, se não fosse por meu relacionamento com ele. Ele jamais teria nos encontrado se eu não tivesse, se não tivesse...

— Você o impediu, Sue.

— Não. — Balanço a cabeça. — Foi você.

Brian tinha deixado Oli no caixa do Millets carregado de compras, prometendo que não demoraria para voltar ao hospital e pegar a carteira que tinha deixado na gaveta da mesa de cabeceira de Charlotte. Dez minutos, disse, mas, em vez de subir lá, pegar a carteira e sair de novo, ele entrou no quarto do hospital para encontrar a filha lutando pela vida e a esposa prestes a perder a dela. Lançou-se sobre James e o derrubou. Segundos depois, alertadas pelo barulho, várias enfermeiras vieram correndo e o encontraram sentado sobre o peito de James, golpeando-o repetidamente no rosto.

— Não, Sue. — Ele enfia o rosto no meu cabelo. — Você sabia que Charlotte não tinha sofrido um acidente e se recusou a deixar as coisas ficarem daquele jeito, mesmo quando eu te levei ao médico, mesmo quando sua mãe morreu, mesmo quando ninguém acreditou em você. Mesmo quando — ele se afasta e olha para mim — eu não acreditei em você. Eu coloquei todo mundo em perigo. Você, Charlotte e Oliver. Vocês são a minha família. E você nos protegeu. Sozinha.

Toco seu rosto com a mão esquerda e enxugo uma lágrima com o polegar.

— Me desculpe... — A doutora Matthews pigarreia discretamente, e nos viramos para ela. — Tudo esclarecido? — pergunta ela, fechando o caderno e colocando a caneta em cima.

— Esclarecido? — Balanço a cabeça.

— Sim. O relatório toxicológico sugere que Evans morreu devido a uma infecção hospitalar por SARM, e não pelos ferimentos infligidos pela senhora Jackson. — Ela olha para Brian. — Nem pelos traumatismos cranianos provocados pelo senhor Jackson. Como resultado, e diante das provas gritantes de que ambos agiram em autodefesa, a procuradoria está retirando as acusações de assassinato contra vocês dois.

Pego a mão de Brian e aperto com força.

— Então, isso significa que...

A advogada sorri pela primeira vez desde que entramos na delegacia de polícia. A boca se abre e se fecha enquanto ela fala, olhando para mim e para Brian alternadamente, mas eu ouço apenas uma única palavra.

Livres.

# Agradecimentos

Meu mais profundo agradecimento à minha editora Lydia Vassar-Smith e à equipe da Avon/HarperCollins por seu apoio, estímulo e entusiasmo. Vocês transformaram o que era um fruto da minha imaginação em algo tangível, e eu não poderia me sentir mais satisfeita.

Obrigada a Madeleine Milburn por me apoiar em cada etapa do caminho. Você continuou a acreditar mesmo quando minha própria fé estava abalada, e isso faz de você uma agente realmente especial.

Um grande obrigada a meus amigos e familiares — em especial ao meus pais, Reg e Jenny Taylor, ao meu irmão David e à minha irmã Rebecca — por continuarem a me perguntar "como vai o romance?", mesmo quando a resposta não passava de um suspiro. E muito amor para Suz, Leah, Sophie, LouBag, Steve, Guinevere, Angela, Ana, vovó e vovô.

Muito obrigada, do fundo do coração, a todo mundo do Twitter e do Facebook, que me ajudou com a pesquisa — especialmente Andrew Parsons, por seu conhecimento dos procedimentos hospitalares e medicações, e para Kimberley Mills, por compartilhar sua experiência de cuidadora de um paciente em coma. Agradeço e peço desculpas a Emily Harborow. As pesquisas em vídeos que você gravou sub-repticiamente para mim acabaram no andar da sala de edição, mas tenho certeza de que poderei usá-las em um outro livro.

Muito obrigada a Jim Ross pelas ótimas fotos que tirou de mim para a divulgação, e para Rebecca Butterworth, pela maquiagem.

Minha profunda gratidão aos meus amigos escritores. Escrever pode ser uma atividade muito solitária e vocês mantiveram minha sanidade (e a sede saciada). Menções especiais devem ser feitas a Carolyn Jess-Cooke, Sally Quilford, Leigh Forbes, Helen Hunt, Helen Kara, Karen Clarke, Rowan Coleman, Miranda Dickinson, Kate Harrison, Julie Cohen e Tamsyn Murray por serem especialmente atenciosos.

E por fim, mas de forma alguma em último lugar, todo o meu amor e gratidão para Chris e Seth. Escrevi este livro durante minha licença--maternidade — não porque eu tinha um bebê muito dorminhoco e muito tempo livre —, mas porque achei que fosse enlouquecer pela privação de sono e escrever era a única coisa que mantinha minha sanidade. Não teria conseguido sem você, Chris. Obrigada por levar o bebê para passear às cinco da manhã para que eu pudesse dormir, obrigada por levá-lo para visitar a família para que eu pudesse escrever e obrigada por me dizer, incansavelmente, que eu ia conseguir. Parece que eu consegui.

http://cltaylorauthor.wordpress.com
www.twitter.com/callytaylor

Impresso no Brasil pelo
Sistema Cameron da Divisão Gráfica da
DISTRIBUIDORA RECORD DE SERVIÇOS DE IMPRENSA S.A.
Rua Argentina, 171 – Rio de Janeiro, RJ – 20921-380 – Tel.: (21)2585-2000